顾之川

顾之川 著

语文人生随笔

山东教育出版社

图书在版编目（CIP）数据

顾之川语文人生随笔 / 顾之川著 . — 济南：山东教育
出版社，2019.10

ISBN 978 - 7 - 5701 - 0695 - 0

Ⅰ. ①顾… Ⅱ. ① 顾… Ⅲ. ①散文集 - 中国 - 当代
②诗集 - 中国 - 当代 Ⅳ. ①I217.2

中国版本图书馆CIP数据核字（2019）第163731号

GU ZHICHUAN YUWEN RENSHENG SUIBI

顾之川语文人生随笔

顾之川 著

主管单位：山东出版传媒股份有限公司

出版发行：山东教育出版社

　　　　　地址：济南市纬一路 321 号　邮编：250001

　　　　　电话：（0531）82092660　网址：www.sjs.com.cn

印　　刷：山东新华印刷厂潍坊厂

版　　次：2019 年 10 月第 1 版

印　　次：2019 年 10 月第 1 次印刷

开　　本：710 毫米×1000 毫米　1/16

印　　张：25.5

字　　数：300 千

定　　价：65.00 元

（如印装质量有问题，请与印刷厂联系调换）印厂电话：0536-2116806

在中语会年会上　　在重庆为读者签名
　（2018年）　　　　（2018年）

结婚30周年纪念　　首都机场送别女儿
　（2014年）　　　　女婿（2018年）

| 拜望中语会首任会长
吕叔湘先生（1994年） | 与张定远、顾振彪看望
刘国正先生（2018年） |
| 与温儒敏教授在大连
（2017年） | 与人民教育出版社中语
室同事（2017年） |

自 序

　　2018年10月，我从已服务24年的工作单位人民教育出版社正式退休，开始享受快乐自由的退休生活。对我来说，这无疑是一个重要的人生节点，正好可以借此回忆过往，梳理经历，总结经验，反思得失，既是对过去的回顾总结，也是对未来的展望期盼。在内子的提议和鼓励下，我将自己这些年来所写的随笔，包括散文、游记等，加以搜集整理，编成这本《顾之川语文人生随笔》。山东教育出版社教育理论编辑室的周红心先生听说后，诚邀我把书稿交给他们出版。这在我当然是求之不得的。

　　本书取名《顾之川语文人生随笔》，包含这样几个关键词：一是"语文"。我的本职工作是编写中学语文教材，参与全国中语会等相关工作。近年来受聘于浙江师范大学，仍是从事语文教育研究，还是语文教育范围内的事情。说到底，我是个语文教育工作者，是语文人。书中的"语文地图"固然与语文有关，即便有些内容离语文有些远，但也记录着一个语文人的人生经历、所见所闻与所思所想。如果换个角度，也可以看作是对祖国语言文字的运用。二是"人生"。每个人的人生都可能是多样的、多元的甚至是多彩的，都有自己的独特之处，我也一样。就经历来说，我当过教师，也做过编辑；就工作来说，在本职工作编教材之外，还参加中语会和参与某些命题；就爱好来说，有语文教育研究，也有阅读、写作、旅游等；就个人心情来说，有仰天长啸壮怀激烈，也有风花雪月小桥流水。王羲之云："仰观宇宙之大，俯察品类之盛，所以游目骋怀，足以极视听之娱，信可乐也。"这些都值得回忆和追述，于自己可以梳理心情，聊以自慰，于别人可以交流分享，不无裨益。三是"随笔"。本书所收文字，都不是什么正式的语文教育论文，而是自己随意写下的文字，内容上包罗颇富，从个人的喜怒哀乐到对社会现象的思考，形式上不拘一格，语言则力求轻松活泼。总之，一个"随"字，就带有信马由缰、兴之所至、随心所欲的意思。我想，唯其如此，才能给读者朋友以阅读时的轻松与便利。如果有读者在披览之际，能够会心一笑，我也就很满足了。

如果说以往我出版的论文集或专著都是围绕着语文教育某一方面的问题开展论述的，那么收在这里的文字，更多的是我工作之外业余生活的真实记录，是我心情或感受的写实和描摹。"往事依依"是对自己60年人生的追忆与回顾，尤其是首篇《六十初度》比较详细地记述了自己从"学语文""教语文"到"编语文教材""研究语文教育"的语文之路，可以看作是我语文人生的心路历程。"语文地图"是我这些年游走祖国各地，对当地独有的语文教育资源所进行的发掘和整理。"温馨记忆"是对亲情、友情和家乡故土的追忆，也是更个性化的倾诉。"纵横华夏"和

"漫游世界"是游记，前者记录国内的，后者记录国外的，但都不是简单地记录游踪，而是注重描摹自己参观游览时的感受和体会。"赏戏观影"是我观看戏剧电影杂技等演出后的感受，多是有感而发。"诗意人生"，只是借用了诗的形式，并没有受格律的限制，但求有感而发、写意抒怀而已。

感谢山东教育出版社相关领导，特别要感谢周红心先生。因为他曾经当过中学语文老师，具有深厚浓郁的语文情结，深知语文教育于人于世的普遍重要意义，策划了一系列语文教育方面的重点图书。前几年，他约我主编了一套"名师语文课"丛书，分小学、初中、高中三卷，推荐当代语文名师。最近他又邀请山东师范大学曹明海教授主编"名家论语文"丛书，集中展现新时代语文教育名家的研究成果，撷取整合其思想精粹，呈现其独到思考，以期对我国语文教育研究能起到引领与推动作用。至于把我列入其中，则纯粹是对我的偏爱与鼓励了。感谢振华兄的关爱与帮助，更要感谢许丽娟女士精心设计封面，为拙著增色。

2019年3月5日

于北京大运河畔之两不厌居

目　录

温馨记忆

目录

纵横华夏

漫游世界

赏戏观影

诗意人生

目　录

往事依依

六十初度

英国哲学家休谟曾说:"一个人写自己的生平时,如果说得太多了,总是免不了虚荣的,所以我的自传要力求简短。人们或者认为自己擅写自己的生平,那正是一种虚荣;不过这篇叙述文字所包含的东西,除了关于我自己著作的记载而外,很少有别的……也并不足为虚荣的对象。" 对我来说,回顾自己的语文之路还是第一次,就像作家汪曾祺说的那样:人的第一次往往需要勇气,但是第一次往往也会有意想不到的收获,因为第一次是探索,是挑战,是机遇,所以说你的人生拥有越多的第一次,也就意味着你的人生越丰富多彩。

一、从改名说起

曾经有人对我现在的名字感兴趣,我就先从自己的名字说起。一个人的名字往往反映着命名者的某种理想或愿望,背后折射出的是身世、文化与心态,应该属于所谓意识形态的一部分。要说我的名字,就不能不提到我的家世和我爷爷。我家世代务农,我是50后,出生在河南农村。《史记·陈涉世家》"陈胜者,阳城人也",这"阳城"就是我的故乡,即现在的河南商水。我小时候,爷爷还在。据爷爷说,他的父亲,也就是我的太爷曾当过"教书先生",相当于今天的乡村教师。爷爷没有上过学,每逢青黄不接的时候,就带着一家人到处逃荒要饭,吃尽了没文化的苦头,所以他深知读书的好处。这可以从他对待后辈读书的态度上看得出来。父亲小时候虽然家里很穷,却上过两年私塾,如果没有爷爷的支持,这是难以想象的。据父亲说,他读完了《上论语》和《下论语》,《孟子》就只读到《上孟子》,因为经济原因,就没有再接着读《下孟子》。上学虽然时间不长,但父亲却练就两手绝活儿,为我辈所不及:一是毛笔字写得好,二是算盘打得熟溜,可以说能写会算。这在20世纪50年代的中原农村,算是识文断字的知识分子,很受尊重的,所以父亲曾当过大队会计。"文革"期间,父亲还曾被当作村里的"走资派"遭批斗。我最早认识的汉字,就是父亲当年存放账本的一个小木箱上的"办公箱"几个字,蓝底白字,柳体楷书,笔力遒劲,古朴典雅。到我们这一代,哥哥们怎么学习的,我已不记得了。只记得我上小学时,每天晚饭后,爷爷总是提前把小方桌、小板凳给我摆好,点好煤油灯,看着我写完作业才睡觉。当然,我要与母亲共用一盏煤油灯,她要纺棉花,为的是节约煤油。

按我们河南当地农村的风俗,长者为尊,孙子辈的名字多半是爷爷取的,当然父亲也是同意的。我上面有两个哥哥,大哥叫"大功",二哥叫"来富",给我取名"来喜"。现在想来,应该是大有深意的。"大功"这个名字很大气,有建功立业、光宗耀祖之意。"来富"则是希望彻底改变贫困面貌,吃饱穿暖,用现在的话说,就是解决温饱问题,乃至达到"小康"。到我这儿,既然物质层面的问题已解决,就该解决精神层面的问题了,"来喜"喻示着一家人能够喜乐开心、和和美美地过日子。这几个名字，可以说，寄托着爷爷和父亲他们两代人的人生理想，反映了中国传统农民对未来生活的朴素追求与向往，也符合美国心理学家马斯洛的需求层次理论。我上学读书后，渐渐对自己的名字不大满意了，觉得有点儿俗，不过倒没想着改名。是上中学时发生的一件事让我受到了刺激。有一天，一个同学拿了一本小说，内容大约是反映新旧社会两重天，不忘阶级苦牢记血泪仇之类的，其中写一个地主老财，对穷人非常冷酷无情，每当有人到他家乞讨时，他就放出恶狗去咬，而他家这只狗的名字居然就叫"来喜"！当同学拿着书指给我看，读着"来喜来喜，上！"时，同学们哄笑起来，我则颇显窘迫，不知所措。后来读了不少文学作品，知道很多作家都喜欢用笔名，有的还不止一个，就想着哪天也给自己改个名字，但一直也没有机会。在河南教育学院进修时，我曾把自己的名字写作"顾来玺"。所谓"天子所佩曰玺，臣下所佩曰印"，可见"玺"是皇帝的印章，这算是一次静悄悄的改名。1984年，我报考河南大学古汉语专业研究生时，填的仍然是原名。因为外语没考好，加上竞争激烈，我自然榜上无名。1985年，我第二次报考时吸取了教训：一要找招生人数相对多点儿的学校，二要找本校学生报考不那么踊跃的。这样选来选去，就选中了西南师范大学（现已与西南农业大学合并为"西南大学"）的汉语言文献研究所。汉语史专业有六个招生名额，而且中文系也有这个专业。学校地处大西南，当时重庆还不是直辖市，属于四川省，天高皇帝远，正合我意。谁也不知道我原来叫什么，所以在地区招办填表时，我灵机一动，就填上了"顾之川"三个字。现在想来，大约有两层意思：一是自己已有一次落榜经历，如果再考不上，面子上过不去，用个谁都不知道的名字，即使考不上，也没关系，权当是别人落榜了，很有点阿Q心理。

二是改个新名字，正可以新面目示人，转转运气，重整旗鼓，也算是一种侥幸心理。至于"之川"二字，则出自《论语·子罕》："子在川上曰：'逝者如斯夫，不舍昼夜！'"孔老夫子的原意，大约是借流水不停流逝，一去不返，感慨人生世事之速变。我则从中读出了深意：一是水之流逝，有去无回，正如诗仙李白所谓"君不见黄河之水天上来，奔流到海不复回"。作为被十年"文革"耽误的一代，正应珍惜青春年华，惜时如金，努力奋进。二是静水流深，汩汩滔滔。那时河南作家李準有一部长篇小说《黄河东流去》，写尽了故乡黄泛区的历史沧桑，影响了作为高中语文教师的我，正好可以用"之川"这个名字，激励自己要像黄河一样奔腾东流，奋斗不息。

二、高中语文教师

我在1981年考入河南教育学院学习，1985年考取西南师大研究生。现在大学生考研，一般都是集中精力在家里复习备考，我没有那么好的条件。因为我上的河南教育学院属于脱产进修性质，也就是边拿着工资边在职进修，是一种特殊的继续教育，为提高中学教师的业务素质而设。现在省级教育学院，有的改名为第二师范，有的与别的师范院校合并。我上的河南教育学院，现已并入"河南财政金融学院"。我们这一届是该院第一次招本科班，只有中文和物理两个专业，名义上是三年，实际在校只有两年半。所以到1983年底，我们就各回各县实习去了，只是到1984年6月又重新回校参加论文答辩，才算正式毕业。我进修前本来在离县城十多里的化河中学任教。因为进修时认识了同在河南教育学院"校长培训班"学习的周清臣校长，他学习结束后即调到商水县高中

（即今商水县第一高中）任教学副校长；所以靠他的举荐，我实习时被分到商水县高中当语文教师。老校长李富昌是一位令人尊敬的忠厚长者。当他征求我对教学工作的想法时，我坦诚地告诉他，想继续报考研究生，最好不要让我当班主任，以便集中精力复习外语。没过几天，教务处王新殿主任告诉我结果，不仅没有让我当班主任，而且只教一个班的语文课，这简直让我喜出望外。1984年暑假，我到河南大学跟本科生一起听研究生辅导课程。开学后，管财务的李老师还主动找到我，比照学校暑假期间教师出差学习的惯例，竟给我报销了路费和书本费，足见家乡人宅心仁厚。

我在商水县高中近两年，工作压力不大，心情非常愉快。除了上课，就是自己看书，"恶补"英语，主要是照着一本英语水平考试用书做题。上课则非常认真，不敢有丝毫马虎。我上课有几个特点，很受学生欢迎：一是我决不拖堂，到点就下课；二是课堂上常用英语词汇及语法跟汉语作比较，这让学生感到很新鲜；三是我注意搜集语文教学论著，学习别人的经验，常讲些书上没有的东西。比如，我教《孔雀东南飞》，对课本上"黄昏""人定"的注释不满意，就查找考证，写了一篇《刘兰芝"举身赴清池"时间考》，寄给周口师专中文系萧士栋教授。经他推荐，发表在《周口师专学报》上，这也是我第一次发表文章，意外地收到7块钱稿费。我马上兴冲冲地去买了一套茶具，以作纪念。那时候中学不像现在高考压力这么大。记得有同学考取北京大学，还有考上清华大学的，成了小县城的特大新闻，县政府召开表彰大会，高三老师不仅有奖金，每人还奖励一辆飞鸽牌自行车，让我们这些非毕业班的青年老师羡慕不已。

三、高校学报编辑

经过在西南师大汉语言文献研究所的三年研读，1988年6月，我以《〈通雅〉转语研究》顺利通过硕士论文答辩。本来应该7月初才正式毕业，因为我和吴、汪二位师兄属于委托培养，又叫"代培"，不存在毕业分配问题，可以提前离校。这时，妻已在青海师大任教一年，女儿已出生，归心似箭，我没等正式毕业，就带着家人到了青海。本想先熟悉一下环境再说，结果报到没几天，人事处副处长就找到我，说青海省教育厅组织高校教师到各县考点巡视高考，学校抽不出人手，他们看了我的档案，发现我是党员，又当过班长，决定让我参加高考巡视。这样，我到青海的第一项工作就是到"青海北大门"祁连县巡视高考。到正式分配时，考虑到妻已在中文系任教，我就主动提出到《青海师范大学学报》编辑部当编辑，结果如愿以偿，具体负责语言、文学、哲学、美学等学科稿件的编辑工作。因为每天要与稿件打交道，看稿、选稿、改稿，我又刚经过硕士论文的科研训练，就逐渐把审稿与自己的科研结合了起来。当学报编辑有两个便利条件：一是各高校学报（也有省级社科院刊物）间免费互赠刊物，这使我得以广泛浏览学术期刊，扩大了学术视野；二是不管认识不认识，看到同行的稿件，总会更多关注，发表文章也比一般大学老师容易。所以，在青海三年，我竟发表了十几篇论文。那时发一篇文章有几十元稿费，感到非常满足。尤其是在北京图书馆（现"国家图书馆"）的《文献》、湖南师大的《古汉语研究》上发的几篇，大大增强了我的勇气和信心。在青海师大科研科张定邦科长的鼓励下，我先是以《方以智及其〈通雅〉研究》申请到青海省古籍整理

项目，获得资助经费500元；后又以《〈通雅〉与明代汉语研究》申请到
1991年度国家社科基金青年项目，获得资助经费8000元。据说，这是青
海省当年唯一申报成功的国家社科基金课题。

四、社科院博士研究生

正所谓 "这山望着那山高""骑着驴好找驴"，国家社科基金的申报
经历，使我进一步萌生了考博士生的想法。我身处大西北的青海，文化
教育落后，居然能够申报成功，足以说明三点：第一，我的研究方向是
对的；第二，负责评审的专家真正是出于公心，评审客观公正，因为我
与他们没有任何瓜葛；第三，经过几年的学术历练，自己完全具备在科
研上继续攀登的实力。后来我才了解到，主持国家社科基金语言学科评
审的，就是中国社会科学院语言研究所所长兼中国语言学会会长刘坚先
生。当时也没想那么多，我就毅然报考了刘先生的博士生。经过笔试、
面试、政审等环节，居然被录取了。尽管青海师大领导到最后关头不给
看档案，很费了些周折，但到底还是好事多磨，终于成行了。

我博士读的虽然还是汉语史专业，但研究方向却改为"古代白话"。
因为我刚申请到的国家社科基金课题就是"《通雅》与明代汉语词汇研
究"，所以博士论文选题也就没有费什么周折，第一次见导师，就把"明
代汉语词汇研究"定为我的博士论文题目。当我问到这学期开什么课时，
先生说，博士生还上什么课呀？主要是自己看书，著书立说。于是我谨
遵师教，围绕着明代汉语词汇，刻苦读书。因为硕士阶段曾读过《说文解

字》《尔雅》《方言》等小学①经典，再读《金瓶梅》《西游记》"三言二拍"、戏曲鼓词、《挂枝儿》《山歌》之类也就比较顺利了。每有心得或疑惑，便找机会向刘先生以及江蓝生、白维国、曹广顺诸先生请教。虽然由古代汉语转到古代白话，但始终没有离开中国传统语言学，这为我后来从事语文教材编写和语文教育研究打下了坚实基础。

五、语文教材编辑

1994年7月，我在中国社会科学院语言研究所顺利通过博士论文答辩，这时就面临找工作的问题。当时女儿该上小学了，妻子还在北师大读博士，我不得不考虑先安家再立业的问题。我咨询了所里负责后勤管理的老师，他们说像我这种情况，如果在语言所，只能分给一间平房，冬天没暖气不说，做饭还须用煤气罐。我向刘先生分析了自己的情况，当过中学教师，做过学报编辑，如果这些经验完全用不上，未免有些遗憾，最好能兼顾事业和家庭。先生就建议我到人民教育出版社，并向我介绍了叶圣陶、吕叔湘、隋树森、张中行、王泗原、张志公等人教社前辈。先生还亲自向时任人教社中语室副主任熊江平写信说项。就这样，我顺利地到了人教社。

人民教育出版社不是一个单纯的出版机构，而是一家从事中小学教材研究编写的专业出版社，毛泽东题写社名，首任社长兼总编辑为著名教育家、文学家叶圣陶先生，类似于民国时期的国立编译馆。因此，人教社的学科编辑，既有一般出版社的编辑职能，还承担着中小学各科教

---

① 小学，指的是中国传统语文学，包含文字学、音韵学、训诂学等。

材的研究开发任务，也就是说，既当编辑，同时又是教材的编者。这种体制，在世界出版界也是少见的。所以，改革开放以后，由于对外交流的需要，报教育部批准，人教社又增加了一块副牌，即教育部课程教材研究所，邓小平题写所名。我到人教社时，中语室虽已远不及20世纪50年代鼎盛时期那样人才济济，但也有不少颇有影响的语文教育专家，加上人教社与中语会的密切关系，我很快就认识了刘国正、张定远、顾振彪等先生，彼此结下了深厚情谊，并通过他们结识了语文界更多朋友。

我集中精力从事语文教育研究，正是从进入人教社工作开始的，不仅参加语文教材的编写编辑，还撰写了一些语文研究文章，出版了几本关于语文教育研究的专著，可谓顺其自然。

我在学生时代学语文，1976年高中毕业，与作家路遥《平凡的世界》中的主人公孙少平一样，毕业后就当了民办教师。1977年参加高考，考取河南省淮阳师范，毕业后当中学教师，先初中后高中。读了硕士、博士以后，分到人教社，才开始编写语文教材。正是在工作中才开始研究语文教育，写了一些语文教育方面的文章。承朋友们厚爱，先后出版过《语文论稿》（湖南教育出版社2000年）、《顾之川语文教育论》（福建教育出版社2013年）、《顾之川语文教育新论》（陕西师范大学出版社2016年）、《语文工具论》（广西教育出版社2018年）。我之所以能够做出一点儿成绩，并不是自己有什么了不起的能耐，而是得益于人教社和中语会两大平台，中学教师、学报编辑的工作经历，汉语史硕士博士期间的积累，当然也有自己的努力。初唐诗人虞世南诗作《蝉》，有所谓"居高声自远，非是藉秋风"。我正是靠着这些主客观条件，才得以近距离地接触到语文名家和各地的语文名师，所谓"近水楼台""近朱者赤"，自己自然也就跟着水涨船高了。

人教社所编语文教材受到广大学生、语文教育工作者乃至社会的高度认可，在我看来，决不是取决于哪一个人的原因，很大程度上是天时、地利、人和等因素综合作用的结果——新世纪课程改革的机遇，我国教材编写审查的体制机制，人教社老一辈语文人打下的坚实基础，当然也有我们这一代的努力。最主要的，就是贯彻了"守正出新"的编写理念，组建了一支"三结合"的编写团队，即以人教社中学语文编辑室专业编辑为主，同时邀请以北京大学为主的专家和一线优秀教师、教研员参加。这一模式也为后来人教社各学科教材编写所效法。

海明威在《老人与海》中说："一个人并不是生来就要被打败的。只要你有足够的坚强，足够的渴望，足够的努力，上天就会在那种全是墙的地方给你开一扇门。"一个人事业的发展、专业的成长，不靠天，不靠地，全靠我们自己。教师的天地在三尺讲台，成功之路就在脚下。无数优秀语文教师的成长经历告诉我们，机遇总是偏爱有准备的头脑。一个优秀的语文教师，总是善于总结教学经验，把握教学规律，反思教学得失，更新专业知识，提升教育理论。最重要的是，要有教育理想、情怀和品质，要用中华优秀传统文化哺育具有中国气质、中国精神、中国思维的新一代中国人。

我的高考

1977年前后注定是中国当代史上的一个重要节点，也最为惊心动魄。周恩来、朱德、毛泽东三位领袖相继去世，唐山大地震，邓小平复出，中国随即进入改革开放时代。邓小平主持中央工作后，有一个重要举措，就是力主恢复中断了11年的高考制度。1977年9月经党中央批准，12月举行考试。我就是这时走进河南省周口市设在地区党校的高考考场参加考试的。正是这次来之不易的高考，彻底改变了自己的人生，成为我人生道路上的一个重要节点。

1977年高考，全国有570万人走进考场，但最终录取的只有27万人，比现在高考竞争更激烈。河南省又是人口大省，考生70.59万人，录取到本科院校的仅有9374人，另有14000多人录取到中专（含中等师范），我就是这14000多人中的一员。

我1976年高中毕业后回到村里，就像路遥《平凡的世界》中的孙少平那样，是回乡知青。因为在学校成绩一直不错，所以还没到秋季开学，大队干部就通知我，要我到娄冲学校当民办老师。校长是娄晓鸽，也是我大哥的同学，对我关爱有加。当时娄冲学校有小学和初中，小学五年，初中两年。我教初二年级一个班的语文课和政治课，兼班主任。

娄冲学校是我的母校，我就是在这里接受了启蒙教育。因为我在高中期间参加过学校组织的文艺宣传队（全称"毛泽东思想文艺宣传队"），毕业后公社（相当于现在的乡）领导仍要求我们组织起来到各大队演出。所以，我刚当上民办教师不久，就接到文艺宣传队老师的通知，到学校集中排练。我表演的是对口词，类似于现在的小品。因为是公社领导亲自抓的工作，我只好向大队领导说明情况，放下刚接手的教学工作，到学校宣传队报到。哪曾想我们刚集中不久，就传来了毛主席去世的消息，举国同悲，上级要求"停止一切娱乐活动"。刚刚集中起来的文艺宣传队即刻就地解散，由公社下属企业负责安排我们的工作，我被分到公社砖瓦厂。结果我过去一问，厂长说现在没活儿，职工都在放假，等有活儿了再通知我。明知他是在应付我，可也没办法，只好悻悻地离开。这时娄冲学校的民办教师岗位已有别人，我只好回到生产队里参加劳动。

　　我们村附近有一个青年场，职工都是郑州纺织厂的子弟。那时候最高领袖有指示："农村是一个广阔天地，在那里是可以大有作为的。"可是城市知识青年（简称"知青"）下放到农村，受不了那个苦。郑州有国棉一厂、二厂，一直到十厂，于是就在我们大队附近办了个青年场，专门接收郑州纺织厂的子弟，既响应了国家关于知识青年上山下乡的号召，又能给他们提供比较好的生活工作条件。大队干部跟厂领导常有联系，听说新郑那边农村普遍用红薯熬制糖稀卖钱，认为是一条来钱的活路，也想试试，于是决定派我和娄寨一位离职会计娄和新前往新郑，学习熬制糖稀的技术。当时我大哥正从部队回家探亲，特意给了我些粮票和钱，以防万一，其实后来也没用上。我和娄和新先到了郑州纺织机械厂招待所住下，因为要等到周末才会有人带我们去新郑。那是我第一次到省城，第一次见识了大城市工人们的日常生活，第一次随工人师傅到厂里浴池洗澡，第一次游览碧沙岗公园，可谓大开眼界。这时候已听工人师傅说要恢复高考了，城里很多知青（包括青年场的职工）已开始复习备考了。娄和新对我说："这么好的机会，你也可以试试啊！"我当然愿意试试了，但一想到自己重任在身，马上回去复习备考肯定不现实，自己干着急也没有办法。我们在郑州等了一周，终于等到厂里师傅把我们带到新郑的一个村子。我们住在生产队的牲口屋里，终日与牛、驴为伴，吃饭在村民家里，当然要交粮票和饭费。学了一二十天，我们把熬制糖稀的技术基本上掌握了，这才辞别师傅，回到村里。

回村后，我赶紧打听高考的事情，并到公社教育组报了名。填报志愿的时候，我也不知道自己能不能考得上，完全是"跟着感觉走"。由于一心向往外面的世界，我竟鬼使神差地把北京广播学院（现"中国传媒大学"的前身）填作我的第一志愿，心想如果能考上就能当记者，那该多风光啊，可以游走天下。虽然我当年没考上北京广播学院，但现在内子是中国传媒大学教授、博士生导师，可见山不转水转，冥冥之中似有神助。我当时大概也填了郑州大学、河南大学之类的省内高校，但肯定没有填报淮阳师范，最后却被录取到淮阳师范。

报了名，离高考也就只有十几天了。怎么复习呢？想着先从薄弱处抓起吧！于是找来高中时的数学、物理、化学课本来看。生产队长看我没出工，还说风凉话："想考大学，还想上天哩！"意思是绝没有考上的可能，不要白费力气了。同村民办教师顾西来也报了名，邀我住在他家里，因为他家只有他和他母亲，比较安静，可以安心复习，而且复习过程中两人还可以交流讨论。大约复习了一个星期，西来兄从学校回来，告诉我说，高考分文科理科，文科只考语文、数学、政治、历史和地理，不用考物理、化学和生物。我俩同病相怜，理科不行，一致决定改报文科。恰好他第二天要去公社开会，可以顺便改高考志愿，我就请他帮我一起改志愿，实际上就是重新填写报名表。他帮我填表时，想当然地把我的出生年份填成了1958年，实际上我是1957年出生，属鸡，后来也就将错就错，档案年龄从此也就变成了1958年9月15日。

1977年高考，因为中央9月份才做出决定，教育部根本来不及组织全国统一命题，要求各省市自主命题。前几年教育部主管高考工作的副部长也是77级的，有一次我曾问她："还记不记得当年的高考作文题？"她说已不记得。我说我记得，我们河南1977年高考作文题是二选一，其中一个是"我的心飞向毛主席纪念堂"，我写的就是这个题目。因为我基本上没怎么复习，只能凭以前读书的积累，最后几门加在一起大概还不到200分。

1978年春天，我参加大队组织的平整土地，当时有个说法叫"大兵团作战"，实际上就是几个村的社员集中在一起劳动。有一天，我正在娄冲平整土地，大队干部大声喊着给我送来了体检通知书，要我到县医院参加高考体检。能够参加体检的，说明考得不错，有希望录取。我们汤庄中学（在西陵寺）前后几届也只有我一个参加了体检，最多的就是附近几个青年场的知青，他们毕竟是在郑州或周口等城里上的中学。对于我来说，这不仅是平生第一次参加体检，甚至也是第一次进县医院。所到之处，一路绿灯，医生、护士对我们非常尊重，好像我们是打了胜仗的功臣似的，代表着全县的荣耀，初步体会到"春风得意马蹄疾"的成就感。

在等待高考录取的日子里，我已不再安心生产队里的劳动了，一心憧憬着未来的大学生活。开学后，我的母校汤庄高中办了高考复习班，主持复习班的就是我上高中时的班主任单国琳老师。单老师让人通知我去，要我一边复习准备参加1978年高考，一边等待录取消息。过了一段时间，班上化河公社来的陈东风同学率先接到西南政法学院的录取通知书，他兴高采烈地走了。直到4月份，我才接到淮阳师范学校的录取通知书。单老师分析了我的情况，劝我不要去上师范，再复习几个月，参加1978年高考，至少考个郑州大学没问题。结果等我回家一说，父母兄长一致反对，说好不容易录取了，两年后就可以吃商品粮，就是国家干部了，如果错过这个机会，万一又不兴高考了呢？或者还让考，万一考不上呢？父亲还找来在姚集当武装部长的表叔来做我的工作，说家里孩儿们这么多，读师范至少可以减轻家庭的负担。这样，我就高高兴兴地到淮阳师范报到去了。

我的高考已过去41年了，如今回忆起来仍感慨不已。如果没有高考，显然就不会有我今天的一切；如果我不是第一次高考就被录取到淮阳师范，也许我就像《平凡的世界》中的孙少平那样，进城打工挖煤去了，走的将完全是另一条路。人生没有如果，我只能说自己是幸运的，这要感谢邓小平和党中央恢复高考的英明决策，更要感谢命运之神的赐予与眷顾。

弦歌台下

　　弦歌台是中国历史文化名城淮阳的一处名胜，位于县城西南隅的南坛湖中，又名"厄台""绝粮祠"。正殿两边石柱上镌刻着"堂上弦歌七日不能容大道，庭前俎豆千年犹自仰高山"，说明弦歌台是为纪念孔子陈蔡绝粮而修建的。现为河南省重点文物保护单位。[①]《史记·孔子世家》《韩诗外传》《孔子家语》《孔子集注》《搜神记》等古籍都曾记载孔子"厄于陈蔡绝日弦歌不止"。"陈"指陈国，就是今周口之淮阳，《诗经·陈风》所记即为这一带民歌；"蔡"指蔡国，就是今驻马店之上蔡，也是秦丞相李斯的故乡。从淮阳到上蔡，须路过周口、商水一带。孔子绝粮背景颇复杂，留待专家考证。但后人建弦歌台，显然是要警醒世人，尊师重教，善待文人学者。淮阳还有一处全国重点文物保护单位，即太昊陵，位于淮阳城北龙湖之畔，号称"天下第一陵"，是为"三皇之首"的太昊伏羲氏兴建的，当地人称为"人祖庙"。《孔子家语》曰："孔子自魏适陈，陈侯启陵阳之台。"所以古建筑学家罗哲文题词曰："华夏文明三始祖，淮阳伏羲第一人。"现在太昊陵每年农历二月二至三月三都

----

① 已于2019年10月7日升级为全国重点文物保护单位。

要举行盛大庙会，烧香祭拜者络绎不绝，香火很盛。

1977年5月至1980年4月，我在淮阳师范学校中文二班学习。我们这一届名义上是两年制，实际在校时间只有一年半，1979年10月我们就离开学校，各回各县，由县教育局安排实习了，只不过正式毕业是在1980年4月而已。记得商水县教育局派人事股长带着大巴车到淮师来接我们，把我们拉到县教育局，住在教育局招待所，当晚还招待我们到县城西关的电影院看了场电影。当时大家刚离开淮师，憧憬着即将到来的实习生活，兴奋莫名，根本就没把心思放在电影上，只记得是一部苏联电影，至于什么内容已完全不记得了。第二天宣布实习分配方案，我和数学班一位同学被分配到舒庄高中。从此我与语文教育结缘，直到今天。

淮阳师范学校创办于清宣统元年（1909年）三月，初名"陈州府初级师范学堂"，是河南省创办最早的师范学校之一，先后用过"河南省立师范学校""河南省立第二师范学校""淮阳中山学校""河南省淮阳师范学校"等校名，曾被誉为"豫东教师的摇篮"。2002年更名为"周口幼儿师范学校"，并搬离原址，实际上原来的淮师已不复存在。五四时期著名作家、诗人徐玉诺，著名教育家、西北师范学院院长李秉德等曾在此任教。我们在校时，还能看到张衡石先生。张先生被誉为"豫东才子"，商水人，当时已70多岁，整天戴着蓝布袖头在阅览室搜集整理他的剪报资料。

淮阳师范77级语文共招收4个班，毕业后以从政的居多。这足以说明，虽然只是中师学历，但在那个人才断层、青黄不接的特殊年代，我们这批中师生毕竟是通过高考凭自己的实力脱颖而出的，已属人才难得。适逢国家改革开放，需要大批人才，风云激荡，大家也都没有辜负时代期许，各得其所，分别找到了自己的人生坐标。

回想我们在淮阳师范的学习生活，印象最深的有以下几点：

一是同学们学习都很刻苦努力。我们是"文革"后恢复高考的第一届，虽知道以后的出路是当小学语文教师，但毕竟是在我国中断高考11年之后，重新回到学校当学生，所以大家都非常珍惜这来之不易的学习机会。生活当然清苦，每月学校发伙食补助12.5元，另有两元医药费。饭票分粗粮、细粮，经常吃杂面馍，喝黑乎乎的红薯面粥，但同学们学习热情非常高。我家兄弟多，条件差，幼承父亲的"庭训"是："生活上要向最低标准看齐，学习上要向最高标准看齐。"秉持这一原则，我也就尽量不给家里增加负担。那时候还没有勤工俭学这一说，只能靠自己尽量节俭。一双凉鞋还是二哥送我的，印象中全校穿粗布裤子的只有我一人。当时同学中有一个响亮的口号，就是"要把被'四人帮'耽误的青春夺回来"！所以大家都在拼命学习，生怕被别的同学拉在后面。淮阳县有个拉架子车的孙方友，通过自学，发表了小说，引起轰动，后曾任河南省作协副主席，验证了知识改变命运的真理，这也给了我们极大鼓舞。

二是老师们教学都非常敬业。戴俊贤老师是我们的班主任，教写作课。戴老师对我们可谓无微不至，关爱有加，深受同学们爱戴。我们从宿舍到食堂要路过戴老师家门口，所以大家有事没事总爱到他家里坐坐聊天。戴老师后来调任商水县委办公室主任、周口市政策研究室主任。他喜爱诗词，还曾命我为他的诗集《百花集》写序。近年来虽已退休，仍笔耕不辍，主编《周口市政协文史资料》。李德民老师身材矮胖，面有点黑，教古代文学。他讲《离骚》中的"汨罗"时，我才第一次分清"汨"和"汩"有什么不同。刘占国老师教现代文学，他朗读孙犁《荷花淀》时声情并茂，能把我们带进抗战时期白洋淀的紧张气氛中，尤其当读到"鬼子来了要和他们拼命，女人含泪答应了他"时，不禁为之心动。刘本在老师教政治，常和同学一起赤脚打篮球，后来从政，曾任周口市团委书记、河南省政策研究室主任等。桂德行老师曾有文章发表于《人民日报》，听说后来调到《周口晚报》当总编辑。还有一位教政治的叶老师，好像是福建人，口音很重，有一学期他给我们讲恩格斯的哲学著作《路德维希·费尔巴哈与德国古典哲学的终结》，从马克思主义哲学与黑格尔、费尔巴哈哲学之间的批判继承关系，辩证唯物主义和历史唯物主义的基本原理，到马克思主义哲学产生的理论来源和自然科学基础，以及马克思主义哲学的革命性变革等，旁征博引，雄辩滔滔，使我大开眼界，我甚至一度喜欢上了哲学。

这里要特别说说教古汉语的朱永楷老师，他讲文天祥《指南录后序》、讲王安石《泊船瓜洲》"京口瓜洲一水间"时的情景时至今天依旧如在目前。朱老师毕业于上海华东师大，与我后来在河南教育学院进修时的古汉语教师沈伟方是老同学。朱老师一表人才，玉树临风，架着一副眼镜，文质彬彬，风流倜傥，是性情中人。同学间流传着他打开水时与校团委美女书记的对话："昨晚看电影了吗？""没有，昨晚不是停电了吗？""没电点蜡嘛！"我在河南教育学院进修时，还曾到他在郑州工学院的家里看望过他。朱老师后来调到周口师专任教。有一次，朱老师招待来周口巡视实习工作的沈伟方老师，我们一起品尝了他珍藏多年的八大名酒，每种只有一两，我也第一次吃到那么好的炒面条。他和师母调到汕头大学后，我还曾打电话问候，只是一直没有再见过他。

三是同学之间关系融洽。淮师三年，我们班在班主任戴老师和班长张流泉的精心经营下，团结和睦，其乐融融。流泉兄当过兵，曾任大队支部书记，社会经验丰富，是我们的老大哥。有一次晚饭后，我忽然肚子痛，他马上和同学一起把我送到淮阳县人民医院。医生诊断为急性阑尾炎，需要动手术。我们一听傻了，因为没带那么多钱，只好说先回去做些准备，明天一早再来。没想到经过这么来回一折腾，肚子也就不痛了，第二天当然也就没有再去，而且这么多年我竟再也没得过什么急性阑尾炎。虽然只是虚惊一场，但流泉兄的古道热肠与担当精神让我终身难忘。这些年，每当他来北京，只要我在，总会置酒款待。扶沟孙绍兴、太康吴培强与我交往最多。三人常在一起吃饭，看电影。我们有个约定，吃得最慢的那个人负责洗碗，孙吃得最快，洗碗的往往是吴兄和我。谁从家里带了好吃的，一定要与大家分享。学习委员张锡胤是西华人，大高个，语文入学成绩全班第一，高考作文满分，戴老师特意把他的高考作文印发给我们，字也写得非常漂亮。同桌郎永生出身于教师之家，其父郎笑天是扶沟高中语文名师，我们还集体收听过他父亲讲鲁迅小说《药》的录音。他有个哥哥在周口三中教英语，我在河南教育学院进修时见过；另一个哥哥在许昌某高中教语文，我曾在全国中学语文教学研讨会上见过。永生兄在校图书馆帮忙，常能借到新书，我从他那里辗转看到不少新书。如今多数同学已退休或接近退休，前几年我曾和流泉、廷宇兄一道回周口参加同学会，见到戴老师和不少老同学。后来流泉兄建了个微信群，取名为"淮师77文2"，现已有20多位微友，每天都能看到老同学间的问候、交流与分享，其中尤以张流泉、张廷宇、夏慧敏、张超英、王美华等同学最为活跃，有些用网名的，就无从考证了，廷宇兄常有诗词或书法作品推送。我想不管是实名还是网名，冒泡还是潜水，只要能彼此交流信息，分享快乐，流泉兄建群的目的也就算达到了。

附记：

初稿写成后，我发至"淮师77文2"微信朋友圈，众同学鼓励有加，"文质彬彬"赋《忆江南》曰：

今天拜读了顾之川先生新作《弦歌台下》，感触颇多，特赋《忆江南》，与诸共勉。

淮师事，转瞬四十年。简陋生活磨毅力，求知欲望铸诗篇。恍若在昨天！

纬五路纪事

　　1981年8月至1984年6月，我在河南教育学院中文系进修。那是特殊年代一种特有的教育形式，为了弥补当时高等教育的不足，全国各地纷纷通过办教育学院或教师进修学校，提高在职教师的专业水平和学历层次。我们这一届定位是专科起点续读本科，名义上是三年，实际在校时间只有两年半，1983年10月就各回各地实习去了。那时河南教育学院位于郑州市花园路附近，是原纬五路中学旧址，面积不大，只有30多亩。正对着大门的是办公楼，右边是我们的宿舍和教室，左边是图书馆和短训班宿舍，办公楼后面是礼堂，东北角是食堂，西北角是浴池等。学院南面与纬五路平行的是金水路，两旁栽有高大粗壮的法国梧桐，枝叶茂盛，夏天特别阴凉，附近有河南省委、紫荆山公园、河南省博物馆、河南日报社等；北边是黄河路，有河南省委党校、河南教育学院教工宿舍等；东边有河南省人民医院，西边是建工影剧院，我们经常在那里看电影。我们刚入校时，院长是刘兰坡，曾任河南省教育厅副厅长，后来物理系陈子正教授继任院长。副院长龚依群是诗人，郑州黄河母亲塑像前刻有他的诗作。前不久我到延安鲁迅艺术学院参观时还看到他的名字，是周扬的秘书，任延安鲁艺办公室主任，也是河南省为数不多的参加过延安文艺座谈会的老革命，后任河南省社科院副院长。图书馆馆长姓王，戴着眼镜，白且微胖，曾任周口地区教育局局长。现在各省教育学院多已改制或转型，如上海、湖南已合并到当地师范大学，广东、湖北改名为第二师范学院，东三省虽用原名，实际上是省教研室，北京、四川等还存在。只有我们河南教育学院是个例外，名义上并入河南财政金融学院，实际上已被兼并，即使我们再到郑州也无处寻访了。

一、入学

我上河南教育学院纯属偶然，机遇于我可谓从天而降，冥冥之中似有神助。当然如果换个角度看，机会总是青睐有所准备的人，所以偶然中似乎又有必然。我们是河南教育学院招收的第一届中文本科班，同时招的还有物理班。当时报考条件有三：一是35岁以下，二是现任高中语文教师，三是专科学历。要求每县推荐一人参加考试。县教育局人事股把全县高中语文教师的花名册翻来覆去寻了个遍，竟没有找到一个符合报考条件的，但上面给的指标又不愿浪费，只好"瘸子里面拔将军"，通知我参加考试。其实我只有中师学历而不是专科，只符合前两条。那时候虽然各公社都办有高中，但高中语文一般都是富有教学经验的老教师担任。我这才有了报考机会。其实我教高中语文时间很短。1980年4月我才从淮阳师范毕业，被分配到商水县化河学校。先是到化河村学校代课，暑假后才在化河学校正式任教。开始教初一语文，第一课是教毛泽东的词《浣溪沙》。一周后初二语文老师提出和我调换，我又改教初二。其间语文组长带教研组几位老师听过我的课，大概印象还不错。第二学期一位高二语文老师休产假，我才开始教高中。我刚当上高中语文老师就赶上了河南教育学院招生，只能说明我运气好。全周口地区9县1区，另有淮阳师范和西华师范，共有12人报考。尽管我代表商水县勉强参加了考试，但说实话并没有抱多大希望。没想到一个多月后的一天，我所在的化河学校举行期末考试，我正在监考，大约11点多，校长在教室门口向我招手，说要我请客，原来是河南教育学院的录取通知书到了。最后录取比例3：1，周口地区共录取4人。就这样，我告别了化河中学的同事，到河南教育学院报到去了。

二、老师

河南教育学院的老师多为原省教育厅教研室的教学研究和教材编写人员，也有一部分是修订《辞源》时抽调的中学老师，讲课以本系教师为主，不足者则延请郑州大学、河南大学中文系的老师。我们的课基本上是大学中文系开设的必修课，选修课很少，似乎只有王钦韶老师给我们开过美学和马列文论。古代文学有刘保和、刘树玉、张子仪、张犟毅和郑州大学俞绍初等；现代文学有贺大遂、来华强，郑州大学刘继献、孙浩以及河南大学中文系任芳秋等；文学概论是王钦韶；古汉语是沈伟方；现代汉语是王也凡，洛宁县教师进修学校杨书中也来讲过；语言学理论是张宝胜；写作是夏启良；外国文学是黄惠清和郑州大学安国良，河南大学牛庸懋也来作过讲座；语文教学法则是系主任于佑民先生。应当说，老师们教学都很认真，兢兢业业，尽心尽力，大大开阔了我们的知识视野，提升了我们的学术眼光。只是限于自己的资质与喜好，对我影响最大、令我印象最深的则是沈伟方、张宝胜、俞绍初、王钦韶等。

沈老师毕业于华东师大古典文献学专业，专业功底深厚，而且绝顶聪明，多才多艺，据说能自拉自唱评弹，可惜我没有听过。我们的古汉语教材选用上海复旦大学张世禄先生主编的《古代汉语》，小32开，深蓝色封面，上海教育出版社出版。当时班上曾有同学质疑，为什么不用北京大学王力先生主编的《古代汉语》。沈老师的回答是，我是上海高校毕业的，当然要用上海版教材。但同时也给我们发一套王力先生主编的《古代汉语》，作为自读课本。因为我对古汉语特别感兴趣，沈老师就让我当课代表，我也因此有机会常到他府上请益。1984年春，我在商水县高中实习，学院安排老师们分头看望大家，应该相当于现在的检查巡视，沈老师主动要求到周口，说是一来可以看看我们，二来也可以看看他的老同学朱永锴老师。沈、朱二位老师，保安兄和我，我们师生四人在周口火车站附近的一分利餐馆相聚，朱老师拿出他珍藏多年的八大名酒，每种好像只有一两的样子，很快就喝完了。那时候没有社会经验，最后竟是朱老师买单，我至今想起来仍懊悔不已。

张宝胜老师是1982年从河南大学研究生毕业分配过来的，意气风发，才华横溢，深受同学们喜爱。他本来是学现代汉语的，因为我们已经开过现代汉语，他就给我们开了一门语言学理论。他能结合现代汉语的实例讲语言学理论，而且从学术源流，讲到国内外研究现状，有哪些著名学者、著作等，真让我们大开眼界。什么"差一点儿就买上了票/差一点儿就没买上票""台上坐着主席团""打扫卫生""吃大碗""吃劳保"等经典语例，原来现代汉语课竟还如此有意思，大家听得兴致盎然，津津有味。其实，张老师对我帮助最大的，还是介绍我到河南大学中文系旁听研究生辅导班讲座。那时我已经有了报考汉语史研究生的打算，他又是刚毕业的研究生，我就到他宿舍讨教。他说，每年暑假，河南大学都会给准备报考研究生的本科生举办辅导班，任课教师多是研究生导师，既有专业课辅导，也有英语、政治等科目辅导。但我一个人也不认识，怎么去呢？他便主动分别给河南大学中文系古汉语教研室的王浩然、王兴业二位老师写了介绍信，要我拿着信直接找他们。所以1983、1984年两个暑假，我都是在河南大学度过的。先后听过中文系许多老师的课，如古汉语于安澜（王力《汉语音韵学》曾提到他的《汉魏六朝韵谱》）、赵天吏、董希谦，古代文学华钟彦、高文、李春祥、佟培基，现代汉语陈信春等。王浩然老师是商水同乡，非常热情。他刚从东北师大古汉语助教进修班学习归来，把带回来的讲义都借给我看，有何善周的训诂学、孙常叙的词汇学、王凤阳的汉字学、王晓华的《说文解字》研究等。这相当于给我恶补了古汉语选修课，对我报考研究生起了很大作用。王兴业老师后来成为我的同行和忘年交，我的博士论文《明代汉语词汇研究》就是通过他在河南大学出版社出版的，他还亲自担任责任编辑。

俞绍初老师毕业于华东师范大学。俞老师口才说不上特别好，但他的唐代文学课内容扎实，材料丰富，逻辑严密，学术分量厚重，加上他的渊博学识，让我们对盛唐气象以及李白、杜甫、白居易、王维等诗人有了更深入的理解。期末考试成绩下来，我竟意外地得了全班最高的92分。不少同学成绩不理想，感到不好向单位交代，特意委托班长和学习委员找俞老师交涉。俞老师说，我在郑大一直都是这样打分的呀！最后有没有如愿我不知道，我只知道后来每逢考试前，总有同学借我的笔记看。俞老师上课时，还特别讲到他的女同学戴厚英，即当时流行的长篇小说《人啊人》的作者。戴上山下乡时曾到安徽农村插队，返城后有安徽老乡之子到上海打工，她出于感恩报答之心，援之以手，热情相助，不承想却引狼入室，招来杀身之祸，令人唏嘘不已。

王钦韶老师原来在河南大学中文系，据说曾是"文革"中的风云人物，后调到河南教育学院。王老师的特点是口才好，人送外号"王铁嘴"，讲起课来口若悬河，雄辩滔滔，神采飞扬，中外文学名著信手拈来，使我们如行山阴道上，美不胜收，大大激发了我们对文学的想象与热爱。王老师出身于汝阳农家，又是我们的辅导员，性情中人，率真，没有架子，很能与同学打成一片，故在同学中威望较高。那时他单身，和他的老父亲一起住在学校。我们常在澡堂里看见他或沈伟方老师帮他老父亲搓澡。2016年秋天，我邀当年的老同学来北京聚会，适逢我的《顾之川语文教育新论》出版，我曾请达仁兄帮我送给王老师一本，他回赠我一本他的自传《追寻——一个农民之子的自述》，这让我更进一步了解到他的过往。

说起在河南教育学院时的老师，还有两位不能不提，即郑州大学中文系的齐冲天和许梦麟老师。我曾跟学姐詹素芳老师到郑大，旁听过齐老师的训诂学和许梦麟老师的汉语语音史。齐老师是江苏常州武进人，毕业于北京大学中文系，有王力"四大金刚"之称。毕业后分配到内蒙古师范大学，两个女儿都出生在呼和浩特，老大名"小呼"，老二名"小和"。其夫人杨老师是河南人，"文革"后夫妇双双调到郑州大学。后来我曾请他多次参加人教社语文教材编写会议，还曾一起去看望他的北大校友张必锟先生。许梦麟老师晚年在北京跟女儿生活，住在北京师范大学附近的金典花园，我和詹老师曾去看望过他。

三、同学

由于我们是中学教师在职进修，同学们普遍年龄较大，分组和住宿又是按所属地区划分的，所以大家平时也都是按地域开展活动的，郑州的同学基本上是走读。我年龄较小，又没有成家，非常珍惜这来之不易的学习机会，可说是心无旁骛，全部心思都放在学习上，以至于毕业多年后，同学们说起班上一些男女同学间的是是非非，我竟有"乃不知有汉，无论魏晋"之感。大家对我们似乎也特别关照，比如关兰英、傅华春、王秋月几位学姐就不止一次来到我们宿舍，帮我们拆洗缝补被子。毕业后虽见过一面，但至今想来仍感念不已。

班上年龄最大的，是陈以生，42岁，是我们的老大哥，同学们都亲切地称他"大老陈"，来自黑龙江伊春林业局红星子弟学校。2006年暑假，我去黑龙江鹤岗参加高中语文新课程培训。事后曾专程去伊春看望过他。那时，他已退休8年，腿脚不灵便。但他不仅请来物理系同学一起把酒忆旧，还陪我游览汤旺河国家森林公园。我对陈兄说，我是出差，能报销，我们到宾馆开个房间吧？这样我们说话也方便一些。不料他两眼一瞪："你这个小顾，看不起老大哥不是？"吓得我再也不敢说什么了，只好在他家睡了一晚。说起他有一次回山东老家，曾回母校看望老师。火车半夜到郑州，凌晨4点多，他敲开了于佑民主任家的门，于老师给他在客厅里搭个行军床让他休息。天亮时，于老师要出去买早点，就问："老陈，你吃几个馒头？"答曰两个，于老师怕他吃不饱，特意给他多买了一个。老陈绘声绘色的讲述，让我们不仅能想见于师之忠厚微迂，也足见师生关系之融洽赤诚。

班长陈达仁、董永泉，学习委员顾圣皓，为人正派，处事公道，很有"老大哥"风范，深得同学拥戴，威望很高。达仁兄本来就是河南省教研室语文教研员，因工作关系，毕业后我们来往自然较多，在全国性的语文教学研讨会上也多次见面。永泉兄是许昌教师进修学校老师，前几年我去许昌学院讲座时，他全程陪我参观许昌名胜，包括神垕古镇、宋代钧瓷博物馆、曹丞相府等，还叫贾灿琳同学赶来见面。圣皓兄原为郑州四中教师，德才兼备，毕业后留校任教，也是我们班唯一留校的同学。1990年我到北京考博士，路过郑州时去看过圣皓兄，他邀我到他家吃过饭。后来他调到泉州华侨大学，成就卓著，但天不假年，不久即因病去世，令同学们痛惜不已。

四、杂忆

1. 考研

我们是在职进修，开始我并没有想报考研究生，只是想着作为中学语文教师，教学中最感到困难的是文言文，所以就把主要精力放在古汉语上。先后通读了王力《古代汉语》教材，并与张世禄主编的《古代汉语》对照着看。当时我给自己定下的学习目标是，虽然我们名义上是三年制进修生，但一定要通过自己的努力，达到河南大学或郑州大学中文系四年制本科毕业生的水平。沈老师有一次上课时无意中提到，目前我国古汉语人才奇缺，以至于不少高校都开不出文字学、音韵学、训诂学等古汉语选修课，这引起了我的极大兴趣。我就去图书馆把相关藏书借来看，图书馆这方面的藏书也不多，自己也就渐渐不满足了。能买的就自己买，买不到的就想法到处去借。还曾托郑州大学毛德富（他堂弟毛德昌是我淮阳师范时的同学）帮我借了不少书，他多次请俞绍初老师上课时带给我。

有一次与班上詹素芳学姐偶然聊起，她说常到郑州大学中文系听课，因为他先生毕业于郑大，与中文系许多老师都很熟悉。我就提出可否带我一起去，她欣然应允，就带我一起去郑州大学"蹭课"。因为白天有课，我们蹭的都是成人进修班上的夜课。我们一般是17：30出发，到花园路乘公交车，听完课回来，在花园路下车吃一碗羊肉烩面，我吃四两的大碗，她吃二两的小碗。再后来，张宝胜老师介绍我到河南大学中文系，旁听研究生辅导班的课程。这时目标已很明确，就是要报考汉语史专业研究生。外语则完全靠自学，1984年报考河南大学赵天吏先生的研究生，结果专业成绩尚可，但一来竞争激烈，最后录取的都是本校毕业生，二来我的外语只考了28分。1985年在商水县高中时，又继续报考西南师范大学汉语言文献研究所，这一次外语58分，终于如愿以偿，入校后我也才得以看到外语老师长什么模样。

2. 讲座

在河南教育学院期间，曾听过几次名家讲座，也值得一记。

第一位是张志公先生，他是人民教育出版社副总编辑，就是我现在供职的单位。当时他和田小琳老师一行到开封师范学院参加黄伯荣、廖序东主编的《现代汉语》教材修订会，路过郑州，学院便请他给我们作一次讲座，在校大礼堂，上午。具体讲了些什么现在已记不起来了，但有一个细节还清晰地记得。一是中场休息十分钟后，下半场一开始，张先生上来就说："我要纠正一个字的读音，刚才我讲到《千家诗》中宋代诗人谢枋得的诗，我把"枋"字读成第三声了，应该读第一声。"显然是休息时田小琳老师给他指出来的。后来我到人民教育出版社，特意到他府上拜访。张先生听说我是刘坚先生的博士生，便说："我现在虽然不做具体工作了，但还是课程教材研究所学术委员会主任，我以学术委员会主任的名义欢迎你。"谈起在中国语言学会成立大会上，北京月坛中学刘胐胐老师发言时，坐在主席台上的王力问吕叔湘："这个字怎么读？"吕答："我也不认识。"志公先生告诉他们，这个字读fēi，《说文解字》："胐，月出貌。"原来他认识这位刘老师。张先生后来去世后，他夫人还特意挑出他的两本遗著送给我留作纪念。

第二位是张静先生，讲座也在教育学院大礼堂，是个下午，报告会的形式。张先生是郑州大学中文系主任，后来做过信阳师范学院院长、河南省语委主任。当时全国现代汉语教材主要有三套：一是前面提到的黄伯荣、廖序东主编的，简称"黄本"；二是复旦大学胡裕树主编的，简称"胡本"；三是郑州大学张静先生主编的，简称"张本"。张先生上来先介绍其籍贯，河北乐亭，与中共革命先驱李大钊是同乡。讲到启发式教学，他举了一村学冬烘先生讲毛主席《七律·送瘟神》"春风杨柳万千条，六亿神州尽舜尧"的例子。先生问："同学们，春风杨柳怎么摇啊？"众生答："尽舜尧"。先生却接着来了一句："对，尽是顺着摇。"同学们大笑不止。

第三位是霍松林教授，陕西师范大学博士生导师，中国古代文学专家。讲座就在我们班教室，除了同学，沈伟方老师等也来旁听。于主任领着霍先生进来，大家报以热烈掌声。记得是深秋时节，霍先生穿着一件藏蓝色呢子大衣，进来后，先脱掉大衣，落座后，便发问："你们有什么问题要问吗？"大家满心期待听他的高论，他突然来这么一句，自然无人提出问题。教室里安静了几分钟，老先生才开始讲。当时给我们的感觉是他并没有作什么准备，就像顺便过来开个座谈会似的。其中好像讲到李商隐的《锦瑟》，至于具体什么内容已不记得了。

第四位是于友先。当时他是河南人民出版社社长，是一个晚上，也在我们班教室，主要内容是有关我国出版改革的动态。因为与我们关系不大，大家听课的兴致似乎也不高。后来他调到北京，任国家新闻出版总署署长时，曾到沙滩后街55号院人民教育出版社参加"庆祝吕叔湘先生九十华诞暨吕叔湘语文教育思想研讨会"。临走时，我凑上前送他出来，还向他当面提起过给我们作讲座的事。

3. 罢饭

在河南教育学院进修期间，曾发生过不少趣事，印象最深的就是"罢饭"事件。导火索是我班陈同学，武陟人，午饭吃肉包子，不知怎么就与食堂师傅发生了争执，先是吵，声音由小而大，渐渐地，不禁"手之舞之，足之蹈之"，陈兄把包子从售饭窗口朝里面砸了过去，里面也用包子还击。其他同学见状，纷纷加入混战，从不同的窗口往里面扔包子，里面也往外扔，掀起一场包子大战。但因为窗口太小，大家又都没有经过专门训练，命中率并不高，结果包子皮和馅扔得满地都是，一片狼藉。饭是吃不成了，于是群情激昂，遂联合物理系、外语系，一致决定罢饭。那几天每到开饭时，大家都挤在宿舍走廊窗口，一看到有人拿着碗往食堂那边走，大家就会有节奏地齐声起哄，吓得想去吃饭的人也不得不赶紧往回走。但"人是铁，饭是钢，一顿不吃饿得慌"，大家只好三三两两到外面找吃的，或者买些吃的带回来充饥，持续了两三天才平息。

有人说：人生之路虽然漫长，但要紧处往往只有几步。可以说，纬五路三年，在我的人生道路上是至关紧要的一步。在这里，我完成了由中师生到本科生的转变，得到不少师长教诲，也结识了一批各有所长、个性鲜明的同学。更重要的是，我学到了知识，扩大了视野，培养了对古汉语的浓厚兴趣，初步奠定了汉语史专业基础。

嘉陵江畔

　　1985—1988年，我在西南师范大学跟李运益先生读硕士研究生。西南师范大学简称"西师"，现已与西南农业大学合并为"西南大学"。我们读书那会儿，西师和西农之间还隔着一个军事研究所，现在统归为西南大学。所以现在的西南大学，校园占地面积8000亩，共有8个校门，电瓶车在校园内往来穿梭。西师在重庆市北碚区，嘉陵江畔，缙云山下。青山绿水，气候温润，物产丰富，民风朴厚。重庆在抗战时曾为陪都，一度曾是全国政治、经济、文化、教育中心，各路精英荟萃于此，彼此取长补短，兼收并蓄，所以重庆文化既有南方的聪慧灵秀，又有北方的厚重大气。我们在西师三年，汉语言文献研究所是首次招收研究生，老师们都非常敬业，教书特别认真，尤其是李先生指导我们读经典，治小学，同学间相互切磋，琢之磨之，学业精进，渐入研究堂奥，奠定专业基础。对我来说，更重要的是在这期间还寻找到爱情，女儿在我研究生毕业之前即已出生。对我来说，无论是人生事业，还是家庭生活，这里都是起点站。

　　北碚位于重庆西北部，几县交界，是所谓"三不管"地带。"碚"有两读，曾在《方言》杂志上看到李荣先生两万多字的考证文章《说

"碚"》。上世纪初，这里只是一个偏僻落后的小场镇，不过300来户，2000多人，时有盗匪，民生凋敝。1927年，合江人卢作孚出任江巴璧合峡防团务局局长，修街道，建公园，办学校，开煤矿，兴实业，对北碚进行大刀阔斧的改造。到1936年成立嘉陵江乡村建设实验区署时，北碚已成为一个世界闻名的花园小城。抗战时期，北碚成为陪都重庆的迁建区，大量科学文化教育机构进驻，吸引了大批文化名人，全国的思想文化精英集结于此，有"三千名流汇北碚"之说。大量宝贵人才、文物史料和重要物资都在这座小城得到了保护和存续。复旦大学迁到这里，卢作孚创办了中国西部科学院和中国西部科学博物馆。文学家郭沫若、老舍、林语堂、梁实秋、胡风，戏剧家田汉、曹禺、夏衍、洪深、阳翰笙，教育家梁漱溟、晏阳初、陶行知、顾毓琇、朱东润等，在北碚或著书立说，或排演戏剧，或创办学校，成就了他们各自事业上的辉煌篇章。全国文联和全国作协的前身"抗敌文协"的办公处就设在北碚。梁实秋的雅舍就在西师出门左转不远处的山坡上。民国时期，梁曾任全国中小学教科书编纂委员会主任，负责全国中小学教科书编纂事业的国立编译所就在附近，卢作孚纪念馆有一张李约瑟拍摄的国立编译所照片。中共早期领导人陈独秀晚年定居合江。2013年，正值卢作孚诞辰120周年，西师汉语言文献研究所（简称"文献所"）原所长刘重来教授在《光明日报》发表纪念文章，成为当年全国高考语文试卷实用类文本《一个不能忘记的人》的阅读材料。

我们刚入校时，常听老师们讲述西师或中文系往事。虽然校门口的"西南师范大学"是集郭沫若的字，但西师中文系"桃园文学社"社刊却是郭老亲笔题写的，叶圣陶先生也曾题词。西师校训为"学高身正，行笃思远"。西师历史悠久，学风优良，特立西南，学行天下。最早可追溯到1906年的川东师范学堂，1936年更名为四川省立教育学院，1950年成立西南师范学院。吴宓、高亨等学界名流曾在此任教，现西南大学文学院办公楼名曰"雨僧楼"，就是为了纪念吴宓。郑思虞甚至给蒋介石讲过《诗经》，每逢发薪，就让他儿子牵着毛驴去各兼职高校驮银元。20世纪80年代，西师中文系学术力量最强的应是古汉语和中国古代文学，古代汉语有刘又辛、李运益、林序达、刘继华、马文熙等，古代文学则有徐无闻（书法家，原名永年，后因重听更名）、谭优学、曹慕樊、秦效侃等。现代汉语则有来自河北的杨顺安和翟时雨，我们在读时曾参与料理杨顺安先生后事。

文献所是在原《汉语大字典》西师编写组的基础上，于1984年经教育部批准成立的。导师李运益先生为创始所长，下设汉语言文献研究室（主任为刘继华）、文学文献研究室（主任为曹慕樊）、历史文献研究室（主任为漆泽邦）。李先生和刘继华老师都是原四川大学赵少咸先生（赵振铎的祖父）的研究生。李先生教训诂学、音韵学，刘先生教文字学、说文解字，张静书老师兼任书记，教小学文献要略，冯昌敏老师教古籍整理。张老师后来调到其先生所在的渝州大学（现重庆工商大学），冯老师的先生是西师外语系教授。我们的专业为汉语史，研究方向为训诂学，属于"小学"，包括文字、音韵、训诂、古文献等，整天捧着许慎《说文解字》、扬雄《方言》以及《尔雅》《释名》等小学经典孜孜砣砣。段玉裁《说文解字注》，朱骏声《说文通训定声》，王念孙《读书杂志》，王引之《经传释词》以及《诗经》《楚辞》《史记》等都是必读书。所谓天地尊亲师，师恩难忘，李运益先生八十、九十大寿时，我们都曾回母校为先生祝寿。最后一次，师兄吴泽顺、师弟吴福祥和我都是全家出动。

文献所办公室主任夏老师，原是上海纺织学院教工，其先生为西师外语系李老师，博士。他们搬家时我们几个同学曾应邀帮助抬其女儿的钢琴，听说20世纪90年代去了美国。当时文献所在办公楼与图书馆之间的一片樟树林里，是一栋独立二层小楼，全木结构，常年绿树掩映，闹中取静。一楼左手边，有办公室、资料室和教室等。我们是所里第一届研究生，本来有7个，毕业时实际只有6个。汪、李和周三位都是四川的（那时重庆还不是直辖市），二吴、王和我来自外省。考虑到王同学家庭困难，导师特意安排他住在办公室里，名义上是看管所里的复印机及电脑等设备，实际上是借此名目给他些补助。周同学是重庆人，论文开题时，导师对他的开题报告提出批评，这老兄一气之下，一拍桌子："老子不要这个学位了！"导师只好说，随便你怎么写，写得好就参加答辩，写得不好就不答辩。后来，导师倒也没有为难他，也让他顺利拿到了学位。可见李先生宅心仁厚。

当时读研究生，可以游学，就是由老师带着研究生参加学术会议，省内外各一次。我是班长，负责跟导师沟通联络和订票报销等事务。第一次是1986年参加四川省语言学会的年会，我们乘重庆到成都的火车，夕发朝至，出成都火车站正赶上下雨，如果去找公交车，肯定会淋湿衣裳，我提出先给刘、徐两位老师叫个出租车（那一次李先生不知为什么没有去），他们却担心报销不了，坚持要坐三轮车。送走了他们，我们几个二话不说，就坐上了出租车，结果比他们还先到。接待我们的是四川大学中文系梁德曼教授，因为我们的带队老师还没有到，盘问了半天。

后来在财务处报销时，也只是让我写了个说明而已。

第二次游学，李先生带队，刘、冯两位老师和我们研究生，从重庆、巫山、大宁河、乌溪、宜昌、武汉、南京、苏州、富阳，到厦门、广州、南宁、柳州、贵阳、桂林，历时30多天。那时物价便宜，出发前我到财务处借钱，每人500元，转那么一大圈儿，居然还没花完，就将余款退还给学校。按学校财务规定，李先生是教授，可坐软卧或三等舱，刘、冯是副教授，可坐硬卧或四等舱，我们研究生只能坐火车硬座或轮船五等散席。从重庆到巫山的江轮上，有不少肩挑背扛的山民，挑着广柑、橘子甚至活蹦乱跳的鸡鸭鹅等。一路上我们吃了很多方便面，那时两毛多钱一袋，以至于后来有好长一段时间，我一见方便面就感到恶心。当时我特意买了个电热杯，既当茶杯，又可煮方便面。回来时在贵阳到重庆的火车上，为了图凉快，我打开车窗，哪承想一阵夜风吹来，竟然把我的电热杯吹走了。

游学路上，我们参观了武汉大学、华中师范大学、南京大学、南京师范大学、苏州大学，到杭州富阳参加全国训诂学会年会。会后乘火车到厦门，又换海轮到广州，参观中山大学、华南师范大学和暨南大学。接着是南宁、柳州，在柳州兵分两路，李先生带吴福祥和我到贵阳，刘、冯带着汪、李、周去了桂林。每到一处，多是参观图书馆、阅览室，有时也举行座谈会。拜访了许多学界名流，如武汉大学周大璞、李格非，南京大学周勋初，南京师范大学徐复、吴金华，苏州大学王迈、蔡镜浩、董志翘，苏州铁道师院唐文，中山大学李新魁（在中山大学还幸运地旁听到饶宗颐先生的讲座），华南师大唐启运，暨南大学詹伯慧等。在富阳训诂学会上见到蒋礼鸿、郭在贻、许嘉璐、项楚、许维贤以及书法家沙孟海等学界大咖，杭州大学青年教师张涌泉，以及同为研究生的李运富、蒋冀骋等。一路上既学又游，收获满满，算是践行了"读万卷书，行万里路"的古训。

首先是"学"。在南京，周勋初先生带我们参观了南京大学图书馆和南大中文系图书馆，第一次见识到名校藏书之富且精，大为震撼。在南京师大，吴金华先生下课后带我们拜望徐复先生。徐先生蔼然长者，满脸慈祥，侃侃而谈，使我们如沐春风。在苏州大学，李先生用他那纯正的四川话说："四川号称'天府之国'，古人说'上有天堂，下有苏杭'，我们从'天府'来到'天堂'，就是来学习的。"王迈先生则说与北大王力亦师亦友。在广州，唐启运先生当晚就组织召开座谈会，让我们与华南师大古汉语研究生座谈交流。李新魁先生不仅热情招待了我们，饭后还邀我们到家品茶，令人倍感亲切。尤可感铭者，我们离开武汉时，李格非先生给我们买了许多食品；到广州时，因海轮晚点，詹伯慧先生竟两次亲自到码头迎接，并陪同游览广州植物园。这固然源于李先生与他们的密切关系，但也足见二位长者关爱后学，深情殷殷，确有古君子之风。

其次是"游"。这次游学所到之处，对我们多数同学来说是第一次，即使对几位老师来说也是非常难得的经历。巫山小三峡，乌溪大宁河，奉节白帝城，云阳张飞庙，南京夫子庙、秦淮河、中山陵、明城墙，苏州园林、虎丘、寒山寺（苏州大学青年教师董志翘陪同），桐庐严子陵钓台，厦门鼓浪屿、胡里山炮台、南普陀寺、集美、陈嘉庚纪念广场、广州植物园、中山大学，南宁青秀山、南湖公园、贵阳甲秀楼、黔灵公园、花溪等景点，也都留下我们的身影。在京杭运河船上，刚上船，我就看见邻船上正在观赏风景的齐冲天先生及其夫人杨老师。当年我在河南教育学院进修时，曾到郑州大学旁听过他的训诂学课程。睽违多年，竟在千里之外的苏杭运河船上相见，颇有他乡遇故知之乐。

除了游学和参观，其间也发生不少趣事。富阳年会由杭州大学承办，但不知什么原因，会务组竟没有给我们订到去厦门的火车票，不要说卧铺，连硬座也没有，只有站票。会务组只是一大早用大巴车把我们送到杭州火车站了事。我们倒无所谓，几位老师怎么办？所以一下车，老师、同学一起去吃早餐，我就拿着李先生的证件试着去售票处碰运气。经过几道岗，终于进到最里边的一个窗口，向工作人员说明情况，说我们一行从四川来杭州参加学术会议，没买到卧铺票，几位先生年事已高，希望能解决卧铺票。工作人员大概看我满脸真诚，证件上又确实注明了李先生的教授职称和年龄，立马问我："软卧要不要？"原来是给一个日本代表团预留的软卧，他们临时改变了行程，才有富余票。当我拿着三张软卧票回来时，大家不禁喜出望外。上车后，我们先把行李放在他们几位老师的包厢，然后分散到各个车厢找座位，我是一直站到江西鹰潭才找到座位。到了厦门，又立马赶往码头买票。结果一问才知道，厦门到广州的海轮每周才有一班，两个多小时前刚开走，下一班要等到一周以后。那时候根本没想到提前查一查海轮时刻表什么的，没办法，只好在厦门大学招待所住下。整整一周，我们把厦门大街小巷逛了个遍。实在没什么好逛的了，就让大家自由活动。那是1987年，广东、福建一带已开始改革开放，物价要比内地贵得多。游览鼓浪屿那天，一行人转到中午，饥肠辘辘，我虽带着公款，但也不敢自作主张，总是先进饭馆看看价格，再出来向先生汇报。看来看去，总觉得贵，最后只好在一个小吃摊上，8个人要了4盘虾仁炒米粉（8元/份），勉强充饥。正所谓"吃一堑，长一智"，第二天参观集美时，我就多了个心眼儿，提前到集美农林水产学校餐厅，向工作人员说明情况，买50元餐券并借了碗筷，大家饱餐一顿，大快朵颐，也才花了30多元，又退了10多元。

读研生活虽已过去30年，弹指一挥间，但有不少人和事至今仍历历在目，良多趣味，其中以下数端印象颇深。

一是生活。北方人在重庆生活，不习惯者唯有气候。夏天热，冬天冷（室内没有暖气）。热的时候，看一会儿书就要到水房冲凉，接一桶冷水从头顶浇下，可以降温，而且顿觉凉爽，倍儿有精神；冷的时候，冬天早上起来洗脸刷牙时，只觉得冰冷刺骨。重庆山城多雨，气候潮湿，放在床下的鞋子几天不晒就像白毛老鼠一样。

当时研究生有统招与代培之分，前者按国家规定，每月只有70多元补助，后者则由代培单位发工资。吴、汪和我是代培，其余的是统招。我的代培单位属九类工资区，经济相对宽裕，但因家庭负担重，也不敢像吴兄那样花费。比如，我们排队打饭，他总是吃小炒，每份虽只有一元，但在我们看来已属奢侈。他每次从家里回来，下了火车，总是要先到北碚街上，吃一份粉蒸肉。几乎每晚都要到宿舍附近小吃店桃园春吃宵夜，通常是一碗重庆小面，一两粮票8分钱。我没有吃宵夜的习惯，而是在晚餐时留下些菜，临睡前小酌两口，常常会问："老吴要不要来两口？"所以吴兄一向以为，吴福祥是他的牌师傅，我是他的酒师傅，以至后来见面必不可少酒。有一次他和夫人从欧洲旅游回来，我接到家里已是深夜，两人谈笑间竟不知不觉干掉一瓶茅台。二吴和我都是外省人，平时来往较多。我们常结伴爬缙云山，去重庆古籍书店买书，甚至定做过同一个样式的西装。周末常提着洗澡桶上街买菜，回来一起涮火锅。学校规定，学生宿舍不能用电炉，我们有一次在教室里涮火锅，结果被后勤处工作人员发现，当场给没收了电炉。

二是拜见刘又辛先生。刘又辛先生毕业于西南联大，是语言学界知名学者。不同于吴福祥和我都是中学教师，泽顺兄当过兵，是吉首大学古汉语教师，参加过全国训诂学会，考研前就曾在西师进修，所以他与学校很多老师都认识，尤其与刘先生的研究生李茂康很熟。他提出，我们在西师三年，如果不见刘先生一面，怕要留下遗憾。但是，李先生与刘一向不睦，而且两家住在同一单元，李在二楼，刘在三楼，要去刘家，必经李家门口。我们既想去见刘先生，又担心碰到李家人，彼此尴尬，于是就先请茂康兄向刘先生说明我们的意图。刘先生对晚辈自然很能体谅："我没什么，只要他们愿意来，我当然随时欢迎。"于是由茂康兄引见，我们拜望了刘先生。所幸来去安然无恙，谈了些什么已全不记得，唯有经过李家门口时的紧张心情与蹑足屏息之状仍记忆犹新。

三是奇人刘兄。刘兄是周口扶沟人，本科毕业于河南大学，早我们一年考入西师，古代文学专业。老乡见老乡，两眼泪汪汪。自然交往较多，印象颇深。他长得孔武有力，高大健壮，极爱运动，每天能围绕操场跑几十圈儿，拉单杠数十个。与之相应的，就是饭量特别大，他的饭盆要比我们大得多。打饭时，食堂师傅也总是有意给他多盛些。有一年，河南大学中文系刘老师到西师上助教进修班，放假时大概买了不少东西，请他送到重庆火车站。送走刘老师后，他到饭馆吃重庆小面，一两一碗，服务员问："先生要几碗？"他大手一挥："先来六碗吧。"结果六碗重庆小面下肚，仍没有吃饱，又大声喊道："服务员，再来六碗！"结果他一个人吃的空碗就摆满一桌。毕业论文答辩时，有老师对他的论文提出意见，要他修改后再答辩。他一气之下，就到郑州大学新建的新闻学院去了。后来任凭研究生处和中文系多次催促，他竟再也没有回校申请学位。可见这位老兄的犟和倔。

青海纪事

　　岳武穆诗云："三十功名尘与土，八千里路云和月。"我虽没有岳飞的赫赫功名，但也有自己的路和云月。回想30年前的今天，正是我带家人从成都到青海的日子。我在重庆西南师大参加完硕士论文答辩后，没等到毕业典礼，就与师兄吴泽顺、师弟吴福祥提前离校了。先是到成都送走专程从河南赶去照顾月子的母亲，然后就和内子带着出生刚38天的女儿到了青海。从1988年6月到1991年7月，我在那里工作了整整三年。青海于我，既是家庭生活起步的关键时期，更为日后的事业打下坚实基础，既是一段珍贵的记忆，也是一笔宝贵的人生财富。如果说河南是我的第一故乡，那么青海则是我的第二故乡。离开青海这么多年，对那里的山川风物、蓝天白云、辽阔草原、特色美食，尤其是人与人之间的那种赤诚相待，总是难以忘怀。这些年来，只要有机会到青海故地重游，我都不会放弃。比如，应邀讲课或出席会议，参加中语西部行，举办全国高中语文教学研讨会，等等。但都是临时出差，毕竟有公务在身，不便久留，恐怕以后也不大可能长久盘桓流连，只能通过文字记下那段经历。所谓机缘巧合，正好借30年这一契机，得偿心愿。一千多个日夜，所历甚多，从何说起呢？所谓花开满树，聊折数枝。这里只追忆印象最深、影响最大的几件事，以纪念那段难忘的"峥嵘岁月"。

一、喝酒

当年在西宁，多次听朋友们不无自豪地说，世界上人均白酒销量最多的，第一是莫斯科，第二就是西宁。当地最受欢迎的一种白酒，产于海东互助县，就叫"互助大曲"，46度，据说颇受苏联人喜爱，为国家换了很多木材。现已改名"天佑德"，酒味醇正。西宁与莫斯科有一个共同特点，就是天气寒冷，而且冬季漫长，每年10月15日至4月15日为供暖期。古诗说"晚来天欲雪，能饮一杯无"，大概也是为了御寒，应是西宁人和莫斯科人爱喝白酒的原因吧。

我到青海师大报到后不久，人事处把我找去，问我愿不愿意出个差，有高考巡视任务。那时高考在每年7月7日、8日、9日三天，省教育厅要抽调高校教师到各州县考点巡视，说是从档案上看我是党员，就找到了我。我刚到青海，正想找机会到处看看，就满口答应。再问想去哪里，答曰去最远的地方，那就去祁连吧！于是我就和青海省政法学院的一位老师去了祁连山下这个偏僻小城。我们相约一早出发，原想晚饭前赶到，无奈人算不如天算，半路走到浩门农场遇上修路，每半小时才放行一次，等我们到宾馆住下时已是晚上8点多了。高考三天，每天由县教育局几位局长作陪，中午晚上都有酒。我因为刚毕业，往往浅尝辄止，意思到即可。第二天下午考生物，提前1小时结束，离晚饭还有一段时间，校长盛邀大伙到家里小坐。进得门来，先给每人递一支烟，我不抽烟，心想接下来该给客人倒茶了吧，哪想到拿来的却是文君头曲。主人照例打通关，大小拳随便，三拳两胜，人人过关，大家共用一个酒杯。

一瓶酒很快见底，校长此时忽有所悟，进里屋翻了半天，找出一小袋花生米，一小袋火腿肠，原来是找下酒物去了。第二瓶喝完，大家才起身拥向饭馆。第三天高考顺利结束，局长带领大家到一河边野餐，装菜的器皿由盘碗换成了盆，几种菜混装，筷子是树枝，酒杯则是刚倒空的罐头瓶。这次祁连巡视，我不仅第一次喝了茯茶——用马奶加湖南产的砖茶煮制而成，见识了青海人的豪爽，也第一次体会到西北人的酒风。有一次我问女儿：对青海印象最深的是什么？她说一是羊肉串，二是酸奶。对我来说，一是学会了喝酒，二是学会了划拳。至今每与青海朋友相聚，或有青海朋友到京，才偶尔划拳。其实划拳只是个形式，也算是对那段岁月的一种怀念吧。

二、交友

说到交友，每个人对朋友的要求不一样，有的择友甚严，有的失之于宽。有人说，人生得一知己足矣；也有人说，无论是个人还是国家，没有永远的朋友，只有永远的利益。小时候常听老人们说：在家靠父母，出门靠朋友；受人滴水之恩，当涌泉相报；吃亏是福。在我看来，每个人都不可能是完美的，正如手指头伸出来不一般长，重要的是善于发现别人的优点，用以丰富完善自己。所以我与人交往，一向以诚相待，对朋友更是如此，但求无愧于心。当然朋友也是动态的，花开花谢，潮涨潮落，既是规律，也很正常。这里只说说在青海交往较多的几位。

李天道。天道兄硕士毕业于四川师范大学古代文学研究所，早我一年分到青海民族学院，在学报编辑部当编辑。在青海服务满八年后，天道兄调回母校任教，后来成为教授、博导。他治学甚广，学识渊博，著述颇丰，举凡中国古代文学、古代文论、文艺学、美学，甚至哲学、宗教、新闻，均有所涉猎。在青海交往最多的应是天道兄。第一，他是内子的师兄，专业上有共同语言；第二，他跟我是同行，都是学报编辑，不光互相帮衬着发文章，有时还帮朋友发；第三，彼此年龄相近，经历相似，都在当地举目无亲，所以常在一起小聚。尽管青海师大在城西五四大街，青海民族学院在城东八一大街，往来要穿过整个市区，但我们往来频繁，女儿小时候的玩具多数是她李伯伯送的。我为云南教育出版社主编"亲近经典"丛书时，曾请他们夫妇帮忙。这些年来，我每次去成都，只要有时间，总要约他见面，把酒话旧。

郭洪纪。老郭既是我的领导，又是兄长般的朋友。他是内蒙古赤峰人，父辈支援西北建设到了西宁钢厂。1977年考入青海师大历史系，毕业后留校。我到学报时，他是编辑部主任兼主编。老郭人高马大，却与人为善。为人性格豪爽，喝酒每划小拳。他常自豪地说："我们学报编辑部，先后培养出四个博士。"每一期学报印出来，大家一起去邮局交寄，装袋、盖章，亲自动手。完事照例要撮一顿儿，多数是到饭馆，有一次竟在新宁路边。外出野餐是经常的。有一年，学校开运动会，我们去西山林场野餐，本来是不带家属的，但当时我岳父来青海看我们，老郭坚持要我岳父一起去。大家把酒言欢，开怀畅饮。酒酣耳热之际，他们抽烟时竟引发了山火，幸亏发现及时，大家一通手忙脚乱才扑灭，只是烧坏了一同事的自行车胎和岳父的新夹克衫。有一次我在北京至武夷山的飞机上，邻座是《北京大学学报》（自然科学版）的陈主编，一聊方知他们去开高校学报研究会年会，而且说老郭也将参会。下飞机我就约他们几位见面，他乡遇故知，自然是喜出望外，不醉不归。他的公子在北京科技大学读书那几年，他几乎每年都会带着夫人和研究生来京，游学查资料。每次我都会招待他们。后来他脊椎出了问题，在北京动手术，不久竟然去世了，令人痛惜。后来每当去西宁出差时，我都会特意去看望他夫人，有时给点儿慰问金以表心意。

赵宗福。宗福兄原是青海师大古籍整理研究室主任，北师大钟敬文先生的关门弟子，著名民俗学家。他博士毕业时，清华大学和国家图书馆都愿意要他，他却因病不得不回到青海师大。先做副校长，后任青海省社科院院长。我离开青海师大时，他以一本厚厚的《秦汉魏晋篆隶字形表》相赠，并题"之川博士留念"，我珍藏至今。他读博士时，我曾请他帮我们审过稿。后来他告诉我，当时他正处于经济困顿时期，那笔审稿费可谓雪中送炭。我还请他帮我们审过高中语文选修教材《中国民俗文化》的书稿。有一次我请师兄吴泽顺去青海培训高中语文教师，他不仅亲自接机，还安排学生带我们参观游览青海湖。2015年，他作为格尔木昆仑旅游文化节总顾问，推荐我撰《祭昆仑山文》，又邀作嘉宾参加了祭祀大典。

唐志远、张成材。他们二位长我20多岁，是我的"忘年交"。唐是老革命，陕西合阳人，纪委书记。纪委在我们学报编辑部隔壁，所以我常与他们聊天。他在部队搞无线电发报，团级军官，后转业到青海师大。临别时专门请我们一家赴他的家宴。张是陕西商洛人，中文系教授，方言研究专家，论著颇丰，每有新书总会赠我。李荣先生主编的"中国方言志"丛书，约他写《青海方言志》。1991年暑假，我已接到中国社科院博士生录取通知书，成材先生请中国社科院张振兴先生去审稿，临走时想向学校车队要辆车送振兴先生到火车站，却遇到麻烦，最后还是我找到车队队长派的车。这些年我每到青海，总会去看他们，或请他们一起吃饭叙旧。

周少来、陈玉忠、蔡荣根。这几位都是当年青海师大的年轻同事，现都在北京工作。彼此很谈得来，所以常常相聚。少来考到北大读政治学博士，现为中国社会科学院政治学研究所研究员。社科院是中央智库，《环球时报》上常能看到他的文章。玉忠夫妇都是藏族，玉忠曾在北京大学信息科学与技术学院读博士，说起来与我女儿既是校友又是院友，毕业后在国家技术监督局工作。有一次我请几个青海老乡到家小聚，才发现他爱人是内子在青海师大任教时的学生。荣根现供职于中科院理论物理研究所，研究黑洞理论，最近当了院士，是何祚麻先生的同事。何祚麻被网友戏称为"何作麻"，扬州何园为其祖居，何园有"晚清第一园"之称，可见其家学渊源深厚。

三、写文章

我到青海师大后，本来也可以去中文系当老师，因内子已先我一年到中文系，天道兄就力劝我到学报编辑部。事实证明，这是一个英明决定，对我一生都产生了极为重要的影响。我博士毕业后选择到现在的单位工作，与这段经历有很大关系，冥冥之中似有神助。三年学报编辑生涯，不仅充实提高了自己，也决定了我以后的人生道路。

首先，是在学术上开阔了眼界，拓展了视野。不少人读书，总是囿于自己的专业，不敢越雷池半步，结果绕来绕去，总离不开自己的一亩三分地。好处是挖得深，做得精，但也容易走极端，看问题易偏激。

不少知识分子脱不掉"愤青"本色即源于此，因为他们往往容易把自己专业上的自信推及别的方面。应该说，通才和专才各有优势，关键是看你怎么运用自己的才智。高校学报编辑相比一般教师，有两个优势：一是查找资料更方便。各高校学报、各省社科院院刊间互赠刊物，以至我们编辑部竟有几十种杂志，比到图书馆查资料方便多了。自己负责的相关学科动态、各高校有哪些代表性学者、哪些是博导、他们都有哪些代表性著作，了然于胸，门清底透。二是常翻阅最新期刊，无疑能增加学识，充实提高自己。高校学报是学校对外开展学术交流的窗口，当然要优先发表本校教师的科研成果。但为了扩大影响，也有意识地组织一些校外的重头文章，因为只有这些文章，才有被《新华文摘》《人大报刊复印资料》《高校社会科学学报文摘》转载复印的可能，能提高学报的二次文献引用率。三是开阔了视野。比如，为了编发北京师范大学青年教师韩震的一篇书评，我通读了于凤梧、袁贵仁、韩震合著的《人的哲学》，约60万字。经过这样三年历练，相当于把自己的工作与业务进修结合了起来，受到不同学科的启发，看问题的角度就不一样了。同样一个问题，可以从不同的角度、不同的层面加以审视。这使我终身受益。

其次，对自己的论文写作确实是一种激励。当时刚毕业的研究生，写文章并不难，但发文章就不大容易了。如果写的发表不了，慢慢地也就不想写了。学报编辑占有天时地利人和，还有其他学报同行间的互相帮助，发文章就相对容易得多。我们学报每篇文章有几十元稿费，这让楼下做政治系资料员的邻居羡慕不已，说每期都有你们家的文章。加上在其他杂志发的，三年下来我竟发表了十几篇文章。除了关于方以智及其《通雅》的研究文章，还有文字学、音韵学、训诂学方面的论文，甚至还有《论中国传统文化的特点》。正所谓"这山望着那山高"，写得多了，发得多了，自然对汉语史有了更深入的认识和体会，尤其在国家图书馆《文献》发表了《〈通雅〉版本源流考》，更是大大增加了我的自信。

第三，通过编发稿件，结识了不少学界朋友。编辑部总共七八个人，每年文、理科学报各出四期，老郭负责重点栏目和教育学、心理学，蔡是校长张某的研究生，学先秦史，负责历史、经济类稿件，我则负责语言、文学、哲学、美学甚至文化等稿件。编辑部气氛融洽，一般是责编提出初审意见，主编基本上都会采纳，所以帮了不少朋友的忙。当时东风兄跟北师大童庆炳先生读博士，在元浦兄推荐下，我曾多次编发他的稿子。1991年我和老金到北京读博士，第一个请我们到家吃饭的就是老陶。记得他们新婚不久，住在北师大附近冰窖胡同的一间平房里，也就十来平方米，十分窄逼，但这份情意却是我没齿难忘的。后来，他夫人分到北京青年政治学院当老师，正与中国社会科学院研究生院斜对面，又到他家叨扰多次。周宁兄转来南京大学博士生章俊弟先生的稿子，政教系周荫祖转来张一兵先生的稿子，我也都多次编发过。

四、考博士

我考博士一波三折，历尽磨难，但也好事多磨，终于成行，算是功德圆满。我读研究生在西南师大（今"西南大学"），是青海委托培养（简称"委培"）的，签有协议（代表省教育厅跟我们签协议的郭老师，后调到海南师大，曾被中央树为典型，惜已英年早逝），需在青海工作八年方可调动。同学中也有直接攻博，根本没去的。我因为女儿刚出生，内子一个人多有不便，加上我原本也想体验一下大西北风情，就如约到了青海。去了以后发现确有很多不适应。比如西宁海拔约2250米，缺氧，烧水90多度就开了，蒸米饭必须用高压锅，否则会蒸不熟。爬楼梯上三楼就呼呼喘气，相当于在内地背着22.5公斤的东西负重前行。当时全国工资分9类，青海属最高的，比内地每月多几十元，同事们戏称为"喘气费"。再加上地处偏远，信息闭塞，大家纷纷以能走出青海相标榜，我们也渐生出走之意。办法要么是调动，要么是考博。调动太麻烦，而且不大容易找到合适的单位。权衡之下，还是考博最为简便。根据我对全国汉语史专业博士点的了解，为了双保险，同时报了两家：一是中国社科院语言研究所，导师刘坚先生，古代白话方向；一是四川大学，导师赵振铎先生，训诂学方向。我分别给两位先生写信介绍了自己的情况和意愿，并寄去自己的代表性论文。当然首选是北京，万一考不上，再去成都。赵先生让他的博士生永培兄给我回信，告诉我要看四本书，其中有吕思勉先生的两本。因为两处考试时间基本是前后相继，就打算先北京再成都。结果去北京考试之后，自我感觉良好，也就没有再去成都应考。

我之所以有勇气报考刘坚先生的博士生，与我成功申报1991年国家社科基金有着密切关系。当时在青海师大，能够发表论文的不多，以至于历史系某教授说青海的学问姓"青"，意思是出不了青海与甘肃的那条界河。在学校教务处科研科张科长的鼓励下，我先是申报了青海省古籍整理项目"方以智及其《通雅》研究"，获课题费500元；接着又申报了1991年国家社科基金"《通雅》与明代汉语词汇研究"，获课题费8000元。据说当年申报成功的国家级课题全青海省文、理科各一项，都在青海师大，另一项是白唇鹿研究，是国家自然科学基金项目，由副校长任某牵头。这次申报成功使我得到两点启示：一是主持国家社科基金评审的，就是刘坚先生，我与他素无瓜葛，可见评审完全是公平公正的；二是青海虽地处偏远，但只要你真正做出成绩，照样能得到承认。这无疑增加了我的底气和自信。本想试试自己的实力，没想到一炮即中，只是后来录取阶段竟遇到了麻烦。

元浦兄是本校毕业留校的，他报考了社科院文学所的博士生。按正常程序，考博士需要单位出具同意报考的证明，我俩却有着自己的"小九九"。因为学校已连续两年没有评职称，考博士如能考上固然好，万一考不上，又担心评职称受影响，就不想让单位知道。我们商定先不去人事处盖章，我盖学报编辑部的章，他盖中文系的章。老郭说："真要是考上了，谁还能不让你走啊！"当时考博士除笔试外，还有面试和政审。刘坚先生要出国，就提前出好一套复试题目，由学科秘书白广茂先生亲自到青海师大复试和政审。与他同去的，还有文学所学科秘书。元浦兄在校外，接待和陪同去青海湖游览当然由我全权负责。复试倒是很顺利，记得是谈博士期间的科研规划之类。政审须看档案，这时候才不得不去找学校人事处，于是我们两人报考博士的事成为轰动全校的新闻。人事处说什么也不让他们看档案，他们二人只好无功而返。我们俩如同热锅上的蚂蚁，反复找校长、副校长、副书记，从办公室到家里。校长张某出国前，特意在全校中层干部会上宣布，坚决不能放我们两个走。内子很为我们不平，我反倒宽慰她：本来就是想考一下试试的，这说明咱有这个能力，目的也就达到了。今年走不了，明年按正常程序再报考就是了。但元浦兄已满40岁，所以比我更着急。好在社科院语言所、文学所已决定录取我们，但研究生院又必须拿到政审材料才能发录取通知书，于是又派语言所党委委员兼图书馆副馆长许先生和研究生院李老师第二次到青海师大。这一次形势发生了微妙变化。中国社科院是我国最高社科研究机构，能考上博士很不容易，人家两次派人来交涉，说明录取态度之坚决，看来这两人确实是人才。这时学校舆论同情我们的逐渐多了起来，对于青年教师来说，我们是第一个吃螃蟹的，他们从中看到了希望。最后是李承业书记帮我们解了围。李先生在学校德高望重，藏族，其弟是省委副书记兼教工委书记。他谈了三点意见："第一，我们青海师大就是培养人的，培养对象既包括学生，也包括教师；第二，我们有两个青年教师同时考上中国社科院的博士，本身是好事，是青海师大的骄傲，应该大力支持；第三，在内地不少高校，系里的公章就可以对外。既然中文系和学报都盖了章，学校当然要承认。"于是他亲自给人事处打电话，让给我们出政审材料，说有什么问题他给校长做工作。就这样，本已不抱希望的读博又峰回路转、柳暗花明了。多年以后我到青海出差，还让王锋先生带我到高槽巷看望老书记，他是我生命中的贵人。

望京岁月

　　在北京东北四环与五环之间，有一个地方叫望京。望京西边是京承高速，东边是机场高速，交通极为便利。宋代沈括《梦溪笔谈》中有"望京墩"，《明实录类纂》中有"望京村墩台"，清代于敏中《日下旧闻考》及吴长元所辑《宸垣识略》中有"望京馆"。这里曾是清代皇族、显贵自京城往返承德避暑山庄的必经之路，传说"望京"二字为乾隆所赐。推测当初命名的本意应该是遥望北京。据说曾有山西煤老板发了财要到北京购置房产，有售楼员向他推荐望京的房子，结果刚一出口，即遭否决："我们大老远从山西跑来北京买房，你却要我望京，坚决不能要！"可能在他们心目中，长安街、天安门附近才是北京。其实望京距离天安门也不过二十公里，现在早已今非昔比，车水马龙，熙来攘往，俨然闹市，是北京颇繁华也很具活力的社区。

　　1991—1994年，我在中国社会科学院语言研究所刘坚先生指导下攻读博士学位。中国社科院研究生院当时在望京，现在有了新校区，非常气派，但远在良乡，京港澳高速路旁，来往多有不便。研究生院位于望京中环南路一号，旧称"六公坟"，大概是旧时某位王爷或太监的墓地。在20世纪90年代，这里刚刚开始建设，京密路边又修了机场高速，从北京站有403、401路公交可直达。往南是中国法制报报社、北四环路；往北是西八间房、北五环路。往西，左边是北京青年政治学院、北京针灸骨伤学院（现为中国中医院望京医院），右边是北京经济管理干部学院、西门子公司。我们晚饭后出去散步，常在尘土中穿梭。如果碰上下雨，更是无从下足。往东是将台路、高家园、丽都皇冠假日酒店等。我从青海到北京的第一站就在这里。望京三年，是我人生中的一段珍贵记忆。

一、导师

我的导师刘坚先生时任中国社会科学院语言研究所所长，兼中国语言学会会长。本来我与先生素不相识，我在青海师范大学工作时，曾以"《通雅》与明代汉语词汇研究"成功申报1991年国家社科基金，获得8000元资助。后来听说，主持社科基金"语言学"组评审工作的就是刘先生。由此我得到三点启示：一是刘先生主持的国家社科基金评审是公平公正的；二是我所在的青海师大，地处偏远，看似劣势，有时可能转化为优势；三是自己的研究计划切实可行，才能得到学界认可。这给了我很大的信心和勇气。正所谓"这山望着那山高"，申报国家社科基金的成功，使我又进一步产生了报考刘先生博士生的想法。大约是1990年底，我第一次到北京参加考试，给先生打电话，希望能去看望他，当然也有打探消息的意思。不料先生却说："你还没有考试，按规定，导师在考试前是不能见考生的。"我当即提出，能不能向他借一本太田辰夫的《历史语言学》看看，我一直没有买到这本书。先生满口答应，让我第二天下午到语言所去取。我不禁窃喜，心想借书时总能见到了吧。第二天我满怀期待如约而至，不料接待我的竟是语言所副所长贺巍先生，刘先生要他把书拿给我。考试结束，即将返回青海，我想，此一去，如果考不上，恐怕再也没有机会见到先生了。还不死心，就在电话里再次提出想看看他，他仍没有答应，说："你刚考完，还没有判卷。如果考上了，以后见面有的是机会；如果考不上，见不见面也就无所谓了。"我就想借去还书时碰碰运气，语言所周一、周四上班，第二天正好是周四，我就直接到语言所近代汉语研究室，正好遇到杨耐思先生。杨先生以前开会时曾见过，我在西南师范大学读硕士时还曾听过他的近代语系讲座，只是他满口湖南话让我听得很吃力。我向杨先生说明来意，杨先生非常热情，说："找刘坚呀，他刚才还在，我去找他。"过了一会儿，回来告诉我："刘先生说，你是考生，考卷还没有判，导师要避嫌疑，不能见考生。"有一次，河南某高校要申报汉语言文学专业博士点，朋友要我带着去找先生，先生非常客气地接待了客人，彼此谈得也很融洽，但临告别时他却一定坚持不收礼物。其坚持原则、正直无私如此。

入校后，我第一次拜见先生，先生亲自为我泡茶。我顺口问了一句："这学期开什么课呀？我好做些准备。"不料先生却说："博士生还上什么课？博士生学习就是为了著书立说，平时按你自己的研究计划读书，有什么心得体会，我们再讨论。"从此，我与先生一般是两周见一次面，有时他忙于工作，常常三周甚至四周才能见上一面。多数是在他办公室，除了听我汇报读书的情况外，也回答我请教的一些问题，更多的是介绍他研究近代汉语词汇语法的方法。如果是在他家里，话题则更广泛，也谈一些学术界轶闻趣事。比如讲钱锺书先生"文革"时期，曾作为"反动学术权威"被批斗，造反派给他戴上纸糊的高帽，批斗后责令不准损坏，更不能扔掉，要留待下次批斗时再用。钱先生家住朝内前拐棒胡同，在从社科院回家的路上，其他被批斗的学术权威都小心翼翼地把高帽捧在手上，生怕弄坏了，只有钱先生戴着高帽，背着双手，昂首挺胸，大踏步走，引得许多小孩一路跟着看热闹。社科院"五七干校"先在河南信阳地区固始县，后迁到明港。年轻的科研人员下地劳动，年纪大的分配点相对轻松些的活儿。丁声树先生负责烧锅炉，吕叔湘先生负责卖饭票，杨绛先生负责看菜园，钱锺书先生负责收发报纸信件，兼管劳动工具。每当大伙收工回来，疲累已极，劳动工具随便一扔了事，钱先生一一收拾起来放好备用。为此，钱先生还做了一副对联自嘲："左拾遗右拾遗拾遗左右，东收拾西收拾收拾东西。"除刘先生之外，导师组还有江蓝生、白维国、曹广顺诸先生。刘先生请他们几位给我上课，也是在他们办公室，就像聊天似的，介绍一些他们研究近代汉语词汇的方法和心得。

我到人民教育出版社工作后，还常常去看望先生。那时他已不当所长了，自由时间相对多些，我就请他参加我们的教材研讨会，帮我们审稿。也曾请他作为人教社推荐的专家，参加国家图书奖的评审工作。每次他都是有求必应。有一次，我们的统稿会在天津海边召开，他和师母一起去的，非常开心。我还给他订过几年《北京晚报》。先生去世后，曾给师母送过礼金。2012年6月，我女儿在美国费城宾夕法尼亚大学硕士毕业，我和内子陪女儿毕业旅行，师母住在费城的女儿家，我们还专门去看望过。

二、同学

我们这一届有近60位同学，分成两个班，经济片为一班，文史哲片为二班。我们班同学所学的专业，有哲学、法学、社会学、文学、语言学、历史学、考古学等。同学中年龄最大的40多岁，最小的只有23岁。刚开始上课时，为了让大家彼此尽快熟悉起来，老师每天点名。

同学们各自所学专业不同，大部分时间是各自为政，各读各的书，各干各的事情。所谓班的概念，只在上公共课（如政治、外语）或课外活动（如郊游、看电影）时才显现出来。但毕竟是同学，在一起生活了三年，阅览室可以看报纸，晚上也看看电视。打市内电话在楼梯转角处，打长途电话则要到行政办公楼，但需另外付费。元浦兄任研究生会主席，他们也常常组织一些活动，比如郊游登香山，到酒仙桥影剧院欣赏盛中国的小提琴专场音乐会等，但更多的还是三五知己聊天侃大山，或偶尔小酌。

毕业后大家各自找到了自己的人生位置，多数选择留在北京工作，只有朱同学回到新疆社科院。留在北京的，大部分是到国家各部委从政，多数是司局级，我班郭同学和一班江同学官至部级。其次是留在社科院搞自己的专业研究，也有到高校、出版社或报刊社的，也都当了教授，或成了各自所在领域的知名学者或学术大咖。这几年大家已陆续进入退休年龄，周、张二同学英年早逝，已有多年。大家公认最潇洒的，当数穆兄。原因有三：一是为人豪爽，讲义气，不拘小节；二是善饮，绝大多数同学都在他那里喝过酒；三是精通厨艺，烧得一手好菜，即使在酒店聚餐，他也常常带上自己的拿手菜，让大家品尝。有一次，班里搞年终聚会，大家各自分工，他负责买酒，结果买回来的是产自他家乡的"分金亭"，1.25元一瓶。后来，我有一次去他的家乡江苏东台讲课，与当地朋友说起分金亭，他们大为惊奇，因为现在已很少有人喝那种酒了，即便还能找到，也已很少有人知晓了。

望京三年，至今我颇感欣慰的，是帮不少同学入党。作为班上的支部书记，我总觉得，博士生属于高级知识分子，共产党如果能够多吸收些知识分子，对党的事业绝对有益无害，只会提高党的整体质量和文化水平。所以，读博士期间，我们文史班支部先后分三批发展了十几名同学入党。

三、家庭

尽管博士毕业能解决家属户口，但在我1991年收到中国社科院博士生录取通知书当天，内子已毅然决定报考博士研究生，而且目标锁定北京高校。考虑到她一个人，又要复习备考，又不能耽误教学工作，如果再带三岁的女儿，势必无法兼顾，我决定把女儿带到保定，请哥嫂帮助照看。好在他们住在河北大学，校内就有幼儿园。我带着女儿提前十几天从西宁出发，为的是先陪她在河北大学熟悉一下周围环境。

开学后，我来北京报到，女儿留在保定。好在保定离北京不远，一般我每隔两周就去保定看她一次。十一国庆节放假，大哥带女儿来找我，她显得特别兴奋。陪他们玩了几天，临走时，她却不干了："我爸爸在北京，为什么还要我回保定？"我只好又陪他们一起回到保定，然后再自己一个人回学校。学期快结束时，内子到北京考博士。为保险起见，她准备报考三家，一是中国社会科学院文学研究所曹道衡先生，二是北京大学林庚先生，三是北京师范大学聂石樵先生。提前准备了三套材料，包括自己的学术简介和代表作，已提前寄给导师。到北京后，我陪她一一前去拜访。葛晓音、龙协涛先生带我们去拜见林先生。路上葛先生对四川师大屈守元先生赞不绝口，说他要是在北京，早应该是博导

61

了。林先生住在燕南园，我们穿过很长一段竹林小径才到林府。林先生笑容满面，蔼然长者，说："已看了你的论文，基础不错。你进来后先由副导师孙静老师指导，到做论文时我再指导。"压根儿就没有说考上考不上的问题。这给了她很大信心。拜访曹先生是到中国社科院文学所，沈玉成先生接待的；到北师大是她自己去的。三个学校考试时间是错开的，北师大先考，其次是北大，最晚是社科院。北师大考后不久，打电话问聂先生，先生说专业没问题，只等外语了，外语只要超过50分就能录取。又过了几天，告诉说英语不多不少，就考了50分。既然已经有学上，她也不再考北大和社科院了，就带着女儿兴高采烈地回青海了。

1992年暑假，我回青海搬家。家具能卖的卖了，卖不了的就送人，最后只把电视机等运到北京。因为北师大博士生是两人一间，而社科院是一人一间，我们理所当然就把家安在社科院研究生院。我本来住的房间只有十来平方米，承同学们照顾，换成了班上的阅览室，约18平方米，除了书桌，还摆了一大一小两张床。平时主要是吃食堂，偶尔也开点儿小灶，用煤油炉子做饭。内子虽在北师大有铺位，但也只在有课时才去，平时多数是在家里看书。

女儿则由师母介绍，上了中国社科院幼儿园，之前还在南竹竿胡同幼儿园上了一星期。社科院幼儿园位于北竹竿胡同。先是每周接一次，后来改为两次，周三、周六下午接回，第二天一早送过去。因为她曾在保定上过幼儿园，能在北京上幼儿园，她没有任何抵触情绪。每次是我骑自行车接送，一路上，她坐在自行车后座上，说个不停。那时候，她喜欢画画，走到三元桥，我们就停下来，在桥边的草坪上画一阵。偶尔我有事，也请同学去接过，杨海波、郭振华就曾帮我接过几次。前不久，我在人民文学出版社开会，就住在那附近。早晨锻炼时，我曾去寻访，但遍寻不着，原来早已拆迁重建了。

四、毕业

三年时间很快就过去了，临毕业时就有个何去何从的问题。我客观地分析了自己的情况。我当过中学教师，又当过三年高校学报编辑，如果留在研究所搞纯学术，一是自己有先天不足，外语不行，二是以前当教师和编辑积累的工作经验也用不上。我也问了语言所负责人事的老师，说是如果留在所里，只能分到一间平房，就在东单附近，不仅须烧煤气罐，冬天还没有暖气。而女儿也面临上小学，所以就想找个生活条件相对好些的单位。我向导师汇报了自己的想法，刘先生同意我的分析，并建议我去人民教育出版社，说人教社既可以发挥我的特长，也可以做学问，生活条件肯定要好些。过去吕叔湘先生曾当过人教社副总编辑，张志公、张中行、王泗原等先生学问都很好。为保险起见，先生还亲自给他的熟人写推荐信，这样我就到了人民教育出版社，做起了教材编辑，一直到退休。现在看来，这一选择是完全正确的。

望京三年，我不仅完成了从硕士到博士的转变，充实了学识，积累了经验，获取了博士学位，还实现了从青海到北京的"战略大转移"，由高校学报编辑转而成为出版社编辑，也在首都北京安下了家。更重要的是，在这里，我还结识了一帮各具特色与个性的同学，丰富了自己的"朋友圈"，从而大大丰富了自己的人生阅历。

重整旗鼓再出发

    律应南吕，序属仲秋。国庆佳节，金风送爽。2018年10月，我将在人教社正式退休。回顾自己的职业生涯，从1976年在河南老家当中学教师，至今已历42个春秋。以1994年为界，大致可分为两个阶段。前18年在学校，身份在教师（中学、大学）与学生（淮阳师范、河南教育学院、西南师范大学、中国社会科学院）间转换；后24年在人教社，由编辑、副编审而编审。我衷心感谢感恩人教社，正是借助人教社这一平台，我实现了从学语文、教语文，到编语文教材、研究语文教育的角色转换，取得了一点成绩。虽不敢说功成身退，倒也觉得无怨无悔。在即将离开工作岗位之际，不禁想起徐志摩的著名诗句：我挥一挥衣袖，不带走一片云彩。

    我是1994年从中国社会科学院研究生院毕业后到人教社工作的。因为此前曾当过多年中学语文教师，又有高校学报编辑的从业经历，所以博士毕业时就在导师的支持下，来到人教社中语室工作。现在看来，我当初这个决定是完全正确的。

    我在人教社工作这24年，概括起来，主要做了三件事：一是编写语文教材，二是参加中语会，三是参与某些考试命题。就编语文教材来说，最有代表性的是两省一市（江西省、山西省和天津市）高中语文教材、初中课标教材和高中课标教材。这些教材都曾是中学语文室的拳头产品，也是名副其实的主流教材。无论是社会评价还是市场占有率，即便在"一纲多本"时代，在全国也都是首屈一指的。

中语会是以全国中学语文教师为主体的群众性学术团体，成立于1979年，最初叫"全国中学语文教学研究会"，后来才并入中国教育学会，改称"中国教育学会中学语文教学专业委员会"。中语会第一任会长是著名语言学家、语文教育家吕叔湘先生，第二任理事长即人教社原副总编辑、诗人刘国正先生。从1999年第七届年会起，中语会理事长先后由北京师范大学张鸿苓、首都师范大学陈金明、北京教育学院苏立康担任。其间，原人教社报刊社社长、编审张定远先生曾任代理事长。2013年10月，在中语会举行的第十届年会上，承蒙中语会同仁厚爱，经投票选举，我忝任中语会理事长。就参与考试命题来说，时间已历22个寒暑，内容涉及不同考试科目。当然，从人教社来说，我的主业无疑应该是编教材，后两项并非本职工作，但是，所谓在其位者谋其政，我不得不投入大量时间精力，尽自己的最大努力做好。因为我知道，这两项工作具有全局性意义。从国家来说，事关为国选才育人，使命光荣，责任重大，影响深远；从人教社来说，则有利于树立品牌形象，扩大学术影响，积淀社会效益，尤其是在教材的"一纲多本"时代，这种作用更是毋庸置疑的。

就我个人来说，由于工作关系，我对语文教育，尤其是语文教材编写、语文评价等逐渐发生了兴趣，也渐渐有了一些自己的研究心得，先后出版了《语文论稿》《顾之川语文教育论》《顾之川语文教育新论》

《语文工具论》等著作，应邀主编了"中国语文教育研究"丛书（广西教育出版社，获2017年国家出版基金资助，2019年入选全国中小学图书馆馆配书目）、"文心经典"丛书（文心出版社2017年）、"全民阅读阶梯文库"（上海交通大学出版社2017年）、"全民经典朗读范本"丛书（学习出版社2017年）、"名师语文课"丛书（山东教育出版社2019年）。另外，承担国家社科基金、全国教育科学规划项目等多项科研课题，均已顺利结题。担任的社会兼职主要有：北京大学语文教育研究所兼职研究员，国家社科基金评审专家，"国培计划"首批专家等。

回顾过往，我有两点最深切的感受：一是对得起"人教社"这三个字；二是对得起自己，问心无愧，仰不愧天，俯不怍地。当然，人生不可能总是一帆风顺，生活中总会遇到一些沟沟坎坎或磕磕绊绊。现在想来，完全可以像蛛丝一样轻轻拂去，只留下温馨时刻或美好记忆。

当前，我国教育尤其是语文教育迎来极为难得的发展机遇。一方面，我国已经进入中国特色社会主义新时代。百年大计，教育为本。教育事业成为中华民族伟大复兴中国梦的奠基工程，国家实施人才强国战略、科教兴国战略、创新驱动发展战略，必然要优先发展教育。教育大计，教材为先。中小学教材上升为国家事权，尤其是道德与法治、语文、历史三个学科，意识形态属性强，社会影响大，有什么样的教材就有什么样的国民，关系着"为谁培养人""培养什么人""怎样培养人"的根本问题，由过去的"一纲多本"重新回归统编时代。人教社理应把握好这一难得的历史机遇，实现基础教育课程教材事业的新发展、新跨越。另一方面，我们也欣喜地看到，语文教育的重要性越来越成为人们的共识，语文教育工作者的地位和价值也得到社会普遍认可。作为人教社一名普通编辑，我已经尽到责任，完成使命，即将开启新的人生。当然，我会继续关注并倾情于人教社的语文教材事业。一代人有一代人的机缘使命，一代人有一代人的责任担当。长江后浪推前浪，一代更比一代强。我不仅对人教社的未来充满期待，对语文教材事业满怀希望，也对自己的未来生活抱有憧憬。我衷心祝愿人教社的事业兴旺发达，也祝愿人教语文同仁不忘初心，砥砺奋进，重整旗鼓，再创辉煌！

语文地图

湖南语文纪事

　　北国已是冰天雪地，湖湘大地仍是满眼绿色，生机盎然。湖南中学语文同仁齐聚百年名校宁乡一中，举行湖南省中语会第八届年会，我应邀参加。语文同仁相遇，分外亲切。旧雨新知欢聚，欣喜无似。回顾近代以来湖南语文教育的辉煌历程，景仰崇敬之情油然而生。

　　岳麓书院门前有一副名联："惟楚有材，于斯为盛。"诚哉斯言！在中国近现代史上，三湘大地英才辈出，群星璀璨。仅以笔者管见所及，就有政治家曾国藩、黄兴、毛泽东、刘少奇、胡耀邦、朱镕基，军事家左宗棠、胡林翼、蔡锷、彭德怀、罗荣桓、贺龙，思想家魏源，教育家章士钊，外交家郭嵩焘，文献学家余嘉锡，历史学家蒋廷黻，国画大师齐白石，以及"黎氏八骏"[①]等。这一个个如雷贯耳的湖湘英才，都为民族振兴、国家富强、文化繁荣做出了卓越贡献，也充分体现了湖南人"敢为天下先"的精神。

---

① 出生于湖南湘潭石潭坝乡菱角村的黎锦熙、黎锦晖等八兄弟，他们在中国近代语言学、流行音乐、铁路工程等方面做出了开拓性贡献。

一、湖南语文教育开全国风气之先

一百多年前，正值我国科举废弛、新学兴张的变革时期，湖南即出现了一批名校，历尽沧桑，弦歌不绝。1903年，胡子靖创办明德中学，文学家苏曼殊曾执教于此，培养出黄兴、陈天华、宋教仁、陈果夫等。同年，汉州绵竹张浚、张栻父子创建于南宋绍兴三十一年（1161年）的城南书院更名为湖南师范馆，王先谦任馆长，此即后来著名的湖南省立第一师范学校。毛泽东、何叔衡、蔡和森皆毕业于此。1904年，长沙知府颜钟骥创办长郡中学，徐特立、李维汉、陈子展、周世钊等均出于此。1906年，美国耶鲁大学民间团体雅礼协会在长沙创办"雅礼大学堂"（今长沙"雅礼中学"），培养出金岳霖、曾昭抡、邹承鲁、厉以宁等才俊。1912年，长沙一中创立，毛泽东以第一名的成绩被录取。毛泽东一生中留下来的最早文稿，就是他在长沙一中时写的《商鞅徙木立信论》，全文552字，国文老师柳潜（字涤庵）的批语149字，称其"才气过人，前途不可限量"，不仅对年轻求学者极富教育和激励作用，对以后的语文教学也深具示范和启迪意义。1912年，宁乡一中成立，徐特立、李淑一、杨昌济、周世钊等教育名流均曾在此执教，培养出向警予、缪伯英、曾宪植等英才。正如湖南一师校歌所唱的那样："人可铸，金可熔，丽泽绍高风。多才自昔夸熊封。学子努力，蔚为万夫雄。"

湖南语文教育具有悠久历史与优良传统。早在1914年，徐特立就发表了《国文教授之研究》，将语文知识教育、能力培养、启发智德列为语文教学的目标，并编写出体现其思想的国文教授法著作。著名语言学家和语文教育家黎锦熙，与人合作创办"宏文图书编辑社"，开始编写中小学教材。1915年，黎锦熙调任教育部国立编译馆，任教科书特约编纂员。1920年，孙俍工出任上海吴淞中学国文教师。他与同事沈仲九合编的《初级中学国语文读本》，于1922—1924年在上海民智书局出版，这是我国最早的一批中学白话国文教科书之一。孙俍工先后编写了三本初中作文教材，分别是《记叙文作法讲义》（上海民智书局1923年初版，用于初中一年级）、《论说文作法讲义》（上海商务印书馆1924年初版，用于初中二年级）、《小说作法讲义》（上海商务印书馆1923年初版，用于初中三年级）。1924年，黎锦熙与吴稚晖等发起筹办上海国语师范学校，并出版《新著国语教学法》。1934年出版《国语运动史纲》。1947年发表《中等学校国文讲读教学改革案述要》《各级学校作文教学改革方案》，1950年出版《新国文教学法》，从而为我国现代语文教育奠定了坚实基础。

二、湖南语文教育人才辈出

改革开放以来，湖南为我国语文教育也做出了突出贡献，产生了深远影响，这里略加胪列。

1979年，全国中学语文教学研究会（今"中国教育学会中学语文教学专业委员会"的前身，简称"全国中语会"）在上海成立，首任副会长苏灵扬为周扬夫人。周扬当时担任中宣部副部长、中国文联主席，他不仅亲自参加了全国中语会历史上著名的北戴河座谈会、全国中语会福州第二届年会等，发表许多对语文教育的重要意见，还以其影响给予过全国中语会很多帮助。1980年，湖南师大附中邓日和湖南一师曾令衡两位老师参加了中语会组织的北戴河座谈会。邓老师后来编写了分科教材

《阅读》《作文》。1980年，全国中学语文教学法研究会在河北沧州成立，湖南师范学院中文系张隆华教授担任常务理事。1981年3月，张隆华主编的《中学语文教学法》成为我国改革开放后出版的第一部语文教学法专著。1982年8月，全国中语会在太原晋祠召开语文座谈会，邓日和长沙一中吴稷曾参加。1985年，湖南中语会理事长曾仲珊的《湖南省教育学会中学语文教学研究会几年来的工作情况》发表于《中国教育学会通讯》第2期。1986年，曾仲珊、刘上生、曾谷孙、邓日、林泽龙、李中兴、王俨思、吴良俅等应邀参加人民教育出版社高中语文教材编写工作。1987年，张隆华教授出版了我国第一部《语文教育学》。1987年12月，中语会在广州召开第四届年会，邓日、曾仲珊和吴稷曾作为湖南代表参加。1991年2月，教育部考试中心进行高考命题改革，专为湖南、云南、海南设计"三南"试卷，邓日应邀参加语文高考命题工作。1991年，张隆华出版《中国语文教育史纲》。1994年，张隆华、曾仲珊合著《中国古代语文教育史》被列入刘国正、顾黄初、章熊主编的"中国语文教育丛书"，由四川教育出版社出版。1995年7月，全国普通高中语文教学大纲研讨会在武夷山召开。也就在那次会上，我第一次见到邓日老师，并合影留念。1995年10月，中语会在成都召开第六届年会，邓日、吴稷曾、周科发作为湖南代表参加。1999年，中语会在天津召开第七届年会，吴稷曾、肖启武等提交的论文入选年会论文集《21世纪中学语文教学展望》，由新蕾出版社出版。2004年，湖南中语会理事长马智君应人民教育出版社中学语文编辑室邀请，主持编写初高中语文教师教学用书（共12册）。2010年，人民教育出版社中学语文编辑室组织编写高中语文配套教辅，我曾邀湖南教科院中学语文教研员吴雁驰老师主持《高中语文必修4同步解析与测评》一书编写，编者有长沙一中周玉龙、许美良、蒋正清，长沙稻田中学贺宗玉，长郡中学皮访贫等。近年来，马智君、吴雁驰、刘建琼、易海华等老师多次应邀担任全国语文教学大赛评委，吴雁驰还应邀参加教育部教师资格考试中学语文学科的命题工作。湖南语文同仁著述颇丰，湖南师范大学周庆元、程大琥、张良田，湖南教科院马智君、刘建琼等先生，都先后出版了多部语文教育专著。

三、语文教材中的湖南元素

语文教材和语文高考试题中也有不少湖南元素。有湖南籍作家的优秀作品被选作语文教材的课文，如周敦颐《爱莲说》，毛泽东《沁园春·长沙》《沁园春·雪》《纪念白求恩》《中国人民站起来了》《改造我们的学习》，周立波《分马》，沈从文《边城》《过节和观灯》，彭学明《跳舞的手》《哭嫁》《鼓在说》等，其中不少属于传统经典篇目。有的课文作者与湖南有着密切联系，如《湘夫人》作者屈原的大量作品创作于湖南，《过秦论》作者贾谊曾任长沙王太傅，史称"贾长沙"。有的课文写于湖南，如柳宗元《捕蛇者说》《小石潭记》《始得西山宴游记》《种树郭橐驼传》。有的课文描摩湖南山水名胜，如范仲淹《岳阳楼记》，杜甫《登岳阳楼》，黄庭坚《雨中登岳阳楼望君山二首》，吴冠中《养在深闺人未识》。卞毓方的《张家界》，曾作为现代文阅读语料入选全国高考语文试卷。

四、湖南中语会影响深远

湖南省中语会成立于1980年4月，是我国成立较早的省级中语会。曾仲珊、林泽龙、周科发、周庆元、马智君先后担任理事长。周庆元教授还于2006年至2016年担任中国高等教育学会语文教育专业委员会理事长，马智君担任中国教育学会中学语文教学专业委员会第九届副理事长，张良田于2016年担任中国高等教育学会语文教育专业委员会副会长。30多年来，湖南省中语会在湖南省教育学会关心支持下，在全省语文教育同仁支持配合下，积极组织课题研究和教学实验，开展语文教研活动，编写出颇具地方特色的阅读和作文教材，教育教学研究活动规范活跃。近年来成功举办多项全国性或地域性中学语文会议，如全国中语会阅读教学年会、人民教育出版社高中语文教学研讨会、"语文报杯"全国中青年语文教师课堂教学大赛、全国语文教师基本功大赛、"中南六省市"中学语文年会等，从而与全国中语会和各省市中语会建立了广泛而密切的联系。湖南中语会组织编撰《湖南省初中作文选粹》《湖南省高中语文选修教材》《语文读本与阅读》《湖南省初中作文》《作文教学》等，开辟了"湖南省基础教育课程资源网——中学语文栏目"，举办全省性的课堂教学竞赛，扶贫送教，评选优秀教师等，都深受广大语文教师欢迎。张隆华、曾仲珊、邓日、林泽龙、周庆元、马智君、张良田、刘建琼、吴雁驰等，以他们的研究成果和对语文教育的突出贡献，在全国语文教育界产生了广泛的影响，为广大语文同仁所熟知。

湖南语文界之所以能够涌现出这么多语文名师和研究成果，在我看来，最关键的有三条：一是有一批怀抱语文理想、具有教育情怀、勇于追求奋进的语文人，他们思想活跃，善于学习，积极探索，开拓创新。二是湖南中语会形成了一套良好的工作机制。湖南中语会依托于湖南省教科院，与各地市教科院，与省内各高校尤其是湖南师范大学文学院，与湖南出版集团教材中心、湖南教育出版社，与省内众多知名中学等，都建立了非常融洽和谐的互动关系。大家精诚团结，倾情语文，事业为重，奉献教育。三是湖南中语会具有很强的凝聚力与感召力，成为湖南中学语文人的精神家园，可谓一呼百应，众志成城，何坚不摧，何事不成！

这次年会还有一项重要成果，就是实现了湖南省中语会的新老交替，湖南师大张良田教授当选为新一届理事长。我相信，湖南省中语会必将在新一届理事会领导下，紧密团结全省语文教育工作者，进一步开拓创新，为湖南乃至全国的语文教育事业做出新的更大贡献！

新疆语文纪事

初冬时节，新疆中语同仁欢聚在乌鲁木齐市八一中学，举行新疆维吾尔自治区中语会第十届年会。我躬逢其盛，新疆语文同仁对语文事业的热爱与坚守，我身临其境，感同身受；多年来与他们交往的历历往事，一一浮现在眼前。

新疆位于祖国大西北，地处亚欧大陆腹地，幅员辽阔，物产丰富，风景优美，民风淳朴，吸引着大批国内外游人。我第一次到新疆大约是20世纪90年代末，记得是参加教育部考试中心的高考评价会，至今到新疆已有十几次，对这里的山水美景、民风民俗感受很深。在我的印象中，新疆最突出的有三点：一是自然资源丰富。新疆面积大，国境线长。有人说："不到新疆，不知道中国有多大。"伊犁人加了一句："不到伊犁，不知道新疆有多美。"新疆占全国国土面积的六分之一，边境线5600多公里，周边与俄罗斯、哈萨克斯坦、吉尔吉斯斯坦、塔吉克斯坦、巴基斯坦、蒙古、印度、阿富汗等8国接壤。王国维在《西胡考》中说："自来西域之地，凡征战者自东往，贸易者自西来，此事实也。"古有"丝绸之路"，今有"一带一路"，联结着新疆与内地，沟通着中国与世界，战略位置非常重要。二是人文底蕴深厚。新疆有维吾尔、汉、哈萨克、回、蒙古、柯尔克孜、锡伯、塔吉克、乌孜别克、满、达斡尔、塔塔尔、俄罗斯等47个民族。王震率领解放大军进疆，后演变为新疆生产建设兵团，加上国家在不同历史时期的援疆政策，一批又一批内地精英来到新疆，建设着这块美丽肥沃的土地。"文革"前，按省级行政区的人口与大学本科生比例，新疆曾位居全国第一。改革开放以来，国门大开，中外贸易逐渐繁荣，中外交往日见增多，新疆与内地各省、与周边国家也有了更多联系。不同民族地区文化交融交流，互相吸收，相融相合，使得新疆的人文底蕴十分深厚。《西游记》中描写的火焰山，历史上的高昌古城、交河故城、楼兰遗址都在新疆。班超、成吉思汗、马可·波罗、林则徐、左宗棠、纪晓岚、王蒙等，都曾与新疆发生过密切联系，形成新疆独有的多民族文化。三是新疆人性格开朗，富于进取精神。天高地阔的自然环境，多民族杂居的相融相合，不同民族地区民间艺术交相辉映，使得新疆人天生开朗活泼，心胸开阔，真诚善良，质朴厚道，心地澄澈，热情大方，尤其是维吾尔族、哈萨克族等少数民族能歌善舞，新疆舞成为我国民族舞蹈的重要形式。王洛宾能够成为"西部歌王"，成就他的音乐事业，应该与他长期生活在新疆是分不开的。

新疆语文教育正是在这样的历史背景下，有着丰厚肥沃土壤而独具特色。新疆语文有少数民族语文和汉语文之分，这里只记述我所了解的汉语文教育。在新疆，活跃着一大批有理想、有追求、具有教育理想和教育情怀的语文人，涌现出一大批实干型、创新型语文教育工作者。他们有的是20世纪50年代毕业于国内名校，为响应国家号召支持边疆建设而来到边疆的，有的是在新疆出生成长的"疆二代"，他们思想活跃，善于学习，融合能力强，以务实风格低调行事，埋头耕耘在语文教育的辽阔沃野，又以其雄厚实力与斐然成就而为全国语文同道所赞赏。在全国性的语文教学大赛上，我们经常能看到新疆语文名师的身影；在相关语文报刊上，也常能读到新疆语文老师的文章。这里我仅从新疆中语会、新疆版语文教材和语文教材中的新疆三个方面，举其荦荦大者。管中窥豹，已足见新疆语文人之锐意进取，新疆语文教育之蓬勃发展，新疆语文事业之前程远大。

一、新疆中语会

1979年12月，全国中学语文教学研究会暨第一届年会在上海举行，成为我国新时期语文教育改革的标志性事件，陈炳文、俞安民、吕立人、孙炳铨作为新疆代表参加。1980年8月，新疆中语会宣告成立，成为全国成立较早的省级中语会，朱绍禹、吕桂申作为特邀嘉宾参加。新疆中语会成立后，曾与乌鲁木齐市中语会联合编辑出版会报《读与写》《语文教学通讯》。1981年10月，全国中语会第二届年会在福州举行，陈炳文、黄齐光、吉利、孙炳铨、张良杰、俞安民代表新疆参加。1984年8月，新疆中语会和乌市中语会在八一中学举办语文教研讲习班，特邀罗大同、王必辉、洪镇涛等前往讲学。1985年7月，新疆中语会举行教改研讨会，特邀中央教科所夏秀荣、苑士奇做学术报告，八一中学崔峰、沈全福、刘月华、肖淑贞上研讨课，毛荣富等八位青年教师介绍教改经验。1987年8月7日，举行新疆首届"天山之夏"中语研讨会，魏书生、徐振维、陈钟樑、刘清涌等应邀参加。1990年8月，全国中语会西北五省区首届年会在乌鲁木齐举行，全国中语会秘书长陈金明参加。1997年12月13日，新疆中语会暨乌市中语会举行第六届年会，成立新疆青语会，根据自治区教委授权，与新疆教研室共同举办新疆首届语文教学能手评选活动。会上，张良杰理事长提出"七个一工程"，即在三至五年内，新疆35岁以下的青年语文教师练一笔字，说一口普通话，上一堂好课，在县州报刊上发表一篇文章，读一本切实有用的教育理论书籍，背诵一百篇文章，背诵一千首诗。2001年12月24日，新疆中语会暨乌市中语会举行第七届年会，举办了第二届语文教学能手评选活动。两届语文教学能手评选活动，极大地推动了新疆中学语文教学改革发展。2005年，在新疆中语会成立25周年时，新疆中语会曾编辑出版《代代生辉——纪念新疆中语会成立二十五周年》。30多年来，新疆中语会在新疆教育学会的关心支持下，在理事长陈炳文（第一至五届）、张良杰（第六至八届）、程明轩（第九届）等先生的领导下，在全疆语文教育同仁的支持配合下，所组织的教育教学研究活动规范，与全国中语会、各省中语会交流广泛，名师辈出，成果丰硕，可谓硕果累累，枝繁叶茂。

新疆中语界在语文教育研究方面的学术著作有：陈炳文、张良杰主编的《语文教育论》（1991年），任金璧的《语文论稿》（新疆教育出版社2003年），黄齐光的《教学论文写作导论》（新疆大学出版社1999年）。文学创作方面有沈逢桥的《梦寻三韵》（新疆教育出版社2002年）、《我从西部来》（中国文联出版社2008年）、《徜徉山水间》（中国文化出版社2010年）。

1991年7月，杨淑芬获得全国首届中青年教师课堂教学观摩大赛一等奖第一名，被誉为新疆语文第一枝报春花。以后又有高玥清、蒋祖慰、夏敏、单桂青、王尚志、谷小燕、李运理、杨梦贞、岳学贤、董明实、李玲、杨晓红、杨昌盛、尤佳、郭刚、蒋舟、靳露、赵凤芳、陈吉永、黄莹莹、张春妍、陈鑫、王越、何长红等老师，在全国各类语文课堂教学大赛中取得骄人成绩。岳学贤作为"往届大赛获奖选手"在全国中语会第八届"商务印书馆·语文报杯中青年课堂教学大赛"奉献"参赛寄语"（2011年）。沈逢桥（2001年）、单桂青（2002年）、任金璧（2003年）、岳学贤（2012年）入选由全国中语会和《语文报》联合推荐的《语文教学通讯》"封面人物"。沈逢桥入选《中学语文教学参考》"卷首人物"（2004年），董建成入选《中学语文教学》"凡人絮语"栏目（2004年）。2012年，我曾应老同学龙宗嵩之邀，为新疆奎屯彭靖武老师的语文教育专著《师说心语》题词："彭师靖武，洞庭才俊。天山从教，浦江耕耘。传播理想，教书育人。点燃火焰，新我国民。尊重学生，发自内心。理解欣赏，大爱无垠。春风化雨，桃李情深。师说心语，落笔如神。人格魅力，惟其德馨。芜词说项，广播语林。"

近年来，新疆中语会成功组织部分教师参加全国中语会组织的"创新写作""少教多学""传统文化""写作教学理论与实践研究"等课题研究。2004年8月，全国中语会积极响应中国教育学会的号召，派出著名特级教师胡明道、梁捷赴新疆伊犁地区为当地老师上示范课。2007年7月10日—21日，中语会举办的"中语西部行"走进新疆，进行为期11天的义务支教活动。经王耀芳、阮疆跃精心筹划，将15个地、州、市和14个兵团师按地域划分为3个片区，集中在乌鲁木齐、喀什和伊犁。2010年，张良杰荣获全国中语会30周年语文教育终身成就奖，可谓实至名归。

另外，全国中语专委第九届理事会编辑的纪念文集《我和中语会》由人民教育出版社出版，书中收有任金璧的《一生情定语文路，风范长存意悠悠——我心中的张良杰先生》，文章全面论述了张良杰先生对新疆中语会的贡献。新疆师大夏敏近年来参加全国教师资格考试命题工作，他申报的"语文教师知识发展研究"被列入中国教育学会2016年规划课题。

新疆之所以涌现出这么多的语文名师和教研成果，与新疆中语会卓有成效的工作是分不开的。新疆中语会有好的掌门人，形成了一套团结和谐的会风，不仅中语会内部非常团结，而且中语会与新疆师范大学文学院等的关系都非常融洽。可以说新疆中语会成为新疆所有语文人的"家"，成为语文人的精神家园，这是非常难得的。

二、新疆版语文教材

据沈逢桥先生见告，20世纪90年代末，新疆中语会、新疆教研室曾根据自治区教委指示精神，编过一套《新疆乡土文学作品选读》（新疆科技卫生出版社1998年），小学、初中、高中共三册，作为新疆中小学选读教材。

2012年，新疆教育厅报请教育部批准，委托人民教育出版社编写一套语文教材。这套语文教材专门为新疆地区"以汉语授课为主，单科加授母语"模式的中小学编写。编写工作得到了新疆教育出版社、新疆教育厅基础教育处的大力支持。人民教育出版社小学语文编辑室负责小学部分，中学语文编辑室负责初中、高中部分。这套教材以课程标准为依据，参照《全日制民族中小学汉语课程标准》，遵循少数民族地区语文教育的基本规律，继承我国语文教育的优良传统，体现以民族团结和时代精神为中心的社会主义核心价值体系，着力培养少数民族地区学生理解和运用祖国通用语言文字的能力，提高文化品位、审美情趣和思想道德修养，致力于学生语文综合素养的形成以及创新精神、合作意识、开放视野的培养。这套教材有一个重要特点，就是注意突出新疆元素，编入了大量与新疆有关的内容。新疆中语会、新疆教研室的王耀芳、申辉、庞建英、王玉桂、林燕、夏敏、任金璧、贾殿岭、俞瑞香、姜景阳、张蔚霞、沙巴艾提·奥兰、王艾等老师先后参加这套教材和教师教学用书、语文读本的编写工作，有的还承担了试教和培训任务。

三、语文教材中的新疆

语文教材中的新疆包括三个方面：一是古代诗文作品中的新疆，如曹植的《白马篇》，王之涣的《凉州词》，王昌龄的《从军行》，王维的《送元二使安西》，李白的《塞下曲》《关山月》，杜甫的《出塞》，岑参的《白雪歌送武判官归京》，陆游的《十一月四日风雨大作》。二是现代作家笔下的新疆，如碧野的《天山景物记》1956年12月发表于《人民文学》，很快就被选入高中语文教材。茅盾的散文《白杨礼赞》曾长期入选人教版语文教材。近年来，陶世龙的科普作品《真假火焰山》、辛明的人物通讯《阿里木：烤羊肉串的"慈善家"》也入选人教版语文教材。三是新疆本土作家笔下的新疆，如李娟的《乡村舞会》、刘学杰的《喀什的小巷》、周涛的《巩乃斯的马》、刘亮程的《通往田野的小巷》、叶尔克西·库尔班别克娃的《额尔齐斯河小调》、赵永红的《天然化妆品》。《新疆民歌三首》选了《奇异的百灵》（维吾尔族）、《牧马人之歌》（哈萨克族）、《放开歌喉让歌儿四处飘吧》（柯尔克孜族）。《义务教育语文课程标准（2011年版）》推荐诵读篇目《河中石兽》，其作者纪昀曾被流放到新疆，在乌鲁木齐生活了两年多。作家王蒙也有在新疆生活十多年的经历，因此成就了他的文学人生，荣获"人民艺术家"国家荣誉称号。

天山明月照，大漠孤烟直。新疆中语会如今已成功实现新老交替。王耀芳为理事长，夏敏、岳学贤等为副理事长，董明实为秘书长，庞建英等为副秘书长。我相信，新疆中语会必将在新一届理事会领导下，紧密团结全疆的语文教育工作者，进一步开拓创新，为新疆语文教育事业做出新的更大贡献！

注：

本文写作时，曾参考沈逢桥主编的《代代生辉——纪念新疆中语会成立二十周年》、王耀芳的《精诚团结求一种精神，脚踏实地尽一份责任》、任金璧的《一生情定语文路，风范长存意悠悠——我心中的张良杰先生》。谨向以上各位朋友致谢！

云南语文纪事

"初中语文教材培训会"在昆明召开。我虽已到过云南多次，但正值北京酷暑难耐之时，来到如春的清凉世界，空气清新，天高云淡，阳光明媚，鲜花盛开，顿觉神清气爽。其实，七彩云南吸引人们的，不仅有滇池，有云南白药，有过桥米线、宣威火腿，还有七下西洋的航海家郑和，文史学家姜亮夫，数学家熊庆来，哲学家艾思奇，国歌的曲作者聂耳，舞蹈艺术家刀美兰、杨丽萍等古今名人。对于我来说，云南最有吸引力的，还在于这里有着极其丰富的语文教育资源。

一、与云南有关的语文课文

山不在高，有仙则名。水不在深，有龙则灵。正因为有了西南联大，语文教材的许多课文才与云南发生了关系。比如，我们耳熟能详的语言文学大家，像朱自清、朱光潜、钱锺书、罗常培、王力、赵元任、冯至、闻一多、沈从文、刘文典、卞之琳、吴宓、朱德熙、何其芳、冰心、汪曾祺、郑敏、穆旦等，都曾在这里生活、工作或学习过，值得语文教育工作者寻访、瞻仰，深入挖掘，可以作为语文教育研究与语文教学的资源。

闻一多（1899—1946），湖北浠水人，坚定的民主战士，新月派代表人物和学者。他的《最后一次讲演》《死水》《七子之歌》等作品先后入选过多套中小学语文教材。诗人臧克家《闻一多先生的说和做》（原标题为"说和做——记闻一多先生言行片段"）也多次入选初中语文教材。1946年7月11日，爱国民主战士、中国民主同盟早期领导人李公朴惨遭杀害，闻一多处境极端危险，但他置生死于度外，毅然参加了7月15日在云南大学至公堂为李公朴举行的追悼会，并慷慨激昂地发表了这篇著名讲演，当天即被国民党特务暗杀。毛泽东在《别了，司徒雷登》中说："我们中国人是有骨气的。……闻一多拍案而起，横眉怒对国民党的手枪，宁可倒下去，不愿屈服。朱自清一身重病，宁可饿死，不领美国的'救济粮'。……我们应当写闻一多颂，写朱自清颂，他们表现了我们民族的英雄气概。"如今，闻一多故居及殉难处所在的钱局街西仓坡已被辟为"闻一多诗书画文化长廊"，供游人瞻仰缅怀。

沈从文（1902—1988），中国现代著名作家。沈从文不仅有多篇作品入选语文教材，他还有从事语文教育的实践经历。1931年到1933年他在国立青岛大学与国立山东大学文学院当讲师时，就与杨振声编过中小学国文教科书。1938年春，沈从文到西南联大，继续与杨振声编选中小学国文教科书。后任西南联大中文系教授，教写作。他的《云南的歌会》入选初中语文教材，《边城》入选高中语文课标教材，《逆境也是生活的恩赐》入选高中选修教材《中外传记阅读》（温儒敏主编），《过节和观灯》入选高中选修教材《中国民俗文化》（顾之川主编）。

汪曾祺（1920—1997），江苏高邮人，小说家，散文家。曾在江阴南菁中学读高中（教育家顾明远、书法家沈鹏皆出自该校）。1939年考入西南联大中文系，师从沈从文等。1944年在昆明北郊的中国建设中学任教。1945年，经李健吾介绍，到上海致远中学任教两年。"文革"中八大样板戏之一的《沙家浜》，是在原沪剧《芦荡火种》基础上改编的，他参与改编定稿。他的《金岳霖先生》《昆明的雨》《端午的鸭蛋》《胡同文化》《受戒》《大淖记事》《葡萄月令》《黄油烙饼》等曾入选中学语文教材和课外读本，《金岳霖先生》《昆明的雨》更是直接写对西南联大读书生活的回忆。他有两篇回忆自己中小学的文章，一是《我的小学》，一是《我的初中》，以作家的文笔描写中小学生活，富有情趣，很值得语文教育工作者一读。

郑敏《金黄的稻束》入选人教版高中语文选修教材《中国现代诗歌散文欣赏》，这首诗创作于西南联大时期。郑敏，1920年生，福建闽侯人，"九叶诗派"主要成员。1939年考入西南联大外国文学系，后转入哲学系。1942年开始发表诗作。1943年毕业后赴美国布朗大学留学。1951年获英国文学硕士学位。回国后先后在中国社会科学院文学研究所、北京师范大学任职。《金黄的稻束》写于她在西南联大哲学系读书时期。值得一提的是，《金黄的稻束》曾被选入2000年全国高考语文试卷。郑敏对此给予很高评价，认为"出题者的理解深度大大超过了一般研究者和评论者"，"出题的人不仅非常了解诗歌，而且还有相当专业的研究和很高的文学修养"，"这两道题目不仅理解得正确、深刻，而且涉及这首诗的表现手法等多方面的问题。题目本身就帮助学生加深了对这首诗的多角度思考"。

另一位"九叶诗人"穆旦的《赞美》曾入选高中语文教材。穆旦（1918—1977），原名查良铮，祖籍浙江省海宁市袁花镇，出生于天津，诗人，翻译家。1940年在西南联大毕业后留校任教。1949年赴美国留学，入芝加哥大学学习英国文学。《赞美》以"一个民族已经起来"作为全诗的抒情基调，在中华民族抵御日本帝国主义侵略的最艰苦的年代，唱出了一曲高昂的民族精神的赞歌，流露出诗人对历史耻辱的悲悯，对民族灾难与命运的忧虑和对人民力量的崇拜。

杨振宁《邓稼先》入选统编初中语文教材，梁思成《中国建筑的特征》入选高中语文教材，吴学东等的《杨振宁：合璧中西科学文化的骄子》入选高中选修教材《中外传记阅读》，吴晗《海瑞骂皇帝》、冯友兰《人生的境界》入选高中选修教材《中国文化经典研读》（刘勇强主编）：这些课文都与西南联大有关。

另外，阿城的《溜索》描写了滇西特有的驮队溜索滑过怒江的景象。阿来《一滴水流经丽江》、冯牧《澜沧江边的蝴蝶会》、彭荆风《驿路梨花》等课文，都从不同侧面描写了云南的历史和风土人情。

二、《国文月刊》

《国文月刊》是西南联大师范学院国文学系创办的一份杂志，主编浦江清，编委有朱自清、罗庸、魏建功、余冠英、郑婴。创办于1940年6月16日，终刊于1949年8月，由开明书店发行，历时9年零两个月，共出版82期。刊名由丰子恺题写（第75期以后由沈君墨题写）。当时，西南联大文学院设"中国文学系"，简称"中文系"，修业年限为四年；师范学院设"国文学系"，简称"国文系"，修业年限为五年。语言学家罗常培同时兼任这两个系的主任，有不少教师也是两边兼课的，如朱自清、闻一多、罗庸、魏建功、杨振声、陈寅恪、刘文典、王力、浦江清等。他们具有传道授业的使命感，思考如何在战时之特殊环境下促进国文教学以及青年人国文水平的提高。编者在创刊号的"卷首语"中说："国文一科，在中学及大学的课程里，都占重要的位置。教育部及各省教育厅屡屡表示注重这基本科目的意思，可是学生的成绩总不能如我们的理想。原因很多。但是全没有一种专致力于推动本国语文教育的刊物，确实是一个缺憾。……我们愿抽出教书及研究的余暇来办这刊物，以为提倡。""本刊的宗旨是促进国文教学以及补充青年学子自修国文的材料。""本刊不想登载高深的学术研究论文，却欢迎国学专家为本刊写些深入浅出的文章，介绍中国语言文字及文学上的基本知识给青年读者。"《国文月刊》编辑部设在昆明，印刷发行在桂林，发表了许多中国语文教育史上的经典论文，如朱自清的《中学生的国文程度》《再论中学生的国文程度》，罗常培的《我的中学国文教学经验》《中国人与中国文》，罗庸的《文学史与中学国文教学》《我的国文老师》，浦江清的《论中学国文》，叶绍钧的《论中学国文教学的改订》，余冠英的《坊间中学国文教科书中白话文教材之批评》等。

三、西南联大

80多年前，抗日战争全面爆发，举国沦丧。大西南云贵川成了祖国的大后方，山城重庆成为国民政府战时陪都，内地多所大学及科研机构纷纷内迁。仅迁到云南的高校就有十余所，其中最著名的就是由北京大学、清华大学和南开大学组成的"国立西南联合大学"，简称"西南联大"。西南联大在昆明办学八年，不仅为国家民族保存了中华文化教育学术精华，弦歌不绝，而且创造了世界教育史上的奇迹，成为中国近代教育史上浓墨重彩的一笔。从这里走出中央研究院首批院士（1948年）27人，中国科学院、中国工程院两院院士166人（含学生92人），其中包括李政道、杨振宁两位诺贝尔物理学奖得主，邓稼先、郭永怀、朱光亚、王希季、陈芳允、屠守锷等"两弹一星"元勋，黄昆、刘东生、叶笃正、吴征镒、郑哲敏等国家最高科学技术奖获得者，另有多名国家领导人。正如清华大学金德年教授为西南联大纪念碑所题："西山苍苍，南国荡荡。联合隽彦，大学泱泱。"如今，昆明云南师范大学一二一西南联大校区内"西南联大旧址"已是全国重点文物保护单位，新建了"西南联大博物馆"。

云南大学社会学系当时在呈贡，社会学家吴文藻是系主任，著名作家冰心随丈夫在这里居住三年。她的许多优秀散文就是在呈贡"默庐"写成的。冰心还应呈贡中学校长昌景光邀请，创作了《呈贡县立中学校歌》，并题写了"谨信弘毅"的校训。著名社会学家费孝通住在呈贡大古城魁阁。他曾诙谐地追忆说，他的《乡土中国》《云南三村》就是"魁阁的成果"，并感慨"云南是我学术生命、政治生命和家庭生活的新起点，所以，我把云南当作我的第二故乡"。《乡土中国》已作为整本书阅读范例被编入高中语文统编教材。呈贡张天虚是中国现代文学史上有影响的"左联"作家，与聂耳并称为"西南二士"，1941年因病辞世时年仅30岁，却为后人留下长篇小说《铁轮》等百余篇300多万字作品，被郭沫若誉为"青年百代之表率"。郭沫若曾撰墓志铭赞曰："西南二士，聂耳天虚，金碧增辉。滇洱不孤，义军有曲，铁轮有书。弦歌百代，永示壮图。"

四、云南陆军讲武堂

在昆明翠湖西岸，有一所中国近代史上著名的云南陆军讲武堂。云南陆军讲武堂与广州黄埔军校（全称"中国国民党陆军军官学校"）、保定陆军军官学校齐名，原系清朝为编练新式陆军、加强边防设立的，创办于1909年。1924年，孙中山在广州创办黄埔军校，云南陆军讲武堂应邀援助建校。1935年，云南陆军讲武堂被国民政府改编为"中央陆军军官学校昆明分校"，由龙云兼校长。先后培养出各类军官、军士约9000人，其中包括朱德、叶剑英两位元帅，龙云、卢汉等数百名军政要员。大韩民国首任总理兼国防部长李范奭、朝鲜民主主义共和国副主席崔庸健、越南临时政府主席武海秋均出于此。讲武堂的校训是"坚忍刻苦"。校歌即《云南陆军讲武堂军歌》，其歌词云："风潮滚滚，感觉那黄狮一梦醒；同胞四万万，互相奋起作长城；神州大陆奇男子，携手去从军。哪怕它欧风美雨来势凶狠；练铁肩，担重担，壮哉中国心，正当中！中华男儿，要凭那双手撑苍穹；睡狮昨天，醒狮今日，一夫振臂万夫雄；长江大河，翘首昆仑风虎云龙；泱泱大国取多宏，黄帝之裔天骄子，红日中国心，正当中！"今天读来，仍能让人豪情满怀。

五、西南联大轶事

朱自清在西南联大时生活非常清苦。他在给叶圣陶的诗《近怀示圣陶》中说："健儿死国事，头颅掷不数。弦诵幸未绝，竖儒犹仰俯。"在国难当头之际，许多人问：我们能做什么？朱自清提出应保持"弦诵不绝"。朱自清、叶圣陶都是我国著名语文教育家，彼此志趣相同，又都是文学研究会的成员，也是好朋友。1940年，叶圣陶赴成都任四川省教育厅教育科学馆专门委员，而朱自清正携眷在成都休假，住在东门外宋公桥。两人在成都重逢，合编《文史教学》杂志。1942年，二人又合编了《精读指导举隅》《略读指导举隅》等书，由商务印书馆出版。1945年又合著《国文教学》一书。

吴征镒，植物学家，毕业于扬州中学，中科院院士。他的古典诗词功底非常扎实，投考清华时，所作游记就受到朱自清欣赏。他在清华大学任教时，曾参加俞平伯组织的昆曲"谷音社"，社员就有朱自清的夫人陈竹隐。在西南联大时与闻一多相交甚厚。他说："我是一抗战，就像杜甫诗里讲的一样：'支离东北风尘际，漂泊西南天地间。'我跟西南联大差不多是'同命运'的，'共呼吸'的。"作为清华大学生物系助教，吴征镒参加了长沙临时大学（西南联大前身）的"湘黔滇旅行团"，步行三千多里，从湖南、贵州一直走到昆明。

"湘黔滇旅行团"路过一个偏僻的小乡镇时，地保敲着锣，通知赶集的乡民不要涨价，要按照平价把东西卖给师生们。在贵州玉屏县，县长刘开彝特意发布政府布告："查临时大学近由长沙迁往昆明，各大学生步行前往，今日（16日）可抵本县住宿。本县无宽大旅店，兹指定城厢内外商民住宅概为各大学生住宿之所。凡县内商民，际此国难严重，对此振兴民族的领导者——各大学生，务须爱护借重。将房屋腾让，打扫清洁，欢迎入内暂住，并予以种种之便宜。务此布告，仰望商民一体遵照为要。"国难时期，西南联大的学生肩负着民族振兴的希望，赢得人们的"爱护借重"，至今读来仍让人感动不已。

在西南联大迁到昆明之前，昆明南屏大戏院放映的好莱坞电影是用话筒现场翻译的，所有的男人都被叫作"约翰"，女人都叫"玛丽"。西南联大来后，老板请外语系主任吴宓现场翻译。《魂断蓝桥》《出水芙蓉》就是从这里翻译并传播开来的。吴宓（1894—1978），陕西泾阳人，字雨僧，清华国学研究院创办人之一，被称为"中国比较文学之父"，与陈寅恪、汤用彤并称为"哈佛三杰"。今西南大学（原西南师范大学）建有吴宓旧居陈列室，文学院办公楼命名为"雨僧楼"，楼前有吴宓塑像，以纪念这位著名学者。

安徽语文纪事

安徽省普通中学阅读经验交流研讨会在合肥十中举行，活动主题为"基于核心素养的校园阅读行动"。我应邀出席，并做"我国中学校园阅读的现状和发展趋势"演讲。活动有阅读观摩课、阅读活动考察、阅读经验交流。各路名师荟萃合肥，同话语文教学；八方同仁畅所欲言，共襄语文盛典。大家借此领略名家风采，分享名师经验，欣赏教学智慧，观摩教学艺术，感受语文魅力，树立教学自信。旧友新朋欢聚，感慨良多，我不禁想到安徽语文教育的昨天与今天。

一、安徽丰厚的文化及语文底蕴

江淮大地有着丰厚的历史文化及语文底蕴。省会合肥是历史文化名城，素以"淮右襟喉、江南唇齿""三国旧地、包拯故里"闻名于世。司马迁《史记·货殖列传》最早记录了"合肥"。西汉教育家、庐江舒城人文翁为我国官办学校第一人，被称为"中国校长之祖"，他创办的文翁石室即今成都名校石室中学的前身。班固在《汉书·循吏传》中说："至今巴蜀好文雅，文翁之化也。"安徽籍名人如周瑜、包拯、李鸿章、刘铭传等，都曾是影响中国历史的人物，也是许多文学作品描摹的对象。

绩溪胡适、歙县陶行知、桐城朱光潜、怀宁陈独秀、寿县高语罕，既是一时风云人物，也对语文教育有着真知灼见。胡适曾发表《文学改良刍议》（1917）、《中学国文的教授》（1920）、《再论中学国文的教授》（1922），尤其主张以白话文代替文言文，积极推动新式标点符号，对中国语文教育具有重要影响。陶行知（1891—1946）提出的"生活即教育""社会即学校""教学做合一"，主张教师应该变"教授法"为"教学法"，至今仍具有很强的现实意义。朱光潜曾在浙江春晖中学任教，后与叶圣陶、胡愈之、夏衍、夏丏尊、丰子恺等创办立达学园，进行新教育实验。他的《谈美》《给青年的十二封信》是高中语文课程标准的推荐读物。陈独秀著有《小学识字课本》《中国拼音文字草案》《古音阴阳入互用例表》《连语类编》等，尤其是《小学识字课本》至今对汉字教学仍具有重要的参考价值。高语罕（1888—1948）是民国时期教育家、政治活动家、早期马克思主义在中国的传播者。他的作文指导书《国文作法》被刘锡庆评为"绝对在现代语文著作的前五名内"（见刘锡庆《国文作法·导读》，文心出版社2016年版）。

二、安徽语文教育的昨天与今天

安徽语文教育研究积淀深厚，研究气氛浓，名师辈出，群星璀璨。"文革"期间，教育部曾在安徽凤阳设立"五七干校"，人民教育出版社一大批专家如吴伯箫、刘国正、张中行、张定远、王文英、顾振彪、黄成稳等前辈，都曾在安徽工作生活过。20世纪80年代，蔡澄清先生的语文点拨教学法曾经影响了一代语文人。

改革开放以来，全社会形成了"尊重知识，尊重人才"的时代风尚，人才流动开始盛行起来。最有吸引力的就是北京、上海等大城市，当然也是经济发达地区。正如山东向北京输送语文教学名师一样，安徽向上海输送了一大批语文名师，如目前活跃在全国语文界的陈军、郑桂华、肖家芸、邓彤等。2016年，"徽派语文教育联盟"成立，与安徽师范大学文学院合作，加强高师院校与基础教育的对接，探索语文课程建设、课程改革、校本研修的新途径。安徽省中学语文界，在杨桦、傅继业等老师的运筹帷幄下，精心组织，与全省语文同仁团结奋战，在"语文报"杯全国中学语文课堂教学大赛上取得了十连冠的佳绩，连续荣获11个一等奖，为大赛做出突出贡献，也为全国语文教研树立了榜样。

三、语文教材与安徽

江淮大地，徽山皖水，历史悠久，文化积淀深厚，语文教育资源十分丰富。三国时以曹操父子（安徽亳州籍）为首的"建安文学"，清代以方苞、姚鼐、刘大櫆、吴汝纶等为首的桐城（今安徽桐城）派古文，都曾在中国文学史上独领风骚。就我管见所及，许多中小学语文教科书中的经典课文都与安徽这片土地有着密切关系。庄子《逍遥游》《庖丁解牛》《惠子相梁》《庄子与惠子游于濠梁》，曹操《短歌行》，乐府诗《孔雀东南飞》，李白《宣州谢朓楼饯别校书叔云》《望天门山》《独坐敬亭山》，刘禹锡《陋室铭》，欧阳修《醉翁亭记》，王安石《游褒禅山记》，司马光《淝水之战》，姚鼐《登泰山记》，方苞《记左忠毅公遗事》，胡适《我的母亲》《毕业赠言》，朱光潜《咬文嚼字》，杨振宁《邓稼先》，徐迟《黄山记》，海子《面朝大海，春暖花开》，吴学东等《杨振宁：合璧中西科学文化的骄子》等课文，要么作者籍贯在安徽，要么是在安徽写的，要么是摹写安徽山水风物。绩溪的胡适故居、宣城的谢朓楼、马鞍山的太白楼、安庆的桐城派遗迹，都成为语文人心向往之的拜谒胜地。

江山代有才人出，长江后浪推前浪。愿安徽语文教育事业蒸蒸日上，涌现出更多更优秀的语文名师，为我国语文教育事业做出新的更大的贡献！

公安语文纪事

马年阳春,烟花三月。应绍典兄之邀,与同事建跃兄、《中学语文》杂志社聂社长共赴湖北公安一中,见同仁,说语文,看展览,会朋友,尝美食,品美酒。晨起,看窗外烟雨蒙蒙,草绿花红,不禁随兴之所至,以文纪行。

去年我曾到过荆州,参加首都师范大学《中学语文教学》《语文导报》举办的"中语杯"全国青年教师课堂教学大赛,并参观熊家冢遗址博物馆。之前曾到过赤壁古战场,感受到楚文化的无穷魅力。前不久借人教社教材回访之机,走进"青铜故里""钢铁摇篮"黄石磁湖国家矿山公园,品尝毛铺苦荞酒,但到公安还是第一次。公安乃荆州市下属的一个县,人口105万,与我老家河南商水相当。由于在湖北中部,长江南岸,东连汉沪,西接巴蜀,南控湘粤,北通陕豫,有"七省孔道"之称,这便有了其独特之处。公安始建于汉高祖五年(前202年),时称孱陵,我们入住的三袁国际大酒店即位于孱陵大道。据说公元前209年,刘备领荆州牧,扎营油江口,遂改孱陵为公安县。"万里长江,险在荆江","荆沙不怕刀兵动,只怕南柯一梦中"。新中国成立后的1952年,这里就兴建了全国首个大型水利工程——荆江分洪工程。不过,对于我来说,这次公安之行的意外之喜，是亲身感受到公安所具有的丰厚语文教育资源，其中最主要的，一是公安三袁，二是囊萤映雪，三是王竹溪编纂的《新部首大字典》。

学过中文的人没有不知道"公安三袁"的，这是中国文学史上一个著名的文学流派。三兄弟中又以老二袁宏道声誉最高，成就最大。他们反对文必秦汉、诗必盛唐，主张独抒性灵，不拘格套，推崇民歌小说，提倡通俗文学。其作品直抒胸臆，不事雕琢，或秀逸清新，或活泼诙谐，自成一家。《虎丘记》《满井游记》《徐文长传》等名篇都曾入选过中学语文教材。但毋庸讳言，因为三袁在现实生活中消极避世，作品多描写身边琐事或自然景物，缺乏深厚的社会内容，这就使得公安派文学的理论意义超过其创作实践。这也正印证了习近平总书记在文艺工作座谈会上说的，作家最终还是要靠作品来说话，作品是立身之本。在公安一中"三袁馆"，有对"公安三袁"的详细讲述，有北京师范大学中文系郭预衡教授的题辞。

"囊萤映雪"虽是耳熟能详的励志劝学故事，但我却一直没有注意到故事主人公车胤的籍贯。这次到公安，方知公安是这一故事的发源地。公安，晋代称南平，今公安县城南30公里有南平镇，是为旧县城，有南平文庙，红四、六军会师旧址，红二军团诞生地。公安县东郊今有车胤中学，校园里塑有"囊萤台""名人像"等，想来应该是为激励后学吧！车胤的曾祖父车浚，三国时曾任会稽太守。因灾荒请求赈济百姓，竟被吴国孙权之孙、亡国之君孙皓处死，可见生当末世，要做个勤政为民的好官多么不易。尽管家道中落，但毕竟是名门之后，车胤发愤读书，一心向学。太守王胡之曾对他父亲车育说："此儿当大兴卿门，可使专学。"无奈家中贫寒，点不起灯，车胤只好夏夜独坐，默默温书，忽见萤火虫在空中飞舞，不由灵机一动，捉住几只，装入绢袋，于是萤光乍现："囊萤映雪"就这样产生了。由于夜以继日地苦读，车胤不仅学问渊博，而且官至辅国将军、户部尚书。唐代蒋防等曾写有《荧光照学赋》，可见其影响之大。

王竹溪（1911—1983），名治淇，号竹溪，显然取意于《诗经·卫风·淇奥》"瞻彼淇奥，绿竹猗猗"，可见其出身于书香世家。高中毕业那年，他同时考取了清华大学和中央大学，因慕梁启超之名，遂入读清华物理系，同学有叶企孙、周培源等。1971年，中美关系解冻，杨振宁第一次回国，提出一定要拜见他在西南联大读硕士研究生时的导师，经周恩来批准，才把当时还在江西鄱阳湖边鲤鱼洲放牛的王竹溪接回北京。那一代学人多是内外兼修，文理俱通。作为物理学家的王竹溪，具有深厚的中国语言文字和历史文化素养。他不仅发明了汉字新部首检字法，还进一步提出汉字检索新方案，成为研究汉字检索机器化的先驱。他又在《康熙字典》等辞书的基础上，广泛收集，在定音、释义上逐字推敲，独立编纂了一部《新部首大字典》，收字逾5.1万，是当时收字最多的汉语字典之一。王竹溪不仅具有深厚的学术造诣，而且具有超乎常人的勇气和毅力，堪为学界楷模。

另外，公安说鼓子、花牌、牛肉炉子（火锅）、鱼糕、黄山头酒，以及当代名人万鄂湘等，无不诉说着公安的物华天宝、人杰地灵，兹不备述。

延安语文纪事

人民教育出版社课程教材研究所实验基地交流研讨会在延安中学召开，我应邀参加，并以"语文学科核心素养与学业评价"为题发言。八年前我曾到过延安，这里谈谈我对延安与语文的认识。

一

作为50后，我们这一代人，可以说是伴随着延安颂歌长大的。因为延安在历史教科书、图书报刊、广播影视中曾反复出现，在学过的语文课本和课外读物中，延安也时常映入眼帘。1980年代我在河南商水老家当中学教师时，曾教过贺敬之的《回延安》。诗中云："几回回梦里回延安，双手搂定宝塔山。千声万声呼唤你——母亲延安就在这里！"当年读到这里，我总会放飞青春梦想：如果将来有一天能够亲自到延安参观，那该有多好啊！这一愿望直到八年前才得以实现。

2010年8月，中国教育学会中学语文教学专业委员会组织"中语西部行"，我到延安参加义务支教活动。尽管那是我第一次到延安，但是游览时却并不感到陌生。瞻仰延安革命纪念馆，走进召开中共七大的杨家岭中央大礼堂，来到枣园"为人民服务讲话台"，参观王震率三五九旅垦荒的南泥湾，甚至晨练时路过林彪、徐向前任校长的抗日军政大学等，无不倍感亲切。因为对这些地方神往已久，恰似故地重游一般。古人说："读万卷书，行万里路。"陆游《冬夜读书示子聿》诗中说"纸上得来终觉浅，绝知此事要躬行"，信哉斯言！

二

延安是中国革命圣地，党中央、毛主席曾在这里生活十多年，为中华人民共和国的成立奠定了基础。"巍巍宝塔山，滚滚延河水"是20世纪三四十年代中华大地上最壮美、最令人神往的景观。近年来，随着旅游热的兴起，延安也迅速成为红色旅游目的地，吸引着一批又一批中外游人。延安既是陕北的，又是全国的。但我总觉得，对延安和延安精神理解最透彻、体会最深刻的还是延安本地人。因为他们才是这块热土的主人，见证了延安的昨天与今天，对其厚重的历史文化和精神价值感同身受。对他们来说，延安不仅是革命圣地，更是家乡故土，因而爱得更真切，也更深沉。当年在艰苦的抗战岁月里，面对国土沦丧，诗人艾青满怀深情地写道："为什么我的眼里常含泪水？因为我对这土地爱得深沉。"2016年，我为延安语文教研员南征老师《语文课里的延安》作序时，就深切地感受到延安人对家乡故土的挚爱情结。

南老师具有典型陕北人的善良、正直、豪爽与朴厚，对语文教育一往情深，教学经验丰富，善于学习钻研。2006年参加"延安精神与语文教学"课题，后又参加"传统文化与语文教学"课题。他一直致力于延安文化与语文教学研究，尤其对语文课本中与延安有关的课文情有独钟。他把中华人民共和国成立以来，人民教育出版社在不同历史时期编辑出版的中小学语文教材中与延安有关的课文搜集在一起，爬梳剔抉，匠意经营，编成一本独具特色、别开生面的语文读本《语文课里的延安》。全书共分九个单元，分别是延安颂、保卫黄河、杨家岭的早晨、小米的回忆、延安人、为人民服务、文艺为工农兵服务、飞向延安、延安精神。所收课文不仅详细注明所属教材版本，而且均保留了当年选作课文时的原貌，包括注释和"阅读提示"。该读本不仅让我们看到语文课本在不同历史时期的原貌和特点，也能让今天的中小学生怀想那段峥嵘岁月。曹雪芹自题《红楼梦》说"字字看来皆是血，十年辛苦不寻常"。南征老师编这本书用了整整十年，也是"十年磨一剑"的心血之作。2016年4月，中国教育学会中学语文教学专业委员会在西安召开工作会议，我特意请南老师向语文同仁介绍延安所蕴藏着的丰厚语文教育资源。

三

我国已进入新时代，新时代文化包括中华优秀传统文化、革命文化和社会主义先进文化。延安精神与红船精神、长征精神、西柏坡精神等一样同属革命文化，是当代中国人民的宝贵精神财富，是中华民族精神的重要组成部分，具有超越时空的恒久价值和旺盛生命力。教育的根本任务是立德树人，延安精神教育也是对中小学生进行革命传统教育的重要内容。在实现中华民族伟大复兴中国梦的征程中，我们应进一步弘扬延安精神，学习老一辈革命家的崇高品德和伟大情怀，助力新一代公民树立文化自信。这既是新时代语文教育的宝贵资源，也是实现立德树人根本任务的应有之义。

据说文史学家陆侃如先生在巴黎大学博士答辩时，曾被问"孔雀为何东南飞"，陆答以"西北有高楼"。愿这次延安之行，对延安乃至西北能有更深的认识和理解。

宜春语文纪事

　　宜春学院鄢文龙教授希望我为他主编的《诗词宜春》写篇序。鄢教授是我的老朋友，去年我到萍乡时曾匆匆到访过宜春，《诗词宜春》又是作为地方教材开发的语文读本，与我的工作关系密切。这样，无论于公于私，还是于情于理，我都当仁不让，乐于从命。

　　我与鄢教授的结识，颇有些机缘巧合。1991年，我从青海师范大学考取中国社会科学院研究生院博士研究生。大约半年后，收到从原工作单位转来的一封信，就是文龙写给我的。当时他在江西高安煤矿子弟中学当语文老师，报考南开大学古汉语专业研究生，因为外语差几分，不能正式录取。他就写信给我，说是看了我发表的不少古汉语论文，想必也能招汉语史研究生，想着青海地处偏远，录取分数线应该稍低些，问我能不能录取。尽管早已时过境迁，而且素未谋面，但因为我当初也是由中学教师考取研究生的，再加上他那诚恳的求学态度令我肃然起敬，于是我就给他回了封信。信中除说明情况外，我还以自己的亲身经历鼓励他继续努力，争取改变自己的人生命运。我们就这样靠书信成了朋友。我在信中不断得到他的好消息，先是说调到了高安一中，后来又说调到宜春学院，当了大学老师，著作颇丰，研究领域涉及修辞学、宜春文化名人、高考命题及课程与教学论，成为语言学知名教授。2015年7月，借萍乡教研室邀我参加教研活动之际，我就抽空去看他。虽然是第一次见面，但因神交已久，相谈甚欢，我对宜春的认识也得以逐步加深。

宜春位于江西省西北部，北望九江，东邻南昌，东南接抚州，南靠吉安、新余，西南连萍乡，西北则近湖南的长沙、岳阳。公元前201年，汉高祖手下大将灌婴率军驻扎在秀江河畔，人们惊喜地发现，此地"侧有暖泉，从地涌出，夏冷冬暖，清澄如镜，莹媚如春，饮之宜人"，"宜春"由此得名。因境内有袁河，故又称袁州。晋代大诗人陶渊明"始家宜丰，后迁柴桑，晚年复归"。人教版高中语文教材有一传统保留篇目，即唐代王勃《滕王阁序》，文中有名句"物华天宝，龙光射牛斗之墟；人杰地灵，徐孺下陈蕃之榻"。据说这"龙光"宝剑即藏于今丰城荣塘，"徐孺"指汉代名士徐稚，丰城白土人。韩愈的好友王涯被贬为袁州（今宜春）刺史时，韩愈曾写下"莫以宜春远，江山多胜游"的诗句送别好友。朱熹也有"我行宜春野，四顾多奇山"的兴叹。中国佛教史上著名的"马祖兴丛林，百丈立清规"即源于宜春的靖安宝峰寺和奉新百丈寺。临济宗之于宜丰黄檗，曹洞宗之于宜丰洞山，沩仰宗之于明月山仰山，禅宗南宗其中的三派与宜春有着密切关系。这里自古以来就有尊师重教的传统，曾获"江西进士半袁州"的美誉，南宋著名学者李觏撰有《袁州州学记》。建于南唐保大二年（944年）的袁州谯楼，是世界上现存最古老的专门从事时间工作的地方天文台。明代科技名著《天工开物》的作者宋应星出自宜春奉新，现代物理学家吴有训出于宜春高安。

为了进一步弘扬中华优秀传统文化，丰富语文教学资源，发挥宜春历史文化遗产在语文教学中的重要作用，鄢教授主编了这本《诗词宜春》。该书以七至九年级学生为读者对象，选入历代名家咏宜春及本土作家颂宜春的诗歌数十首，既有韩愈、李白、王安石、苏轼、朱熹、杨万里、李梦阳、王士禛等文学名家，也有陶渊明、易重、卢肇、黄颇、刘眘虚、郑谷、刘攽、姚勉、周德清、严嵩、李乔松等宜春本土作家。通过诵读这些与宜春有关的诗词，宜春学子能够扩大视野，开阔思路，更加全面、深入地了解宜春自然山水，认识宜春历史文化，培育作为宜春人的自豪感和文化自信，进而激发热爱家乡、报效祖国、服务人民的思想感情。尤其值得称道的是，编者还独具匠心地设计了"知人论世""助学通道""含英咀华""穿越时空""沙场点兵"等栏目，注重阅读过程中的体验与实践，把课外阅读与语文阅读能力训练巧妙地结合在一起，既有鲜明的时代气息与地方特色，又能有效提高学生的语文学科素养。据说他们还将陆续开发供小学生阅读的《故事宜春》、供高中生阅读的《文化宜春》，打造一套具有宜春地方特色的语文系列读本。我闻之欣喜，期盼早日如愿以偿，以便让更多的宜春学子受惠。

宜兴语文纪事

　　作为语文教育工作者，近些年来，我每到一地，不仅关注该地区的历史文化、人文资源、名人逸事、名胜古迹、山水风光与民俗风情，而且特别注意寻访当地的语文教育资源，包括语文教育研究人物与著作、语文教材或高考选文的相关信息等，以加深对语文教育文化内涵的理解，印证语文与社会生活的密切关系。最近，陕西师范大学《中学语文教学参考》编辑部葛宇虹主编，邀我到江苏宜兴参加初中语文教学研讨会，就给了我一个走进宜兴、了解宜兴语文的极好机会。

　　宜兴不仅是我国著名的陶都，还是著名的院士之乡、教授之乡。宜兴在历史上曾出过4位状元、10位宰相、500多名进士。当代宜兴拥有30位院士、100多位大学校长、8000多位大学教授，如物理学家周培源，心理学家潘菽，化学家唐敖庆，教育家蒋南翔，画家徐悲鸿、吴冠中等，足见其底蕴深厚，人文兴盛。

　　宜兴与语文教育有关的，既有语文教材中的课文，如《周处》《梁山伯与祝英台》和《霍小玉传》，也有语文教材中经常出现的课文作者，如苏轼和岳飞。

　　文言文《周处》曾入选多套初中语文教材，源于《世说新语·自新》。课文讲述了周处除三害的故事，说明一个人只要有改恶从善的决心和行动，无论时间早晚，总能有所成就。周处（236—297），字子隐，义兴阳羡（宜兴）人，鄱阳太守周鲂之子。年少时纵情肆欲，为祸乡里，后来浪子回头，改过自新，功业更胜乃父，当地有"周处除三害"的传说，是弃恶从善、改过自新的典型。《晋书·周处传》和《世说新语》均记载有他的事迹，其发愤励志、尽忠报国亦为人所称道。

"宜兴"这一地名与周处有关。宜兴原名"阳羡"，因其子三兴义兵平叛有功，受到皇上嘉奖，故将"阳羡"改为"义兴"。公元976年，为避宋太宗讳，遂将义兴改为宜兴，并沿用至今。

《梁山伯与祝英台》曾多次入选小学语文教材。梁山伯与祝英台的传说是中国古代四大民间爱情故事之一，现已入选国家级非物质文化遗产名录。梁山伯与祝英台的故事到底发生在哪里，有多种版本，如河南封丘、汝南，浙江上虞、杭州，山东微山、诸城。据说全国有十多个地方都自称是"梁祝故里"，江苏宜兴也是其中之一。2005年12月，河南省汝南县被中国民间文艺家协会命名为"中国梁祝之乡"。宜兴有祝陵，宜兴人认为这就是祝英台的陵墓，梁祝故事是从宜兴发端，而后流传到江浙，漫游至全国的。

唐传奇《霍小玉传》是古代小说名篇，曾入选过人教版高中语文实验教材。作者蒋防（792—835），字子微，唐义兴人。蒋防与唐代诗人元稹、李绅交好，科举登第后曾任右拾遗、翰林学士，后被李逢吉排挤，贬为汀州刺史，后又改任连州刺史、袁州刺史等。其诗文见于《全唐诗》和《全唐文》，其代表作就是这篇传奇故事《霍小玉传》。小说描写了唐代妓女的卑贱地位和悲惨遭遇，反映了当时门第观念和婚姻制度的特点。作者爱憎分明，批判了李益的负心行为，所谓"风流之士共感玉之多情，豪侠之伦皆怒生之薄行"。其批判精神在唐人小说中是最突出的，思想深刻，艺术精湛，人物形象真实丰满，惟妙惟肖，代表着唐传奇的一个高峰。

苏轼更是语文教材中经常出现的名字。东坡与宜兴的关系，则与宜兴人崇文厚德的民风有关。嘉祐二年（1057年），苏轼与宜兴人蒋之奇、单锡同科进士及第，琼林宴上恰好与蒋同桌，蒋之奇便借机在苏轼面前夸耀自己的家乡，并约他到宜兴参观访问。熙宁四年（1071年）和六年（1073年），苏轼曾两次到宜兴，就住在单锡家中。单锡陪他到湖汶、丁山游览张公洞、玉女潭。熙宁七年（1074年）正月初，苏轼三访宜兴，单锡陪他游芙蓉山、桃溪（今张渚）、善卷洞等。在祝陵，苏轼捐赠玉带建桥，后人称为"玉带桥"。苏轼还把他的外甥女许配给单锡为妻，与单家联姻。苏轼渐渐喜欢上宜兴的明山秀水，并产生了在宜兴养老的想法，有"买田阳羡吾将老，从初只为溪山好"诗句为证。于是他就向宋神宗上表《乞常州宜兴居住》，并于元丰八年（1085年）三月六日得到诏旨，准许他在宜兴定居。五月二十二日，苏轼便把全家迁到宜兴独山南麓，筑草堂于其山坳，并说："吾本蜀人，此山似蜀。"从此，宜兴人便将"独山"改为"蜀山"，并沿用至今。九百余年前苏轼在阳羡游历之时，因久闻"祝陵有酒清若空"的诗句，特寻觅而来。苏子与友人在祝陵到底喝了多少美酒，无人得知，但苏轼捐玉带所建的拱桥却保存了下来。岁月的磨砺让玉带桥的花岗石桥面在午后的阳光里透出清冷的光芒。因为中间有一长条石车道，所以桥面基本还保持着古时候的样貌，而没有被水泥堆砌。苏轼一生足迹遍布祖国的名山大川，但他将宜兴视作自己的第二故乡，在此买田筑室，意欲终老。一代文化巨人如此眷恋宜兴的山水人情，固然有着多方面的原因，这无疑增加了宜兴文化的厚重感，足以让宜兴人引以为骄傲。

岳飞是我们河南老乡，南宋抗金名将。语文教材中曾选过他的《满江红》，是对学生进行爱国主义教育的生动材料。岳飞与宜兴也有着深厚渊源。据史书记载，岳飞曾先后七次到过宜兴。当年宋室南迁后，金兵渡江南下，直逼南宋都城临安，岳飞就在太湖流域的宜兴、常州、长兴、广德一带作战。岳家军在宜兴抗金平盗，还帮助当地民众建坝筑桥，百姓感恩戴德，特地在周处将军庙内辟出厢房，为岳飞建生祠。相传岳飞娶宜兴渔家女李娃为妻，李娃十分贤惠，为岳飞生有三个儿子。后来岳飞被害，岳家被抄，家属被发配、囚禁于岭南，曾得到宜兴人匡义相助。宋孝宗年间岳飞平反昭雪，其三子岳霖从岭南迁回宜兴，在当地人的资助下定居在周铁唐门。周铁百姓还在唐门一块天然的风水宝地上建了"岳王衣冠冢"，俗称"岳王坟"。岳霖去世后就葬在它旁边。数百年来，岳飞后裔已成宜兴大族。

中国历史上那么多英雄豪杰，文如苏东坡，武如岳武穆，都与宜兴有关，自然有他们各自的因缘际会，他们也在这里实现了自己的人生理想。宜兴籍新闻学者徐铸成曾不无自豪地说："吾乡非藏污纳垢之乡，本忠勇奋发之地。"我想，宜兴文化也因他们而更加充实丰富。

温馨记忆

父亲的办公箱

父亲虽已去世多年，但我时常会想起他，其音容笑貌也不时会出现在我的眼前。正如奥地利诗人里尔克所说："逝去的人们，依然存在于我们的生命里，作为我们的禀赋，作为我们命运的负担，作为循环着的血液，作为从时间的深处升发出来的姿态。"每当想起父亲，我总会想起他那个湖蓝色的办公箱。

其实，每个家庭都会有些老物件。这些老物件，往往保存着旧时记忆，寄托着家人情感，承载着岁月沧桑，是家庭文化传承的凭证，因而得以代代相传，成为传家宝。对于我来说，父亲的办公箱就是这样一个老物件。据大哥说，这个箱子是1958年父亲当大队会计时亲手做的。箱子里常放些什么，我现在已经没有印象，依稀记得箱子不大，大约40厘米长，25厘米宽，35厘米高。表面已有些斑驳，但正中那蓝底白字的"辦公箱"三个大字，仍清晰可见，是父亲所书工整遒劲的柳体，我也从此认识了"办"字的繁体写法。可以说，这个小小的办公箱，承载着我儿时的记忆。父亲虽已去世多年，但往事并不如烟。人常说睹物思人，物是人非。如今我远离故乡，箱子不能亲睹，只能借物言志，怀箱思亲。父亲生前的音容笑貌，历历在目，宛如昨日。

一、能写会算的文化人

我家世代务农，据说曾祖父在村里开过蒙学馆，想来应该相当于今天的乡村教师。到爷爷这一辈，已基本上与书本绝缘。爷爷曾带着全家四处逃荒要饭，姑姑嫁到千里之外的陕西泾阳县。颠沛流离的逃难生活，大概使爷爷吃尽了不识字的苦头，所以在极其艰难的情况下，他能把父亲送到私塾念书，着实不易，大概是希望借以承续家族已中断的微弱文脉。听父亲讲，他在私塾里只读过《上论语》《下论语》和《上孟子》，后来因为凑不齐学费，才没有接着读《下孟子》。父亲直到晚年，许多经典中的名言警句仍能脱口而出，可见当年的"童子功"，当然也是极聪明的。

父亲有两手绝活儿，为我辈所不及。一是毛笔字写得好。大哥在部队工作时，曾练过字，转业后每年都负责为所在大学的校门写"欢度春节"之类的标语，但一说起父亲的字，他还是自叹弗如。二是父亲会打算盘。我们小时候，他都是亲自教我们学习打算盘，什么二上三去五、三下五去二、六上一去五进一、八退一还二，他可以张口即来，而且从来不会出错，这大概也是他当会计的基本功。在20世纪50年代的中原农村，对于那些大字不识几个的农民来说，父亲显然是个知识分子，一个能写会算的文化人。所以，他后来当上大队会计和生产队长，也就是自然而然、顺理成章的了。但也正如老子所说，祸兮福之所倚，福兮祸之所伏。到"文化大革命"时，村里批判走资本主义的当权派（简称"走资派"），父亲也被当作"走资派"受到批判。

二、心灵手巧的多面手

　　人们常说，家庭是人生的第一个课堂，父母是孩子的第一任老师。小时候，我对父亲非常崇拜，总觉得他无所不知，甚至无所不能。前些年，全国妇联曾在青少年中调查"你心目中的10位英雄"，不少政治家、娱乐明星、科学家榜上有名。如果要调查我，排在第一的准是我父亲。地里各种农活自不必说，什么耕地保墒、摇耧下种、扬场放磙、饲养牲口，样样都是好把式。即使是那些技术性比较强的，比如编筐篮草鞋、织蓑衣席子、掂刀砌墙、木工活儿，也都难不住他。甚至属于母亲"专职"的家务活儿，他也乐于尝试。记得有一次，下着雨，马庄表姐来我家，看见父亲正在织布机上织布，颇感惊奇。也许在她看来，织布是女人家的事情。在父亲的熏陶感染下，我们从小都会帮母亲做家务。那时候好像没有什么家庭作业，每天放学回到家，就一手拿馍，一手挎篮子下地割草，或背筐拾柴禾。母亲做饭时，帮助烧火拉风箱，饭后刷锅洗碗，而且完全是自觉自愿，形成了习惯。特别是逢年过节，蒸蒸馍是一件大事。所谓蒸馍，实际上就是小麦面馒头，又叫"好面馍"，只有过年时才能放开吃。蒸馍既是祭祀供品，又是走亲串户的礼品，还是过年时的主要食品。每逢这时，父亲就率领全家男女老少齐上阵，和面发面蒸蒸馍，洗菜切菜蒸角子（一种类似于包子的面食，形状像大个的饺子），有时还炸油条，磨豆腐，忙得不亦乐乎。我们从小练就擀面条、包饺子等生活技能，离不开父亲的以身作则和率先垂范。

三、勤劳致富的带头人

前一段看陈宝国主演的电视剧《老农民》,很有历史沧桑感。特别是20世纪七八十年代那一段,更是感同身受。父亲头脑灵活,精明能干,敢于也善于利用一切机会勤劳致富。比如,生产队里分自留地时,他就在自留地里弄出些新花样,种点经济作物,收割卖钱,补贴家用。农村兴起集贸市场,他马上买来猪、羊,甚至跑到南阳买回耕牛。他的每一次举措,常引来村民们仿效,总是被模仿,从未被超越。后来,公社派来驻队干部,开展"割资本主义尾巴"运动,父亲因为养牛,也被割了"尾巴",罚款200元。记得父亲开会回到家大放悲声,那是我见到他哭得最伤心的一次。在当时,对于一个贫困的农民家庭来说,200元实在不是一个小数目。一分耕耘,一分收获,父母的勤劳没有白费。在那个普遍缺粮缺钱的年代,一大家子不仅能吃饱肚子,衣食无忧,还有余粮借给别的村民。有一次天黑时,邻村一个姑娘背着一大筐红薯干来到我家,说是娄冲的,来帮她爹还账的。到了80年代,政策放宽,县里号召评选万元户,我家还榜上有名。这都要归功于父亲的勤劳和精明能干。父亲还想方设法供我们弟兄几个上学读书,这也是他晚年颇感自豪的。

四、严慈相济的好父亲

父亲对我们既严又慈,但总的来说,慈多于严。不论是赶集还是外出办事,每次都不会空着手回来,总会给爷爷和我们买些好吃的。如果我们犯了错误,他也不会打骂,而是耐心地给我们讲道理,常常是引经据典,以他熟悉的《论语》《孟子》或熟语惯用语居多,让我们既认识到错误，口服心服，又心生敬畏。一旦生了病，我们还能得到他的特别呵护。有一次，我右大腿根长疮化脓，需要手术，他用架子车把我拉到周口南门附近一家医院做手术。那次住院的经历，对我来说简直是一种难得的享受。村里一个远房姐姐也在那儿照料病人，晚饭后居然带我去看了电影。看的什么已不记得了，但第一次在城里看电影，自然让我无比兴奋。那次住院，我还有一大收获，从病历上看到"右大腿根"如何如何，我终于分清了左右。以后每当需要分左右时，我都会下意识地触摸右大腿根。

父亲常常是和善可亲的，似乎没有大家长的威严，我们有什么事情都愿意跟他讲。有一段时间，他常召集我们开家庭会议，要求每个人都要发言，介绍自己的情况、工作的进展，以及将来的打算。用现在的话说，就是集体谈心活动，给家庭成员提供了一个交流沟通的机会，有利于化解矛盾，当然也便于他掌握全家人的思想动向。

父亲的和善亲切还表现在对子女的尊重上。他常用《论语》"友直，友谅，友多闻，益矣"，鼓励我们多结交正直、诚信和知识广博的朋友。记得我上淮阳师范时，曾带一个同学到家里住过几天。说实话，到家前我还有些担心，生怕父母慢待了好朋友。没想到他们把我同学当亲戚一样招待，让我感到"倍有面儿"，我同学也深受感动。我的中学老师雷有村、张玉亭都曾来家做客，父亲总是拿出好酒好菜招待。张老师是我的音乐老师，也是我在毛泽东思想文艺宣传队时的指导老师，多才多艺。有一次，他在我家喝酒时对父亲说："别看你锄了一辈子地，要是在戏台上锄地，我可比你锄得更像！"说得父亲哈哈大笑。

五、正道直行的引路人

父亲对我的影响，更重要的，还是在做人上，他常在人生的重要节点给我以指点和帮助。1977年恢复高考，直到考前十几天我才从新郑学习熬糖稀技术回来，父亲果断地做出决定，要我在家安心复习备考，不再去参加劳动，惹得生产队长说了不少怪话。记得1978年5月2日报到，行前父亲送我两句话："生活上要向最低标准看齐，学习上要向最高标准看齐。"所以我在淮阳师范上学时，穿的就是母亲为我亲手做的粗布（又叫"土布"）裤子。不说是全校唯一，着实也不多见。那时国家给师范生的生活补贴是每月12元，另有2.5元医药费，这14.5元已完全够用，根本不需要向家里再伸手要钱。

父亲常引用名言警句，引导我们正道直行。比如，关于勤俭节约，他有个顺口溜："光增产，不节约，等于买了个没底锅；光节约，不增产，等于买个没底碗。"（必须用河南方言读才押韵）关于金钱和消费，他常说："钱这东西，生不带来，死不带去。该花的花，不该花的就不花。多了多花，少了少花，没有不花。"他的这一套理论，帮我树立了正确的金钱观、消费观，即钱要用在刀刃上，任何时候都不能浪费。平时是"一粥一饭当思来处不易，半丝半缕恒念物力维艰"，但每当亲戚朋友遇到困难，也常常一掷千金乃至万金。近年来我在母校设立春晖奖学金，鼓励家乡儿童学习向上。每与朋友聚会，也以抢着买单为荣。前一段看《白鹿原》，张嘉译饰演白嘉轩，塑造了一个传统本分的农民形象。其实父亲就是这样的人。他常说："百姓，百姓，就是别兴（bái xìng）。"教育我们安分守己，奉公守法，用现在的话说，就是要做个好公民。

我们在北京安家后，曾把父亲接来小住。他总抱怨北京人太多，车也太多，房子没有老家的宽敞。尤其不习惯的，是谁也不认识，没有人陪他说话聊天。不像在老家，三里五村，不管走到哪儿，都有熟人说话。遇到饭时，还能到家吃饭。那时我们住在南二环附近，在一楼，安着防盗门。每次进进出出，大铁门咣当一响，让他感觉像是被关进了监狱牢房。母亲去世后，我曾提议把父亲送到北京的养老院，他坚决反对，说："我有儿有女的，干吗要把我送到那里？"在他看来，那是孤寡老人才去的地方。可我们都有自己的工作，哪能整天陪着他呢？要是能有更多时间多陪陪他该多好啊！每念及此，不禁感到无尽内疚与遗憾！

又见母亲

　　昨晚我又见到了母亲。不知道最初是怎么见到她的，好像先是让我到一个地方接她，其实她既不会打电话，也不会写信。我接她的地方，不像是车站，更不会是机场，只是在一个拐角处，我坐在铁制护栏上，目不转睛地往出口看。出口处有亮光，人不多，与春运时人声鼎沸的火车站迥异。接到后，母亲仍一如既往地讲她一路上的经历，如何勇敢，如何能干，又是如何幸运，总能得到好心人的帮助，以至于有人夸"这老太太可真不简单"。欣喜、自得乃至自豪挂在脸上。大约过了些日子，我说，今天有空儿，我带你到保定转转吧？保定有大哥一家，还有村里几个年轻人在那里做买卖。她说，不去了，我该回去了。很平静，也很安详。至于何时回去，要回到哪儿，她没有说，我也没有问，一切都是那么自然，好像彼此心照不宣。我感到奇怪，平时那么爱热闹、喜人多的母亲，怎么会变得如此"清心寡欲"了呢？其中必有缘故。细一琢磨，我才恍然大悟：母亲不是已经去世11年了吗？原来，这一切都是在梦里！

　　因从小受无神论教育，我并不迷信，但梦中的经历却又一次使我不得不相信，血浓于水，母子情深，亲人之间哪怕阴阳两隔，也总是会有心灵感应的，而且这种感应并不会随岁月流逝而逐渐减弱或淡化。在我们老家，逢年过节，有一项重要内容，就是供奉祖先亡灵，祭拜死去的亲人，寄托生者的哀思。不仅在家里堂屋正中祭拜，还要带上祭品到坟墓去，叫作"烧纸"。小时候还常听老人们有"托梦"一说，大意是说，死去的亲人想见你了，就会在梦里出现。我想，这大概又是母亲在给我"托梦"吧？就跟那次回家时的经历相似。

母亲去世后，有一次我回老家看望父亲。本来是朋友派司机送我回去的，结果那天大雨，道路泥泞，小轿车根本无法直接开到村里，而柏油马路离村还有两三公里。只好临时打电话叫四弟开着他的"小四轮"（一种类似拖拉机的交通工具）来接我。我们快走到村东雷马沟河边了，母亲的坟墓就在路北边几十米处。这时，"小四轮"竟然熄火了，怎么也打不着火。突然间，我意识到，这哪儿是"小四轮"出毛病，分明是母亲在召唤我啊！顿时，我汪然出涕，一边掏钱让人快去给我买纸钱，一边号啕着冲向母亲的坟墓，引来一大群孩子莫名惊诧地跟着我看。那是我记忆中哭得最痛彻心扉的一次，也是最畅快的一次，甚至在父母的葬礼上也没有那样哭过。

小时候，老家的人们多相信迷信那一套（当时斥之为"封建"，现在看也未必。西人之信宗教，古语之"头上有三尺神明""人在做，天在看"云云，暂且不去管它），生病不是去医院，而是"抓魂儿"，即请神灵帮忙把病魔去掉。有一次我不知闹了点什么病，大约是感冒之类，母亲就要拉着我去"抓魂儿"。作为小学生的我，认为是"四旧""封资修"那一套，坚决不从，母亲就追着打我，到最后也没有抓成。这事儿过了很久，还有同村的同学在期末总结时把这作为我不迷信的证据呢！

在我的印象中，母亲虽然迷信，但她勤劳、节俭、质朴、善良，虽不能识文断字，但聪慧明理。尽管不少人都写过《我的母亲》之类的文章，但以我的感受，如果说中国劳动妇女所有的美德集于母亲一身，一点儿也不过分。在父母生活的那个年代，国家还没有实行计划生育政策，由于当时倡导"人多力量大，热气高，干劲足"，"人是世间最可宝贵的财富"，在农村，人们普遍信奉"多子多福"、养儿防老的观念，什么"儿孙满堂""人丁兴旺""五世其昌"之类的词句也常见于过年时贴的春联中；所以在我们那一带，很少有只生一两个孩子的。后来读到北大校长、人口学家马寅初的传记，如果20世纪50年代真按马寅初说的，一对夫妇只生两个孩子的话，很可能也就没有我这个"老三"了。当时农村实行大集体体制，自留地成了"资本主义尾巴"，要割掉，社员挣工分，年终按劳分配，经济普遍萧条，家家几乎勉强度日。父母一生养育了我们六弟兄和一个妹妹，其艰辛困难程度可想而知。

母亲是一个热心人，在村里是有名的热心肠。别人家有事，往往她比人家还着急，常常送钱送物，以至她去世后，村里许多人都说借过她的钱。母亲喜欢到庙里烧香，在艰苦年代，一般人都是5角、1元、2元、5元，10元就是多的了，她一向出手大方，多次超过100元。她和父亲硬是靠自己的勤劳节俭、质朴善良把我们抚养成人，而且文有博士，武有军官，在家有致富能手，为十里八村的人们所羡慕。

母亲又是一个乐观、开朗而且喜欢与人交往的人，不管走到哪里，很快就能同周围的人混个脸儿熟。虽然是农家妇女，但在老家，母亲也算是见过大世面的人，任何场合都拿得起，放得下，不怯不惧，不卑不亢。其实，母亲几次"见识大世面"，除第一次到北京看望大哥外，其余几次都与我女儿有关。1988年春，那时我还在重庆西南师大读研究生，女儿即将出生，四弟先送母亲到学校，我又接力送她到成都。虽然作用相当于现在流行的所谓"月嫂"，当然对我们，尤其是对女儿的意义大矣哉，绝非"月嫂"所能取代。因为那次是母亲首次去西南，而且是为孙女儿而去，她显得异常兴奋，处处感到新鲜。在医院陪护内子的那些天，每天她都要用正宗的家乡话不知多少次地重复"俺是32号"（"俺"相当于"我们"），以至于医生和护士都爱跟她开玩笑，颇有点儿像刘姥姥进大观园。1989年春节过后，我们在青藏高原的青海师大工作，女儿未满周岁，母亲自告奋勇，要来带孙女。当时正值春运，五弟原本打算只把她送到郑州通往西宁的火车上，无奈郑州是京广线与陇海线交会处，春运期间火车站前的广场上人山人海，加之正是寒冬腊月，穿着棉袄棉裤，浑身臃肿，往往是五弟挤上了车，母亲却还在车下。就这样，一连三天都没能上去火车。五弟毕竟精明，及时总结经验教训，最后一次，他和母亲约定，让母亲在车窗外等着，他一个人抢先到车上，跟同车厢的人打了招呼，打开车窗，硬是把母亲从车窗拉了上去。等把母亲安置停当，再要下车已来不及了，只好陪她一路到了青海。

那一次母亲与我们一起生活了四五个月，其间发生了许多趣事，令人难忘。有一次，隔壁一对小夫妻用煤油炉做饭时，不慎引燃了衣服，几个年轻人一时手忙脚乱，不知所措。母亲见状，二话不说，回屋拿了把剪刀，果断地把衣服剪开，避免了烧伤。还有一次，内子带她去学校澡堂洗澡，她在农村从来没有见过那种"赤诚相见"的阵势，感到很不好意思，硬是坚持穿着内裤洗了个澡，而且发誓再也不去那种地方洗澡了，令校内许多大姑娘小媳妇传为笑谈。还有一次，青海闹地震，我们住的东七楼摇晃得厉害，当时我不在家，母亲果敢地抱起孙女儿就往楼下跑。后来母亲悄悄告诉我，她这次来，是有着自己的如意算盘的，就是想等和女儿混熟了，她就带回老家，好让我们再生一个。我们当然不同意。经过一段时间的共同生活，看到我们对女儿那么喜爱和珍惜，除了多次以嘲笑的语气模仿我下班时高高举起女儿逗乐的情景，她便再也不提这档子事儿了。

母亲先后来过北京三次。第一次来北京时我还小，她来探亲，看望当兵的大哥。我只听她描述过大哥带她登长城的感受："费了半天劲，好不容易爬上长城了，我一看，大小跟咱家的猪圈也差不多。"我们在北京安家后，母亲又来过两次：一次在1995年前后，我们住在南二环方庄芳古园；另一次在1999年前后，我们已搬到北太平庄附近了。记得好像也是一个春节过后不久，一天，我们刚吃完午饭，村里几个出来打工的年轻人陪着她直接给送到家里。问她怎么不提前说一声，我好去接她，她竟自豪地说："恁（河南方言同'你'）妈到哪儿都有办法！"因为那时女儿已经上学，她除了帮我们做些家务，就是到处转悠，于是不久就跟附近很多人都熟络起来了。看我们每天晚饭后还要工作到深夜，她竟不无得意地说："白（同'别'）看俺是农民，可比你们这些博士得法（同'舒服'），往床上一挺（同'躺'）就能睡着。"

母亲的去世也很不一般，这倒不是说她的去世具有什么特别的意义，而是她的离去是在一个特别的日子，那就是美国发生9·11事件那天。那时的中原农村，资讯还没有像现在这样发达，可以随时通过手机看新闻。我在老家忙着母亲的丧事，既顾不上看电视，也没有听广播、看报纸。内子悄悄告诉我，刚才女儿（她当时在北京八一中学读初一，因为怕耽误她的功课，就没让她同我们一起回老家奔丧）打电话，说是有人劫持了飞机，撞向纽约世贸中心和五角大楼。后被证实为本·拉登基地组织所为，共有2996人在这次恐怖袭击事件中丧生。当时我们并不知道这一事件的前因后果，也没有去联想会有什么政治意义及国际影响，竟还半开玩笑地说，奶奶真是福大命大造化大，死也会挑时候，竟有那么多人和她在同一天离开这个世界，即使古代皇帝也没有这么大的排场啊！

　　本来早想为已逝去的父母写点儿什么，但几次下笔，却一直没有机缘写成。昨天早晨是农历正月初八，北京下起了小雪，五弟来家小聚，又有河南同乡冒雪来访。我当然拿出好酒，与他们开怀畅饮。酒酣耳热之际，五弟又谈起了母亲，尤其是说到他护送母亲到青海的那次经历。虽物是人非，阴阳两隔，种种情景，仍历历在目，恍如昨日。人道是，日有所思，夜有所梦，人生如梦。谨以此文纪念我亲爱的母亲！

诸葛村的礼物

　　因为工作关系，我经常出差。有一件事常常困扰着我，每每为不知道该给家人带些什么礼物颇费踌躇。前些年也买过衣服之类，结果不是大小不合适，就是式样不中意。虽然她们不说什么，但总觉得是个遗憾。后来改为带些小礼物，比如小工艺品之类，她们也就是看看而已，当然也会说声谢谢。后来发生的一件事，让我彻底改变了这些做法。我出差前，问正上小学四年级的女儿："爸爸又要去出差了，你想要点什么？"谁知她竟脱口而出："你就不要带那些旅游垃圾回来了！"想想也是，买回来的那些东西，确实没什么用。随手一放，早就扔到爪哇国去了。这次在金华郭洞参观民俗村时，师兄还以"你要不要买些旅游垃圾回去呀"相调侃。所以从那以后，一般我都不会再买什么纪念品。只是在遇到当地特别有名的土特产时，比如小吃零食之类，才买一些。不管怎样，总是可以尝尝的。

　　这次出差到浙江，先是到绍兴参加"人教版高中语文教材研讨会"，后又应浙江师范大学人文学院院长之邀做讲座。给内子女儿带回来的礼物颇为别致，看得出她们很开心。给内子的礼物是在参观金华兰溪的诸葛八卦村时发现的。那天吴兄驾车带我去参观，因为我们去得早，游人也少，店铺尚未开门。进去时看到一间"老报馆"的招牌，并没有放在心上。等参观完离开时，路过"老报馆"，就进去看了看。真是不看不知道，世界真奇妙！墙上用玻璃镜框挂着有特殊纪念意义的报纸，比如刊载毛主席文章的报纸、毛主席和林彪在一起的报纸，当然标价不一样。大抵年代越是久远的，价格也越高，物以稀为贵嘛！1949年以后全国各地的报纸多数都有！遂与老板聊了几句，始知老板夫妇是上海人。问他们是怎么想到做这一行生意的，回答是：有一年，何振梁在美国参加奥运会，当地的市长送给他的礼物就是何生日那天的一份当地报纸。老板受此启发，才开始经营这份生意。老板最后还送了名片，并说以后需要哪天的报纸可以邮寄云云。我不禁为上海人的精明而赞叹，更为浙江那浓郁的人文底蕴而折服。于是，决定买一份内子生日那天的报纸送给她。一查，那天的报纸只有两种了，一为《天津日报》，一为《福建日报》。后者还印有毛主席手书的诗词，郭沫若的评析文章（正是她喜欢的文学领域），以及反映那个特殊岁月的新闻。泛黄的纸张，粗犷的毛体，一见如故，恍如昨日，倍感亲切。于是就毫不犹豫地买下。先给她发了条短信，让她猜，结果可想而知。给女儿的礼物有两件：一是采自兰亭，现场制作的书签，正面则是当地的景点照片，饰以我的头像，背面是文字介绍；另一件是在鲁迅故里买的镇纸，上有鲁迅的头像，下有"读书须眼到手到心到"。女儿敬重鲁迅，自然欣喜无似。总算买到了让她们满意的礼物，我当然也很有成就感。

我家有女初长成

一、缘起

我家有女，年方廿六。值之摽梅，宜室宜家。作为父亲，回想其成长、求学经历，足慰平生。晴川历历，浮想联翩。芳草萋萋，波涌浪翻。抚今追昔，往事如烟。爰为此文，聊作纪念。

我女生肖属龙，取《周易》"龙从云，虎从风"之意，遂名"从云"。人说情人眼里出西施，弗洛伊德曾借用希腊悲剧故事，提出"俄狄浦斯情结"与"爱列屈拉情结"。在爸爸眼里，女儿当然是最优秀的。如谓不然，有鲁迅《答客诮》诗为证："无情未必真豪杰，怜子如何不丈夫？知否兴风狂啸者，回眸时看小於菟。"

二、幼儿园

我女之求学与成长，随家而迁，故所历者夥，计幼儿园四，小学三，初中、高中、大学、研究院各一。入小学前，已随我们游历四川、青海、河南、河北、北京，未读万卷书，已行万里路，在同龄人中应该算是"见多识广"的了。初发童蒙，起于辽阔、纯朴之大西北。当时，我和其母供职于西北某高校。从其出生时起，就主要由我们轮流照看。

129

当时各单位都要集中学习，没有时间照顾她，只好将她送到幼儿园。虽在校内，离家仅数步之遥，仍大哭，百般抚慰乃止，毕竟她才一岁零三个月。1991年7月，我收到中国社会科学院博士生录取通知书，其母便开始复习外语，准备考博士，为自行解决两地分居做准备。考虑到她既要正常上课，又要复习备考，如果再带孩子，必受影响，我便决定带女儿到保定大哥家，由大哥大嫂代为照看，这样女儿就被送到河北大学幼儿园。三岁的孩子，整天闹着找爸爸，终于在这年国庆节得遂心愿。玩了几天，临走时却不干了，且理直气壮："我爸爸在北京，我干嘛还要回保定？我要在北京上幼儿园！"我只好又陪他们到保定。

三、终于到北京

几个月后，其母如愿以偿，考取北京师范大学博士生。就这样，一家三口才在我就读的研究生院宿舍团聚并安顿了下来。幸好当时社科院研究生院博士生少，我们每人一间宿舍，先是11平方米，后又换到18平方米的阅览室。尽管煤油炉子只能塞在小床底下，我却不时宽慰她们："北京不知有多少家庭还没有这么大的房子呢！"

来北京后，就真的面临"要在北京上幼儿园"的问题了，只好求助于师母。师母经多方奔走，先是联系了南竹竿幼儿园，十多天后才又转到位于北竹竿胡同的中国社会科学院幼儿园。全托，每周三、五下午接。我第一次到南竹竿幼儿园接她时，一见到我就汪然出涕。每次从幼儿园接出来，她坐在我的自行车后座上，父女俩交流着彼此见闻，其乐融融。有时路过三元桥，停下来在草坪上画几笔。有时有事，便托同学去接。

四、"厮混"在博士中

不同于贾宝玉"终日在内帏厮混",女儿的幼儿岁月竟是在博士中"厮混"过来的。谈笑有鸿儒,往来无白丁。班上同学涉及语言、文学、历史、哲学、法学、社会学、民族学等专业,她虽懵懂,但耳濡目染,无疑大大开阔了视野。众同学也喜欢跟她聊天,逗她玩儿。班上有位同学老谭,学哲学,乒乓球高手,有洁癖,常于半夜三更拖地,与同学交往,多倚门而谈。同窗三年,从没有同学进过他的房间,但对从云却是个例外。一日,她回来向我们大发感慨:"谭伯伯家的地上,比我们家的床都干净。我一到他屋里,就喜欢躺在地上打滚儿。"等我们要毕业时,她自豪地对我的同学说:"你们毕业我也毕业,你们博士毕业,我幼儿园毕业。"

五、初入小学

1994年7月,我来到现在供职的单位。第一次带她到我办公室,她便向我的同事宣称:"我是博士后!因为我爸爸妈妈都是博士。"单位虽与景山学校有共建关系,但名额有限,僧多粥少,我又新来乍到,自然没份儿,只好上了单位旁边的东高房小学。只上了一周,我便感觉不妥。主要是路太远,骑自行车要40分钟,须早出晚归。到冰天雪地之时,大人孩子该有多遭罪?如果我再出个差什么的,该如何是好?于是,通过同事介绍,转学到家附近的天坛东里小学。有一天放学接她,众同学围住我问:"叔叔,叔叔,顾从云说她有很多朋友是博士,是真的吗?"言下之意她在吹牛。我一时语塞,她在一旁提醒我:"杨海波,郭振华……

不是我的朋友吗?"想想还真是！在这些胡同里长大的小朋友心目中，博士可能只是个传说吧。有一次我问她上学的情况，她竟抱怨地说："今天老师要我们写自己的名字。你看你，姓什么不好，偏偏要姓'顾'!"我便打趣地说："要不你就改姓'一'吧?"当然也就一笑了之。

六、头两次坐飞机

大约在她四年级时的寒假，本来说好全家一起到外公外婆家团年，她显得很兴奋。临到头我又有事，走不开，其母决定留下来陪我。我知道她是很期待这次旅行的，问她愿不愿意一个人去成都，她说愿意。就通过邹崇礼同学夫人办了"儿童无人陪伴乘机"。这是她第一次坐飞机，既遂其所愿，对她又是个锻炼。还有一次，她在景山公园参加北京少年宫办的小记者班。临结束时，老师挑选了六个同学参加中央电视台一谈话节目录制，请来的嘉宾是联想、娃哈哈等知名企业老总。其中有个环节，由小记者向嘉宾提问，规定每人只能提一个问题。轮到她，便向乐百氏的老总发问："何叔叔，我们能去你们公司采访吗?"答："我们每年都要接待很多新闻界的朋友参观访问，你们是未来的记者，当然欢迎了!"节目如期于大年初二在央视二套播出，等于是把何总的承诺"昭告天下"。所以，春节后一上班，就让人安排小记者采访事宜，所有费用全由公司买单。由《北京青年报》一年轻记者带队，六名小记者乘飞机往返，除在中山实地采访外，还把广州、深圳、珠海玩了个遍。只有她坐过飞机，自然比别的小记者更显老练。

七、得而复失的第一笔稿费

1999年，单位分了新居，在北师大附近，通过同学夫人曲江介绍，女儿转学到人大附小，曲老师任语文老师兼班主任。这时，曾发生过这么一件事。她用笔名"素馨"发表了一篇文章，报社寄来20元稿费，也是她的第一笔稿费。因为不是她本人的姓名，而且当时她还只有学生证，没有身份证，我到北太平庄邮局来回折腾几趟，又到单位开证明，证明汇款单上的"素馨"就是我单位某某的女儿。一个周六的下午，我骑着自行车去帮她取汇款。办完事，就把所有证件，包括我的身份证、钱包、她的学生证等装入手包，放在前面的车筐里。回来的路上，由东向西，走到北太平庄桥下等红绿灯时，只一眨眼工夫，即被人顺手牵羊，只好怅然而归。

八、从八一中学到人大附中

2000年小升初，按北京市规定由电脑派位，她被分到万泉河中学。通过熟人说项，转到八一中学，无意中与后来的习总书记成了校友。2003年，顺利考取人大附中。人大附中当年共招收15个班，其中1—8班是普通班，9—15班为实验班，据说也是按入学考试成绩编排的。从云分在第9班，是该校与联想合办的计算机特长班，每人一台联想笔记本电脑。她的志向本来是北京大学生命科学学院，高中时就自学了不少大学生物教材，曾获2005年全国中学生生物学联赛二等奖，当选中国少年科学院院士。比尔·盖茨来北大演讲，曾有同学提问："假如再有机会让你重新选择，你会选择什么专业？"答："智能科学。"这可能对她后来由生物逐渐转向信息科学产生了影响。

九、从北大、宾大到微软

2006年，从云以665裸分，考取北京大学信息科学与技术学院，同时也收到香港大学、香港科技大学的录取通知。她的同学中多有赴港求学者。大约是受谢冕《永远的校园》的影响，她认为港校固然条件优越，但自己既非学习经济，又不打算本科毕业即就业，而是要沐浴欧风美雨，最终还是选择了以"思想自由，兼容并包"著称的北京大学。踯躅于未名湖畔，盘桓于博雅塔下。古今并蓄，文理兼修。四年后，远涉重洋，负笈海外，弃其他学校的全额奖学金于不顾，就读于美国费城的宾夕法尼亚大学计算机学院。宾大不愧是世界上第一台电子计算机诞生地的北美藤校，她2012年硕士毕业时，虽正值美国年轻人因失业、贫富分化扩大等问题"占领华尔街"，却获高盛、黑石、彭博、微软的录用信，并在西雅图的微软（后又换到纽约的谷歌）工作。

十、球迷情结

我一向认为，《孟子》"不违农时，谷不可胜食也"虽是比喻治国，但又何尝不是揭示人生的大道理？男大当婚，女大当嫁。从云去宾大后，在一次中国留学生聚会上，与来自清华大学的数学博士生王琢邂逅，一见如故。执子之手，两情相悦。昔有父母之命，媒妁之言，我则牢记"最高指示"，并反其意而用之："凡是女儿拥护的，我们就要拥护；凡是女儿反对的，我们就要反对。"亦常自比于中国足球球迷："赢也爱你，输也爱你！"而今二姓结好，乾坤初定；天作之合，水到渠成。

十一、寄情燕园

时值重庆《课堂内外》与北京大学中文系联合举办的第九届全国中小学生创新作文总决赛在北京大学举行，我获邀忝作评委，故地重游。31号楼前的银杏树枝叶扶疏，婆娑依然；康博思快餐厅、学五食堂一带还是那么人声鼎沸；当年我们一家三口毕业留影的未名湖、博雅塔等依旧幽静肃穆。岁月沧桑，春华秋实。女儿成家立业，父母心实欢忭。走笔至此，信可乐也！

陪大哥西北游

我大哥1969年初中毕业即应征入伍，到三十八军某团当兵。1987年邓小平向世界宣布裁军一百万时，他以营级干部身份，转业到河北大学工作。这些年来，我曾两次陪他到祖国的大西北旅游。第一次是2008年8月，去青海；第二次是2016年8月，去新疆。虽然他"文革"大串连时去过延安，在天安门广场受到过毛主席接见，在部队接兵也走过不少地方，但青海和新疆都是第一次去。两次西北游，于他算是开了眼界，于我则是了却了一个多年来的心愿。

一、我与大哥

我家在河南农村，父母都是农民，家里有兄妹七个，我排行第三。民间有长兄如父、长女如母之说，我小时候的偶像就是大哥。原因有二：一是我上小学时他就出去当兵，在部队一直干得风生水起，事业有成。在那个知识贫乏的年代，他们那一批新兵多是小学生甚至文盲，初中生已属凤毛麟角，所以他很快就在部队崭露头角，这也印证了知识改变命运的真理。二是他虽然当了军官，却始终保持着我国农民的传统美好品德，孝敬父母，爱护弟妹。尽管那时他工资不高，却时常接济家里。记得小时候我最兴奋的，就是看见穿绿制服、骑绿色自行车的邮递员来我家，准是大哥又给父亲寄钱和全国粮票来了。那时候粮食不够吃，买粮食要用粮票，粮票有地方粮票与全国粮票之分。每次都惹得村里孩子们追着看热闹。村里第一辆自行车也是大哥买好托运回来的。还有每逢春节前，大队干部总会带着慰问品走访军烈属，以体现国家拥军优属政策。那是20世纪70年代，毛主席说："工业学大庆，农业学大寨，全国人民学习解放军。"解放军在社会上很受推崇，年轻人更是以穿军服、戴军帽为荣。有一次，大哥回家探亲，附近娄冲一个小伙子特意来到我家，非要买大哥的军服军帽。尽管我不知道最终结果，但我这个当弟弟的着实充满了自豪感。

古语云：滴水之恩，当涌泉相报。我们家弟兄们多，父母虽精明能干，但毕竟家里人多，负担重，经济条件不好。作为家中长子，大哥自觉地承担起家庭责任，全家受惠于大哥者甚多。这些年来，我能为家里做一些贡献，也是受大哥的言传身教和熏陶感染。就我的切身体会，有以下几件事记忆犹新。一是我上高中时，有一段时间曾想学画画。大哥听说后，很快就给我寄来了画笔和颜料，我就用父亲留下的记账本画人像。只是苦于求师无门，也不可能去上什么培训班，自然没有学成，最终不了了之，辜负了他的期望。二是我第一次去郑州时塞给我钱和粮票。那是1976年，我高中刚毕业，就被大队抽到娄冲学校（也是我的母校）当民办教师。因为上高中时我曾参加过学校的毛泽东思想文艺宣传队，所以开学没教多久，又被公社抽去，参加宣传队，到各村巡回演出。后来毛主席逝世，全国停止一切娱乐活动，我们的宣传队自然被解散，而教师岗位已另有别人。不久，大队派我和另一村的会计到新郑学习熬糖稀技术。那是我第一次出远门，在郑州纺织机械厂等待接洽时，已有恢复高考的传闻，城里知识青年就开始复习了。我因肩负着父老乡亲的重托，只能老老实实地按原定计划到新郑学习。虽然大哥给的钱和粮票没用上，好像还被我弄丢了，但他那份情意我却是永远铭记在心的。三是给女儿寄红糖。1988年女儿出生时，我们在青海工作，喂奶需要红糖。买糖需要糖票，而单位发的糖票很少，根本不够吃。我没有办法，只好向办公室同事要，也是杯水车薪。大哥听说后，马上想办法买了20斤红糖寄来，才算解了我的燃眉之急。四是帮我们照看女儿。1991年我要到北京读博士，内子也准备报考博士。考虑到她一个人既要正常上课，又要复习外语，还要带孩子，实在辛苦，我就把女儿送到大哥那里上幼儿园，请他们帮忙照看。五是2006年我们装修现在的房子，虽然包给了施工方，但仍需要有人随时查验，才能保证施工质量。而那时我正忙于工作，根本无暇顾及。恰好大哥已退休，又有装修经验，我就请他来，吃住在工地，帮忙照看。别人是有事找警察，我则是有事找大哥。有一次说起我们在青海工作多年，他却一直没有到过青海，言语间颇觉遗憾。当时我就想，找机会一定陪他到大西北走走。

二、青海游

机会终于来了，那是2008年夏天，北京为举办奥运会放假一周。内子邀众闺蜜来北京看奥运，住在家里。看她们每天兴奋地进进出出，忙得不亦乐乎，加以我一向对体育不感兴趣，正好陕西师大在青海有个培训班，邀我去讲课。我决定邀大哥一起到青海旅游，并计划讲座结束后再去敦煌。将要出发时，河南《中学生学习报》的朋友邀我为他们办的高中新课程校长培训班讲课，时间正好在青海讲座后。这样就不得不取消游敦煌的计划，改由青海直接到郑州。在青海，我陪大哥游览藏传佛教格鲁派（黄教）发源地塔尔寺，成孝教授亲自驾车带我们游览青海湖、日月山。我带大哥逛了西宁古城，在西门公园欣赏青海花儿，品尝当地最有名的小碗酸奶和羊肉串。西宁到郑州，需要在西安转机，中间有几个小时，我们又驱车去泾阳县看望姑姑家亲戚。在郑州，请朋友带他参观龙门石窟、白马寺，又一起游览安阳殷墟、袁林（袁世凯墓）、林县红旗渠、太行山大峡谷，满意而归。

三、新疆游

2016年8月，朋友邀我到新疆旅游。新疆虽然已去过多次，但以前每次去，不是开会，便是讲座，间或安排些旅游。这次因为没有什么具体任务，属于纯玩型。更重要的是，我得以再次陪大哥西北游。朋友是山东人，在新疆已多年，既有来自孔孟之乡、礼仪之邦的古道热肠，又有新疆人的豪爽大气。他亲自陪同，无微不至。我们由乌鲁木齐出发，经奎屯、塔城、布尔津、阿勒泰，回到乌鲁木齐后，又去了一趟吐鲁番。我们哥俩走进大美新疆，行程数千公里，既是一次亲情之旅，也是一次开心之旅。给我留下深刻印象的，当属以下数端。

一是观赏喀纳斯美景。游览喀纳斯是我们此行的主要目的，我虽多次到新疆，但还不曾到过喀纳斯。大哥是第一次到新疆，要看当然就看最美的风景。我们从塔城赶到布尔津，已是晚上十点多。新疆与内地有两小时的时差，加之是旅游旺季，仍然到处灯火通明，人声鼎沸。人们常说，看景不如听景，但对喀纳斯来说，似乎并不如此。喀纳斯的美确实名不虚传。这里有高山森林，河谷风光，群山苍翠环绕，雪山闪闪发光，羊儿漫不经心吃草，野花随风任意摇摆。我们沿着1068级台阶登上观鱼台，虽然没看到鱼，更没有见到什么"湖怪"，但喀纳斯湖如玉带环绕，静影沉璧，却是真的。碧绿碧绿的湖水，宛若绿宝石，镶嵌在青山绿水间。极目远眺，蓝天白云，万里澄清。相传当年成吉思汗西征时路过此地，喝了湖水，顿觉神清气爽，就问这是什么水，有人灵机一动，说是喀纳乌斯。"喀纳乌斯"在蒙古语中意为"可汗之水"。从此，便名此湖为喀纳斯。有人说，没到过喀纳斯，不算到过新疆。诚哉斯言！

二是在奎屯见到老同学。20世纪80年代初我在河南教育学院进修时，班上有两位来自新疆的同学：一为龙兄，四川岳池人，曾任新疆兵团农七师电视台台长；一为赵兄，山东即墨人，曾任新疆兵团农七师西红柿酱厂厂长、煤炭公司副总。前些年，我曾到奎屯看望过他们。这次在去喀纳斯的路上，朋友说午饭可以在克拉玛依或奎屯吃，我一听奎屯便来了精神，提出当然要在奎屯吃。马上联系他们，所幸二人都在奎屯。午饭是在杨总朋友的图书公司吃的，虽是寻常饭菜，但能在数千里之外的边陲与老同学相聚，别有一番意味。

三是在吐鲁番走近王洛宾。大哥第一次到新疆，吐鲁番当然也是非去不可的，那是因为受《吐鲁番的葡萄熟了》《达坂城的姑娘》等歌曲的影响。我本来已去过吐鲁番多次，没想到这次却有意外的收获。多亏司机小李做过导游，对这里的景点了如指掌，特意带我们去参观王洛宾纪念馆。王洛宾是个带有传奇色彩的人物，一生历尽坎坷，被誉为"西部歌王"，终成一代音乐大家。他毕业于国立北平师范大学（今北京师范大学）音乐系，1950年曾回到北京，在北京八中教音乐，那时刘国正先生也在那里教语文，他俩合作创作的歌剧《卢沟桥河水哗啦啦流》曾获北京市中学生文艺汇演一等奖。纪念馆用图片和文字全面介绍了王洛宾的生平事迹。我们进得门来，迎面碰到王洛宾的小儿子在卖他的《歌者王洛宾》。当我提到北京八中的刘国正时，他马上翻出那一页指给我看。朋友见状，立马为我们拍照留念，还为我买下书和歌曲光碟，算是此次新疆之行的意外收获。

四是品尝塔城美食。在塔城，当地朋友在地处城外的农家乐盛情款待我们。这是一个"家庭餐厅"，很小，似乎只能接待一两桌客人。酒是近年新研制的"火焰山"，用葡萄做原料酿制的高度白酒。其中有一道俄式烤包子，外面是烤得焦黄的面包皮，里面的馅儿是新鲜羊肉，配以葱姜等作料。因制作过程需数小时，必须提前预订，现烤现吃，鲜美无比。我问叫什么名字，老板娘说了一串叽里咕噜的话，不知道是少数民族语还是外语，问其他新疆朋友，也都说不出个所以然。这也是此行最有特色的一道菜。在巴克图口岸，登上观景台，可远眺哈萨克斯坦。塔城还有一处别致的景观，就是伟人山，位于塔城西面十多公里，现位于哈萨克斯坦境内，本名巴克图山，因酷似躺着的毛泽东而得名。高高的鼻梁，饱满的前额，紧闭的双唇，下颚的痣，衣服上的纽扣，甚至头下的枕头都清晰可见，神态安详，栩栩如生。

这次新疆之行还有很多收获。比如第一次看到普氏野马。据说1878年沙俄军官普热瓦尔斯基率领探险队捕获此马，后沙俄学者为之命名"普氏野马"。这种马在我国早已灭绝，20世纪80年代末，我国先后从英、美、德等国买回18匹放养，才结束了野马故乡无野马的历史。在乌鲁木齐，也见到新疆语文界的朋友。杨总还特意安排我们参观新疆书画院，得以结识书画艺术界朋友。

从新疆回来不久，大哥就生了场病，直到最近才逐渐康复，不知是身体原有隐患还是旅途劳累所致。想来他毕竟是奔七的人了，以后怕不敢轻易再出远门了吧？所幸我们有过两次畅意的西北游，走进青海、新疆，沐浴边塞风光，享受蓝天白云，欣赏美景，品尝西北美食美酒，感受兄弟亲情。想来这应该成为我们共同的温馨记忆。

怀念章熊先生

　　昨天中午，张彬福教授发来短信说，章熊先生走了。虽然我早有预感，但听到他去世的消息，还是感到很突然，一时不知道说什么才好。本来已约好，今天要到他府上拜望的。每逢新春佳节来临之际，我们都会代表中国教育学会中学语文教学专业委员会走访在京的中语会几位"元老"，感谢他们对学会事业的贡献，同时送上语文同仁的祝福。这在我们学会，既是惯例，也是传统，是对语文前辈的一种感恩和致敬。没想到，刚刚约好的拜年变成吊丧，慰问金也成了赙金。天人两隔，岂不痛哉！

　　章熊先生是我国著名语文教育家，全国中学语文教学研究会（"中国教育学会中学语文教学专业委员会"前身）的重要创始人。1978年9月，《中国语文》编辑部在北京金鱼胡同召开北京地区语文教学座谈会。吕叔湘先生主持会议，章熊、张鸿苓、王世堪等参加。会后，吕先生建议成立一个民间学术组织，继续研讨语文教育改革问题，这就是全国中语会成立的最初源头。11月，东北师范大学附中张翼健先生主持召开部分省、市语文教学座谈会，章熊应邀参加。与会者一致建议成立全国性的中学语文教学研究会，并委托章熊等人起草倡议报告，呈报教育部。就在由长春返京的火车上，他与王世堪先生一道，起草了给教育部的报告。1978年12月，教育部党组研究了章熊等人提交的关于成立全国中学语文教学研究会的倡仪报告，同意成立全国中学语文教学研究会，并决定由董纯才副部长负责此事。经过一年筹备，全国中学语文教学研究会于1979年12月26日在上海宣告成立。40年来，中语会已经成为语文人的交流平台和精神家园。大家借助中语会，相识相知，交流交融，切磋琢磨，沟通合作，研究语文教育，探讨教学改革，共同成长进步，演绎语文人生。章熊先生既是中语会的操盘手，也是中语会工作的积极参与者，为我国语文教育事业做出了卓越贡献。

章熊先生横跨新旧时代，博览中外文化，沟通大学中学，汇通理论实践。他的语文研究具有理论基础深厚、涉及面广、实用性强等特点，研究领域涉及课程教材、教法与考试评价。他曾在北大附中任教20多年，"文革"结束后不久，就在《中国语文》上发表了《我对"语文教学科学化"的几点想法》。以后陆续出版了一系列语文教育论著，如《语言和思维的训练》（1983年）、《提高写作技能》（译作，作者威廉·W.韦斯特，1984年）、《简单论文写作》（1985年）、《中学生语言技巧的培养》（1986年）、《大规模考试评分误差控制及评分参照量表》（1992年）、《简明·连贯·得体》（1996年）、《中国当代写作与阅读测试》（1997年）、《思索·探索：章熊语文教育论集》（2002年）、《中学生言语技能训练》（2005年）、《和高中老师谈写作》（2012年）等。他长期参加人民教育出版社中学语文教材编写工作，担任教育部中小学教材审定委员会中小学语文教材审查委员、教育部考试中心高考语文命题组组长，在语文教育界具有广泛影响。可以说，如果要研究我国当代语文教育史，尤其是改革开放以来的中国语文教育史，章熊是无论如何也绕不开的人物，是我国语文教育研究的一座丰富宝藏。

章熊先生调入中央教育科学研究所后，除著书立说外，主要从事两项工作：一是编写并审查语文教材；二是主持全国高考语文命题。这两项工作不仅构建了他的煌煌语文大厦，更惠及无数青年学子和广大语文教师。

1981年，人民教育出版社中学语文室组织编写一套供重点中学使用的语文教材。其中"六年制重点中学初中语文课本"的阅读部分由张定远先生主持。张定远先生邀请章熊、顾德希、张必锟、张建华等语文名师参加。从此，章熊就与人民教育出版社结下了不解之缘，先后参加了人教社多套语文教材的研究编写工作。2002年，我主持编写高中语文课程标准实验教材，请他主编选修教材《文章写作与修改》。由于教材篇幅所限，他的许多写作教学思想无法展开。在这本高中写作教材的激发下，他想将自己的写作教学思想进行系统整理，我就动员他再写一本专著，作为这门选修课的配套读物，供高中教师参考，这就是他在人教社出版的《和高中老师谈写作》一书。

从1984年开始，章熊参加教育部考试中心高考语文命题工作，由参与者、组长到顾问，前后达20余年。由于这项工作本身的特殊性，他对我国语文教育事业的这一贡献不大为世人所知。他不仅是20年间我国语文高考改革的亲历者，更是高考语文命题的实际操盘手。他主持制定的语文能力层级，即识记、理解、分析综合、鉴赏评价、表达运用等五个能力层级，即所谓"羊字结构"理论也为现行高考语文考试大纲所继承。他还领导教育部考试中心"大规模考试作文评分误差控制"课题组，编写了新中国成立以来第一部大规模考试的作文评分参照量表，并著有《中国当代写作与阅读测试》。

因为工作关系，我常到他府上拜望。就在他那八九平米的客厅里，听他纵论语文风云，历数中语"家史"，细数教改得失，品评南北名师。常常是娓娓道来，高谈阔论，诙谐豪放，神采飞扬，机锋迭出，启人深思。伴之以他那洒脱的语调和爽朗的笑声，简直是一种难得的精神享受。每与交谈，必尽兴而返。

作为中语会及其会刊《中学语文教学》顾问，章熊先生的许多重要论文，都发表在《中学语文教学》上，如《我理想中的教材和教法》（1997年）、《语文教学沉思录》（1997年）、《语言技能研究》（2004年）、《关于中学写作教学的几点思考》（2006年）、《我对中学语文教材的几点看法——答顾之川先生》（2013年）、《我来抛砖——关于高中写作技能教程的设想》（2014年）等。

2004年，全国中语会在北大附中举行"章熊语文教育思想研讨会"，刘国正先生曾亲书一副对联："教理拓新章掷地金声成大著，湖山足佳兴拍天春水听雄谈。"前一句指他的学术论著，后一句指他1981年4月在《语文战线》举办的"西湖笔会"上的精彩发言。2012年3月，他联合北京、包头、广州等地语文教师，开通"中学生书面语训练"交流平台，我曾发去贺词：

语文大家，前辈章熊。老当益壮，学术青松。振臂一呼，应者景从。呼朋引类，嘤嘤其鸣。语言训练，培养技能。研究实验，尤重实用。南北唱和，风起云涌。交流平台，水到渠成。方兴未艾，风起水生。书以为贺，期盼繁荣。

　　2010年4月，在庆祝中语会成立30周年大会上，中语同仁曾为章熊先生做八十大寿，并授予他中学语文"终身成就奖"。我们都期待着能再为他做九十大寿。没想到天不假年，他竟驾鹤西去。章熊先生的逝世，无疑是我国语文教育界和中语会的重大损失，于我则痛失一位良师益友。匆撰此文，以表达对章熊先生的深切缅怀与无尽哀思。

语文"伯乐"吴心田

　　在我国语文教育界，活跃着一大批语文教研员。他们不仅"独乐乐"，热爱语文事业，醉心语文教育，研究成果丰硕，往往还热衷推己及人，"与人乐乐"，牵头申报课题，组织研讨交流，培养教学新秀。一旦发现好苗子，认为汝子可教，未来可期，有培养潜力，他们便会倾情投入，把这些青年教师当作自己的徒弟甚至是掌上明珠，百般呵护，精心栽培，想方设法，创造机会和条件，使其一步步成长壮大，走向全省乃至全国。对语文教育来说，他们是充满教育理想和教育情怀的燃灯者、实干家；对于所在地区的语文教研来说，他们又是积极主动的引路者、领航人；对于渴望成才的青年教师来说，他们确为独具慧眼、识才爱才惜才的"伯乐"。韩愈有云："千里马常有，而伯乐不常有。"他们以自己的默默奉献、甘为人梯的精神，作育英才，推出一批又一批驰骋千里的"良驹"，为我国语文教育事业做出了杰出贡献。在我看来，原山东省语文教研员吴心田先生就是这样一位德高望重、成就卓著的语文"伯乐"。

　　吴心田先生是我非常敬重的一位语文前辈，在我国语文教育界有着广泛而深远的影响。无论是在我所供职的人民教育出版社、全国中语会，还是语文报刊界，只要一提起吴心田的名字，大家莫不交相称赞。由于工作关系，我近水楼台，与他交往较多，得以亲承謦欬，如沐春风，获益良多。就我这些年来与吴心田先生的交往，他给我印象最深的有以下几点：

一是他的语文情怀。我第一次见到心田先生，是1994年10月在北京举行的"庆祝吕叔湘九十华诞暨语文教育思想研讨会"上，那也是我第一次参加中语会举办的活动。记得他发言时有一个提议，深得大家一致响应。他提出，中语会应该大力弘扬叶圣陶、吕叔湘、张志公"三老"的语文教育思想，组织语文同仁学习他们的语文教育论著。声若洪钟，语惊四座，加以他那山东大汉的魁伟身材，给我留下深刻印象。会后，时任中语会理事长刘国正、秘书长陈金明很快就编了一本《叶圣陶、吕叔湘、张志公语文教育论文选》的小册子，由开明出版社出版，发至全国各省中语会，在全国中学语文界掀起了学习"三老"语文教育思想的热潮。2000年春，教育部向各地发布《全日制义务教育语文课程标准》征求意见稿。看到新课标不仅淡化语文工具性，也弱化了训练，只剩下一句干巴巴的"科学的训练方法"，语文界同仁虽感到不可理解，却也无可奈何。不久，我就收到心田先生一封长信，拆开一看，竟然是他写给时任教育部长陈至立的信的复印件。他在信中对语文新课标明确表示了不同看法，并详细阐述了自己的理由，说明工具性和训练对语文教育的重要作用。看后我对他这种仗义执言、"知其不可为而为之"的精神，不禁肃然起敬。如果没有对语文教育的挚爱、敬业的赤子情怀，这简直是不可想象的。

二是他的语文"气场"。心田先生对人真诚，具有向心力和凝聚力，不管对长辈还是晚辈，都能够以诚相待。在长期的语文教育研究和语文教研工作中，他同刘国正、于漪、章熊、钱梦龙、欧阳代娜、张定远、陈金明、苏立康、陈日亮、魏书生等语文界前辈都建立了深厚友谊，尤其对我关爱有加，是我的"忘年交"和师长。在河北师范大学《语文周报》举行的语文教学研讨会上，我曾多次见到过心田先生。每次听他发言，都给我留下深刻印象。他从报社的组织建设、作者队伍、稿件编排及宣传发行等方面提出自己的意见和建议，而且切中肯綮，要言不繁。山东是孔孟之乡、礼仪之邦，我每次去山东都能得到他的特别关怀。有一次去诸城，他不顾腿脚不便，陪我参观恐龙公园、臧克家故居等。有几年的大年初一，我还没给他打电话拜年，他和张家璇老先生的电话就打过来了。有一次我到济南出差，请厉复东、万福成带我到他府上拜望。听说我们还要去拜望张家璇老先生，他不顾自己行走不便，一定坚持陪我们一起看望，并说张先生也是他的老师。正因为他尊老爱幼，热诚待人，所以在他的周围，聚集着一大批语文教育研究者、语文教学实践者、教学方法探索者，从而形成一个强大的语文"气场"。

三是他的"伯乐"精神。心田先生善于并乐于提携后进，发现、培养语文名师，这使他的语文教研实践根深叶茂，硕果累累。在他的努力和精心呵护下，一大批青年才俊茁壮成长，一步步由所在学校到所在地市、由地市到省，又从山东走向全国。李庆平、刘笑天、厉复东、张伟忠、朱成广等，或为齐鲁名师，或身居要职。还有一大批山东语文名师作为人才被引进到北京、上海、广东等经济发达地区。仅我认识的来北京发展的山东语文名师就有二三十人，从最早的程翔、郑晓龙、翟小宁，到后来的李卫东、阮翠莲、严寅贤、管然荣、史建筑、杨宏丽、孙衍明等。他们有的是所在学校教学骨干，有的当了校长，有的则成为享誉大江南北的语文名师。每当我向心田先生称赞他这帮弟子在我国语文教育界的深远影响时，他总是报以充满自豪的会心一笑。他曾告诉我，他最开心的一件事，就是每年春节期间，程翔他们这帮吴门弟子团年时给他打电话拜年，他总是每个人都问候到，看得出他们师徒间那种深厚感情，而且双方都是欲罢不能，其乐融融。

正因为吴心田先生为我国中学语文教育事业做出了突出贡献，2010年4月，在庆祝中国教育学会中学语文教学专业委员会成立30周年纪念会上，中语会举行隆重的颁奖典礼，向一批老同志颁发"中学语文终身成就奖"，心田先生就是其中之一，实乃实至名归。

前不久，程翔给我打电话，说他们要编辑《吴心田语文教育思想与研究》。全书分上、下两编，上编为吴心田先生的语文教育论著，全面反映他在语文教育研究方面的成果和他在语文教研方面的贡献，下编收录他子弟们的文章，从不同角度反映其人其学。我闻之欣喜，心田先生对我来说亦师亦友，我就把自己与他交往这么多年里对他的认识和理解写下来，公诸同好，以分享、就教于语文教育界同仁，同时也希望我国能涌现出更多像吴心田先生这样的语文"伯乐"，发现培育更多语文名师，进一步繁荣我国语文教育事业。

陪师兄游巴马

初冬时节，北京雾霾重重，南国温暖如春。应厦门大学苏新春教授之邀，我赴广西民族大学参加第七届全国教育教材语言学术研讨会。此次南宁之行，不仅与新老同仁共话教材语言，更重要的，是见到我的师兄、西南交通大学博士生导师汪启明教授。宋代洪迈《容斋随笔》曾把"他乡遇故知"作为人生四大"得意事"之一，这次不期而遇，更是意外惊喜。我陪汪师兄一同做巴马之游，感受到世界长寿之乡的魅力，留下难忘印象。

大约十多年前，李宇明先生主持国家语委语信司时，曾启动"国家语言资源监测与研究"建设项目，在国内多所高校设立研究中心，新春教授成功申报"教育教材语言中心"。我因为工作关系，忝列为首届学术委员，并与王铁昆副司长一起参加中心成立仪式。在厦门大学举行的首届全国教育教材语言学术研讨会上，我还曾意外地遇到人民教育出版社中学语文编辑室的前辈田小琳老师。虽然后来忙于工作没有参加他们的会议，但教育教材语言却和我的工作密切相关，所以我一直支持他们的研究。前几年他们申报国家语委重点课题时，我还曾作为课题组成员，同他们一道到教育部参加课题论证答辩。

这次来南宁还有个小插曲。这次活动本来早就约定好的，上月我与家人在欧洲旅行时，忽然接到北京师范大学文学院电话，邀我参加他们组织的第三届传统文化进校园高端论坛，我当即答应了。后来一查日期，正是我去南宁报到的日子，只好改成晚上的航班。尽管我的演讲被调到康震、李山两位著名教授之前，赶到南宁也已经很晚了。

与首届全国教育教材语言研讨会不同，这次参会的，除几位语言学界老朋友外，更多的是从事汉语研究或汉语国际教育的后起之秀。我以"语文教材及其特点"为题，向与会同仁报告了语文教材的新变化，语文的工具性、人文性和语文教材的语言特点。等参加完上午的会赶到广西教育出版社时，黄力平副总编辑和潘姿文、林春燕两位女士已在等候，黄总还特意带了他珍藏多年的古井贡酒。我与他们是老朋友了，我主编的"中国语文教育研究丛书"（获2017年国家出版基金资助），就是他们几位策划并编辑出版的。我的《语文工具论》列入该丛书第一辑，上月出版后，《课堂内外》杂志社订购1000本，福建语文学会订购500本，现已售罄，正在重印。该社陆思成副总编辑负责的另一重大项目《中国当代语文教育家口述实录》，我出任编委会主任，还是《刘国正口述实录》一书的作者。所以，当汪师兄提出想到巴马看看时，我马上就请陆总做了安排。因为我们已订好第二天的返程机票，只能来个"巴马一日游"。

巴马瑶族自治县属于河池市，位于广西壮族自治区西北部。河池我前几年曾去过一次，是应重庆教育评价研究院之邀，对河池学院的汉语言文学专业进行评估论证，我是专家组长。当时也是来去匆匆，只利用会议间隙，参观了传说中刘三姐的故乡。巴马山多地少，有"八山一水一分田"之说。人口仅27万，却有12个民族，瑶族、壮族占多数。因为

"有瑶无处不有鼓，有鼓无处不有舞"，故而民风淳朴，民族文化艺术丰富多彩。

巴马最吸引人的，是阳光、水、空气和地磁。英国生物学家维德·杜克说："巴马的阳光，巴马的水，巴马的空气，巴马的地磁……都是这个星球上唯一的。上帝把他最心爱、最珍视的自然资源，都慷慨地赠与了这块神奇的土地！"这些都是人体不可或缺的重要元素，尤其是负氧离子，不仅能净化空气，还能使人精神振奋，血压稳定，促进新陈代谢。光绪皇帝曾为巴马寿星邓诚才题匾"惟仁者寿"。西日本电视台拍摄的《桃源乡纪行·巴马之行》曾获日本全国年度金奖。因长寿老人不断增多，巴马被誉为"世界长寿之乡""中国人瑞圣地"。虽然交通还不是很便捷，但慕名前来参观、游览、观光的还是络绎不绝，更多的是中老年人甚至病人来此疗养，沿路建了不少新房，"我要恢复健康"的标语随处可见。

由于时间关系，我们只参观游览了水晶宫、百魔洞、百鸟岩等几处最有名的景点。

水晶宫距巴马县城44公里，位于那社乡大洛村。水晶宫最有特色的是溶洞，曾被《中国国家地理》杂志评为"中国最美的七大旅游洞穴"（另六处为贵州织金洞、重庆武隆芙蓉洞、重庆丰都雪玉洞、湖南张家界黄龙洞、湖北恩腾龙洞和北京石花洞）。进得洞内，处处可见石幔、石幕、石柱、石笋、石花以及钟乳石、石瀑布等。在五彩灯光映照下，确如水晶般雪白纯净，玲珑剔透。有的如漫天飞雪，有的像凤凰展翅，有的类苏武牧羊，有的似悟空摘桃，鬼斧神工，千姿百态。那应是历经千百年地质风化变迁而遗留下来的，是大自然的馈赠。据导游讲，水晶宫最初是一个小孩追赶跑散的小羊，偶然走进发现的。有趣的是，经营者大概也意识到150元的门票太贵，特意在售票处挂了个牌子，写着门票贵的两个理由，一是洞中景色独一无二，二是为了保护洞中奇珍，倒有些"此地无银三百两"的意味。不过，60岁以上半票，我也是第一次享受这种优惠。

百魔洞位于甲篆乡坡月村，也是以洞著称，曾被中英溶岩地质专家誉为"天下第一洞"。这里的洞不同于水晶宫的溶洞，而要开阔得多，竟有四个巨大的殿堂，最大的一个有一百多米高、几百米宽、一千多米长。巨型天坑里，种植着各种中草药和奇花异草，郁郁葱葱，生机盎然。沿着旁边曲折小路攀援而上，可登临天窗，俯瞰空谷。天坑上面的悬崖上，仍住着高山土瑶，不时有人影在晃动。远处是形态各异的钟乳石，形成诸如孔雀迎宾、良田万顷、金山猴王、杜甫吟诗等奇异景观，高大气派，巍然耸立，雄伟壮丽，令人肃然。如果走累了，还可以在养生大讲堂坐下品茶歇息。不少住在附近的人买了月票，自带坐垫，尽情享受这里的负氧离子和磁疗。由于时间关系，我们只在吸氧区小坐片刻。与水晶宫相比，百魔洞似乎规模更大，人气也更旺。门前的广场上，有唱卡拉OK的，有跳新疆舞的，都倾情投入，如醉如痴。更多的人则一边欣赏，一边享受着洞口的清新空气。百魔洞还有值得一记的，就是对北京、四川等地来的游客实行半价优惠，应该也是薄利多销、吸引客源的营销方式吧？

百鸟岩又名"龙虎洞"，以水著称，别有洞天。远看是青山，近看有碧水。盘阳河自吉屯白熊洞潜入山下，形成上千米的伏流暗河，至此洞流出。夕阳映照下，我们乘坐的小船荡漾在碧绿的盘阳河上，穿过三个白昼如梦幻般的祈寿宫，往返犹如过了六天六夜。之所以取名"百鸟岩"，是因为这里有一个巨大的水上溶洞，下面是水，上面是山，空旷的石壁上，常年有很多燕子、蝙蝠在此栖息繁衍。中间一个洞穴开着天窗，仰望可见天光，让人想起李白"床前明月光，疑是地上霜"的诗句。听导游壮家阿妹说，这里的民居，一个月只要几百元，怪不得有那么多人来此休闲度假。

因为大家都是出版同行，汪师兄曾任巴蜀书社社长，一路上跟我们分享他的出版管理经验与人生感悟，相谈甚欢。陪同我们的小孙和司机小袁很有经验，也非常用心。中午在瑶珍农家饭庄，我们品尝了有"水下人参"之称的油鱼、用巴马香猪制作的腊肉、用火麻油煨制的青菜。晚餐在一家路边餐馆，老板姓黄，虽然只有他一个人，前来就餐的却有好几拨客人。好在他有宰好的鸡和黑猪，给我们安顿好后，我们自己动手——炒菜，泡茶，在他家菜园里拔了些新鲜蔬菜，又向他要了些米酒，可谓别有风味，大快朵颐，畅意而返。

奎屯访友

　　2007年1月26日，我结束在乌鲁木齐市南郊工人疗养院的讲座，已是下午六点，在北京应该天黑了，而这里只相当于内地的下午四点。我谢绝了主人要带我滑雪的提议，决定去一趟奎屯，去看望分别达23年之久的两位老同学。雪后的乌鲁木齐，阳光朗照，放眼望去，皑皑白雪覆盖着大地，光线照处，灿若彩虹。只有人车穿行的马路是黑的，黑白对比鲜明。狄里夏提主任已安排好车，送我去奎屯。

　　司机亚里坤，维吾尔族，人很朴厚，话虽不多，但聊起来亦不乏西北人的豪气与爽快。他有两个女儿，大女儿考取上海外国语大学，小女儿还在读初一。按照新疆计划生育的地方性法规，城镇居民一对夫妻可以生两个孩子，农村可以生三个。聊到即将到来的春节，维吾尔族、哈萨克族等少数民族不过春节，但有古尔邦节和肉孜节。我们乘坐的车子是尼桑越野车，最适合穿山越岭。乌鲁木齐距奎屯约240公里，有乌奎高速相通。除了出乌市上高速之前有些拥堵，高速上一路顺畅。路上看到的地名，有的很熟悉，如昌吉、石河子、克拉玛依、阿尔泰等；有的则陌生，如呼图壁、玛纳斯、沙湾、西戈壁、五工台、四十三团等。车过石河子时，想起去年逝世的北大中文系孟教授，就是在石河子大学支教时发病倒下的，虽经中央领导指示，全力抢救，仍回天乏术。可见生死有命，天不宥人。

车到奎屯，两位老同学已在金泽大酒店迎候多时。虽经23年的岁月沧桑，彼此相见，一眼便能认出，只是胖了些而已。安顿好后，便去餐厅，餐有民、汉之分，来到新疆，当然要吃民餐了。羊肉粉汤、锅仔羊肉、风干马肉、野山菌汤等，其中风干马肉最具特色，味道颇像四川腊肉。据说马肉性温，冬食最佳，其他季节一般不吃。远道访旧，久别重逢，冰天雪地，冬日煮酒，此情此景，正可以体验大杯喝酒、大块吃肉的快感。把酒话当年，恍若昨日，可谓"弹指一挥间"。龙兄感叹，人与人之间有两种关系最单纯且持久，一是同学，二是战友。全国十几亿人，我们却能相识，一起生活几年，这不是缘分又是什么呢？当年我们都是以中学教师身份聚在一起的，班上的同学年龄相差大约有20几岁，最年长的老陈，当时已40多岁，远在东北的红星林业局，已退休多年，前年班长还曾前往看望。他们两位在新疆，毕业后大家天各一方，有了各自不同的人生归宿。说起来，同学中我还是第一个去看望他们的！赵兄山东即墨人，标准的山东大汉，精干，灵活，赤诚可感，豪气干云，印象中他最喜欢打球，自谦不爱学习，尤其印象深刻的，是毕业聚餐时，他与教外国文学的黄老师竟翩翩起舞，当时真让我们大开眼界。龙兄原籍湖南武陵，清代湖广填四川时迁至四川岳池。岳池本属南充，现已划归广安。当年初识时，我不认得"翥"字，查字典，才知是"向上飞"的意思，所谓"龙翔凤翥"是也。龙兄多才多艺，琴棋书画，样样了得，可惜在学校时深藏不露。当时大家都在憋着一口气，要把"被'四人帮'耽误了的青春夺回来"，拼命学习，班上也很少组织活动，老龙也就没有机会施展，其才艺竟不为同学所知。他曾做过农七师宣传科长、电视台台长。退休后，开始学习烙画创作，现已有作品40多幅，以人物题材居多，有金陵十二钗、蒙娜丽莎、罗中立的《父亲》等，亦有江南水乡、猛虎下山、牧羊女以及徐悲鸿的《奔马》等题材的作品。他准备在作品积累到70多幅时，举办个人烙画展。以我这个外行人看来，应属精品。临别，龙兄以其《期盼与留恋》相赠，是他的一部散文集，十余万字，是"新西部文丛"的一种，游记、随笔居多，文笔优美，气象开阔。

奎屯原是古"丝绸之路"上的一个驿站，茫茫戈壁上的一个军垦小镇，秦汉时属乌孙国，唐时归安西大都护府下的昆陵都护府管辖。现为伊犁州的一个直属县级市，因是新疆生产建设兵团农七师师部所在地，遂成为伊犁州旅游业的"桥头堡"。2003年获国家建设部颁发的"中国人居环境范例奖""全国园林绿化先进城市"等称号。挟瀚海雄风，汇天山灵秀，有"西部明珠"之称。因地处准噶尔盆地，曾有人提议改"奎屯"为"准噶尔"。奎屯是北疆邮电通讯中枢和公路交通枢纽，第二亚欧大陆桥横贯此地。奎屯火车站是通往西亚、欧洲的重要编组站及兰新铁路西段主要客货集散地。312国道与217国道在此呈十字交汇，独（独山子）库（库车）公路穿越南北疆。奎屯还是通往喀纳斯湖、赛里木湖、天鹅湖、魔鬼城、怪石沟、乔尔玛、那拉提、唐布拉、天山大峡谷等著名旅游景区（点）的必经之路。读了龙兄的《戏说奎屯》，得知"奎屯"原名"喀拉苏"，喀拉苏是突厥语黑水的意思。成吉思汗麾下的一支西征军曾到过这里。据说一个军官早晨起来仰天打了几个喷嚏，然后嘟囔了一句"Kuitun"。"Kuitun"在蒙古语里是"极冷"的意思，于是人们就把这个地方叫作"Kuitun"。在汉文典籍里，先后写作奎墩、塔什奎屯、店奎屯、奎屯驿。直到1962年，在中华人民共和国地图上，才第一次出现"奎屯"这个地名。这里南望天山，北通塔城、克拉玛依、阿勒泰，往东是石河子、昌吉、乌鲁木齐，往西是乌苏、伊犁，再往西就是哈萨克斯坦了，因而与乌苏、独山子一起号称北疆"金三角"。当年林则徐充军伊犁时，曾在此歇脚，留诗一首。西公园有林则徐纪念碑，是当地的爱国主义教育基地。

第二天，雪花飘起，上下翻飞。早餐后，我们冒雪参观游览奎屯。龙兄专门去一照相馆，请一专业摄影师帮我们拍照。街道宽阔、笔直，街道两旁是经过改良后的榆树，树冠优美。

我们先去奎屯旁边的独山子参观游览。独山子石化公司位于连霍高速公路的南侧，行政上归属克拉玛依油田，最初只是一个炼油厂，现已发展成为一个大型石油化工企业。"独山子聚乙烯厂"的大门设计颇为独特，是一只展翅高翔的雄鹰，据说建成后，将是亚洲最大的一个聚乙烯厂。在老厂区，有一排排白杨，正如茅盾《白杨礼赞》中描绘的那样："笔直的干，笔直的枝……一律向上，决不旁逸斜出"，"它伟岸、正直……是树中的伟丈夫"。新区建筑完全是现代化的，广场的北、南、东三面各矗立着一座高楼。北面的"天利高新"约有15层之高，雄伟挺拔，气势恢宏，算得上独山子的一个标志性建筑。回到奎屯，又到西公园，本想拜谒林则徐纪念碑，大概因为游客过于稀少，所以门扃紧闭，只得作罢。正在这时，忽接内子发来一信："绝域苍茫访旧雨，契阔谈宴叹白驹。逝者如斯堪回首，雪掩天山风无语。"

来到市政府大楼门前的广场，雪驻风停，艳阳高照。从摄影摊上的照片可以看出，市政府门前是一条南北向的大道，名为"团结路"，横贯全市，道路两旁，绿树成荫，花团锦簇，远处可望天山。赵兄说："你要是夏天来，就是如此美景。"我随即答道："夏天来，岂不错过冬天这独有的景致？"相视而笑。午饭安排在奎屯东郊的"好地方锦绣山庄"，有新疆大盘鸡、烤羊肉串、风干牛肉、炝炒莲白，酒则是有"新疆茅台"之称的伊力老窖，即"伊力特"的新一代产品。龙兄不饮，司机不能饮，独与赵兄分而饮之，畅意而归。

相聚北京，畅叙友情

　　丙申年（2016年）秋，中秋国庆之间，天高云淡，桂菊飘香时节，我们河南教育学院中文81级同学相聚于北京华育宾馆。结伴游览景山公园，寻访明朝末代皇帝明思宗自缢旧处；复又瞻仰北京大学红楼，追寻蔡元培、陈独秀、李大钊遗迹。同窗卅五，怀想青春岁月。把酒言欢，追忆似水年华。畅叙友情，其乐融融。此情此景，信可乐也。

　　此次活动，缘于去年两位老同学与我在北京蜀正园的一次小聚。说起当年同学风流云散，上次聚会也有十多年了，我便萌生请同学来京一聚的念头。经请示两位班长，均表赞同。时间定在国庆节前的周末，地点在沙滩后街55号华育宾馆。之所以选这里，主要有三个原因：一是"人文"，即人文底蕴深厚，能让曾经的语文教师倍感亲切。这里曾是清代乾隆皇帝第四位公主即和硕和嘉公主的府第，中国第一所大学"京师大学堂"旧址，老北京大学理学院也在这里。张中行先生曾写过《沙滩的住》《沙滩的吃》，记录了当年他在北大读书时的风物人情。我想应是怀念他与杨沫在沙滩一起生活的青春岁月，正如同音乐家王洛宾用《我的青春小鸟一样不回来》怀念其前妻洛珊一样。二是"地利"，这里地理位置优越，旅游景点众多，以至于我们用餐的餐馆，不断有导游举着小旗带着旅游团前来就餐，有时还要坐等翻台。从宾馆出门往西，便是景山公园、故宫、北海公园。景山往北，则有什刹海、郭沫若纪念馆、恭王府、宋庆龄故居、烟袋斜街、南锣鼓巷等。往东则是著名的北大红楼，现已辟为北京新文化运动纪念馆。当年的五四运动广场，现属《求是》杂志社。再往东走，有原中法大学旧址、中国美术馆、北京人民艺术剧院、商务印书馆、王府井、老舍纪念馆等。三是"人和"。华育宾馆是由原来人民教育出版社办公楼改建的，我曾在这里的四楼上班十余年。总经理即原来同事，一切好商量，事实上也确实为我们提供了不少便利。

我们这届同学1981年考入河南教育学院，1984年毕业。毕业后大家天各一方，有不得见者竟三十余年。如今多已退休，鉴于大家年龄、身体、家庭等境况各异，所以这次活动以自愿参加、量力而行、安全第一为原则。尽管如今我们的母校已并入他校，寻根无着，但由于特殊的时代原因，郑州纬五路求学三年，不仅改变了我们每个同学的人生轨迹，也给大家带来各自后来的发展机遇，因而特别值得感念。有几位同学携夫人前来，保安兄则是全家总动员，共同见证这一难忘时刻。王同学即将当婆婆，儿媳临产，不得不当日往返，只为见老同学一面。更有许同学闻讯即买好到北京的车票，又带动其他同学也买了同一天的车票，还迫不及待地晒到微信朋友圈。经细心同学提醒，才发现他的票整整提前了一个月，可见其兴奋与急切程度。崔同学为此次聚会特治新装，终因老母病重方作罢，足见其郑重与珍视心情。赵同学携夫人从青岛赶来，龙兄更从几千公里之外的新疆飞来。茶话会上，多位同学即席赋诗。有的言及往事，语近哽咽。班上最年长的陈同学，远在黑龙江，年且八十，行动不便，特意嘱咐班长，聚会时与每位同学说几句话，言语间几至落泪，其情殷殷，感人至深。

活动中，自然少不了拍照留念，不时传到"豫教院81"微信群，尤以龙兄所传为佳。因为他曾是新疆生产建设兵团农七师电视台长，文字摄影皆通，音乐烙画兼善，多才多艺，技艺高超。当年同学时他竟深藏不露，如今老夫聊发少年狂，才情技艺尽张扬。于是我征得他同意，拟了一则征稿启事：

各位学友：

此次北京相见，把酒交谈甚欢。我意留下资料，用作永久纪念。编辑制作统筹，台长才艺共见。已与龙兄约定，请他运筹编纂。如今技术进步，只以电子呈现。恭请学友赐稿，诗词歌赋不限。题词寄语墨宝，尤喜老旧照片。感谢各位捧场，当遂大家心愿。

倡议发出后，很快得到积极响应。有的题词赋诗，有的翻出当年照片。宗羲兄费心劳力，精心编纂，很快编成《河南教育学院中文81级同学会纪念册》。作为东道主和发起人之一，我衷心感谢克服种种困难前来参加聚会的各位同学，感谢各位提供照片或赐稿，更感谢宗羲兄所费的心力。

安阳旅行联谊纪略

金秋十月，相聚安阳。我们河南教育学院中文81级同学相约到安阳旅行联谊。这是我们班同学毕业后的第三次聚会。2004年在河南郑州、2016年在北京华育宾馆曾有过两次聚会。此次活动由魏同学主持，傅同学、杨同学协助，在安阳金月亮主题商务酒店，历时五天，游览安阳名胜，寻访古都圣迹，品尝安阳美食，畅叙同窗情谊，把酒话当年，相见皆尽欢。

13日赴汤阴，参观岳飞庙和羑里城（文王演易处），拜谒报国忠良，回望西周文化。下午原定参观内黄县二帝（颛顼、帝喾）陵，杨同学极力推荐，临时改去浚县，虽小有插曲，但看了大伾山大佛，果然不虚此行。14日参观马氏庄园和殷墟博物苑。马氏庄园被称为"中州大地绝无仅有的封建官僚府第建筑标本""中原第一官宅"，尤其许多对联令人印象深刻，如"一等人忠臣孝子，两件事读书耕田"。殷墟到处彩旗飘飘，焕然一新，原来是"殷墟科学发掘90周年纪念大会暨殷墟发展与考古论坛"正在安阳举行。下午参观袁林，不禁对袁世凯有了新的认识。虽然我们赶到中国文字博物馆时已闭馆，但那精美建筑与恢宏气势还是让大家流连忘返。15日赴林县，侯同学与林县政协副主席亲自陪同，参观红旗渠展览馆、青年洞，下午游览太行大峡谷、天路、王相崖，住农家院，品农家菜，沐浴山中清凉，感受朴厚民风。

魏同学运筹帷幄，精心策划，魏夫人帮助安排车辆、拍照、食宿，制作通讯录。魏同学还特意请来他的朋友、考古学家孟先生亲自担任殷墟和袁林解说，使旅行联谊活动愉快而充实。温同学临时客串摄影师，为大家留下不少精彩瞬间。宝德兄当年读书期间因病退学，听说后特从北京赶来，并给大家赠送他的《王宝德书画集》，不少同学赋诗抒怀。很多同学因种种原因不能参与活动，但仍时刻关注。李同学、许同学主动请缨，希望承办下次聚会。大家期待着2020年秋在古都开封相聚。

老家河南

老家是游子之根，故乡是生命之源。出门在外的人，在打拼事业、寻找理想的过程中，无论身居天南地北，所操士农工商，也不管有多少酸甜苦辣、喜怒哀乐，只要一提起老家，说起家乡，莫不眉飞色舞、兴高采烈，听到乡音，哪怕互不相识，也要主动搭话，互致问候，遇到老乡，总是倍感亲切，热情洋溢，甚至"老乡见老乡，两眼泪汪汪"。我有一次在乌鲁木齐，遇到一位周口西华籍的士司机，说啥也不肯收我的车费。"他乡遇故知"作为人生乐事，被古人排在"洞房花烛夜"前面，可见其重要程度。这缘于人们的桑梓之情、故乡之爱，缘于对故土的眷恋，对故知的怀念，就像到了国外才感觉到祖国的伟大与魅力，也才最爱国一样。因为老家是我们的根，那里有我们的亲人，有温婉的家乡故事，有浓郁的乡土情意。那里使我们魂牵梦绕，那里是我们的心灵家园。没有这种经历的人，是很难体会到这种感情的。

作为河南人，我离开家乡已有30多年，到北京也已28年了。因为工作关系，我虽早已走遍全国，海外也曾出行20多个国家，但对家乡的眷恋与怀念始终伴随着我。纯朴率真的乡民，亲切动听的乡音，雷马沟河畔的潺潺流水，儿时玩伴的趣事，过年时的好面馍、开门炮，每每不请自来，飘然入梦。一段《朝阳沟》《李双双》，一碗烩面胡辣汤，一句"中不中""弄啥哩""白能了"，都能勾起我对老家河南的记忆。有一次在新疆伊犁某兵团，餐桌上意外地看见一盘凉拌荆芥，我兴奋异常，原来教育局长是南阳的。1997年夏，在洛杉矶一家宾馆走廊上，有两人正操着河南口音看地图，我忙上前搭讪，原来是郑州大学的，还有我们共同认识的朋友。鲁迅的孙子周令飞，曾与我兼职的全国中语会联合举办鲁迅作品教学评优活动，说起他老家也在河南，所以鲁迅"字豫才"，鲁迅祖父所使用的夜灯上写有"汝南周"三字。在浙江海宁钱塘观潮时，无意间在王国维故居看到"祖籍河南杞县"。近代翻译家、教育家严复祖籍河南固始。施一公院士说他从事科研的动力，源于小学老师的一句话："施一公，你这么聪明，长大了可要给咱驻马店人争光啊！"每当看到这些，我总会有一种莫名的心动。

参天之木，必有其根；环山之水，必有其源。一曲《好男儿志在四方》，曾唱得多少游子泪流满面。虽说"青山处处埋忠骨，何须马革裹尸还"，但追根溯源、寻根问祖却是我们中华民族优秀文化传统之一。诗仙李白云："锦城虽云乐，不如早还家。"现实使我们不可能"常回家看看"，但"回家的打算始终在心头"。

老家周口

　　我的老家在河南周口（常被人误以为北京猿人所在的"周口店"），位于河南省东南部，东邻安徽阜阳，西接漯河、许昌，南与驻马店相连，北与开封、商丘接壤。周口市委、市政府所在的川汇区，原名"周家口"，因地处沙河、颍河、贾鲁河交汇处，故有"小武汉"之称。这里地势辽阔，一马平川。东有大广高速，西有京港澳高速，沙河、颍河潺潺流过。周口人口过千万，比瑞士、以色列、瑞典等国家的人口都多。人多固然热气高，干劲大，但也正如《红楼梦》中王熙凤所说，"大有大的难处"。

　　作为伏羲故都，老子故里，周口被誉为"华夏先驱、九州圣迹"，是中华民族的重要发祥地之一，历史上的古陈州就在这里。因三皇之首太昊伏羲在此定都，制八卦，绘龙图，与女娲氏"抟土为人"，故周口又别称"龙都"。炎帝神农在此播五谷，尝百草，为农业与医药之滥觞。战国时，楚国曾一度定都于陈，副都项城。今商水仍有楚怀王、秦太子扶苏遗迹。孔子周游列国，问道于老子，经历"陈蔡绝粮"。秦末农民起义领袖阳城（今商水）陈胜、阳夏（今太康）吴广揭竿而起，在此建立"张楚"政权。西汉汲黯曾任淮阳太守，三国曹植被封为陈王。宋代理学家

169

程颢曾任扶沟知县，包拯曾到陈州斩国舅、放皇粮。明清时期，周家口是西北与江南物资交流的重要枢纽，被称为河南四大商业重镇之一。鹿邑陈抟，商水袁氏家族，太康谢氏家族，项城应氏家族、袁世凯、张伯驹，扶沟吉鸿昌等，都曾是中国历史上的风云人物。

1977年恢复高考，我以民办教师身份考取淮阳师范。淮阳师范创办于清宣统元年，初名陈州府初级师范学堂，1916年为河南省立第二师范，被誉为"豫东教师的摇篮"。现代作家徐玉诺、教育学家李秉德曾在此任教。惜今已无存。周口文学更是代不乏人。《诗经·陈风》就是先民对这一带风土民情的最早记录。古有商水宋玉（一说）、太康谢灵运，今有"周口作家群"，各领风骚。当年，拉架子车的小说家孙方友曾激励着我和同学们夺回被"四人帮"耽误的青春。老师戴俊贤，同学张保安、钱良营，均有诗文集入选"周口作家丛书"。有一次偶然翻阅《北京文学》，前两篇均出自周口作家的手笔。一是鹿邑陈廷一写对日索赔的报告文学，二是沈丘刘庆邦的短篇小说。

一方水土养一方人。淮阳黄花菜、逍遥胡辣汤、邓城猪蹄、鹿邑妈糊、邱集烧饼、马头牛肉、沈丘千层豆腐、汴岗大盆鸡，都曾让人馋涎欲滴。项城汝阳刘毛笔、淮阳泥泥狗、周口渔鼓道情，曾让人流连忘返，足以证明周口物华天宝，地灵人杰。

商水诚信文化

作为周口人，我离开家乡已经30多年了，没想到最近回来看到家乡发生了这么大的变化：道路连接千家万户，花香飘满大街小巷，到处都是亮眼的风景！其实这一点也不奇怪，周口是中华文明的重要发祥地之一。中华民族伟大的创造精神、奋斗精神、团结精神、梦想精神在周口都有着非常生动形象的体现。勤劳善良、聪明勇敢的周口人民，在漫漫历史长河中创造了无数物质和精神财富，留下了许多珍贵的历史文化遗产。我是编语文教材的，小学语文课本中的《两小儿辩日》，初中语文课本中的《陈涉世家》《咏雪》，都与周口有关。周口不仅拥有伏羲和女娲传说，有老子、鬼谷子那样的思想家，有陈胜、吴广那样的农民起义领袖，有袁安、袁绍那样的风云人物，有吉鸿昌那样的民族英雄，也有陈郡谢氏家族以谢安、谢灵运为代表的政治家和文学家，有张伯驹那样的艺术家，可谓人杰地灵，群星璀璨。

商水作为周口所辖县域之一，在传承发展中华优秀传统文化的同时，又有着自己的亮点和特色。许多成语典故，如揭竿而起、鸿鹄之志、一诺千金等都出自商水。这里有我国历史上第一次农民起义领袖陈胜，有用生命捍卫法律尊严、为诚信献身的曹丘生，有从东汉以来人才辈出的袁氏家族，有因诚信而富甲一方的邓城叶氏，更有新时代涌现出来的献宝人何刚、爱心"面条哥"郭良山、"红裤头"王保华等。商水文化底蕴深厚，既有悠久厚重的农耕文化，有大胆质疑、追求真理的创新文化，也有揭竿而起、为民请命的革命文化，有通江达海、义利兼收的漕运文化。其中最具特色、内涵最丰富的就是诚信文化。

一、诚信文化的当代意义

"诚"和"信"原本是两个词，《说文解字》解释说："诚，信也。""信，诚也。"二者基本含义都是诚实无欺，信守诺言，言行一致，表里如一。但细究起来，二者又有区别。"诚"指内心的诚恳，"信"指行为的真实。"诚"和"信"都是中华民族的传统美德，所谓"君子一言，驷马难追"，这是一个人在社会上安身立命的道德起点，是做人的核心品性，也是处理人与人之间关系的基本准则。

拿我自己来说，我父亲是地地道道的农民，读过两年私塾。我们小时候，他老人家对我们言传身教，教我们如何做人，经常用一些名言警句或格言谚语。如："人无信不立""言而无信，不知其可也"；要我们"说老实话，干老实事，做老实人"；做事必须"一是一，二是二；丁是丁，卯是卯"；"在家靠父母，出门靠朋友"；与朋友交往是"人心换人心，八两换半斤""真人面前不说假话"等。他对我们的这些教育，今天看来，既是良好家风的传承，也是一种诚信教育。这些人生道理，早已融入我们的血脉，成为我们生命中的文化基因、为人做事的行为规范和道德修养。

改革开放以来，我国经济腾飞，综合国力提升，老百姓获得感增强。同时也带来各种各样的社会问题，其中最突出的就是诚信缺失问题。比如，假冒伪劣，冒名替考，坑蒙拐骗，弄虚作假，假文凭、假学历、假档案、假身份证泛滥成灾，等等。诚信的缺失，损失的是公信力，消解的是人与人之间的信任。最先关注到诚信问题的是教育界。第一次把"诚"和"信"合在一起用的，是2001年全国高考作文题目：有一个年轻人跋涉在漫长的人生路上，到了一个渡口的时候，他已经拥有了"健康""美貌""诚信""机敏""才学""金钱""荣誉"七个背囊。渡船开出时风平浪静，说不清过了多久，风起浪涌，小船上下颠簸，险象环生。艄公说："船小负载重，客官须丢弃一个背囊，方可安渡难关。"看年轻人哪一个都不舍得丢，艄公又说："有弃有取，有失有得。"年轻人思索了一会儿，把"诚信"抛进了水里。要求以"诚信"为话题写一篇文章。这个作文题目，可谓切中当时的社会痛点。"诚信"成为当年的热点话题，2001年也因此被称为中国的"诚信元年"。

古语说"百善孝为先"，依我看应该是"百善信为根"。诚信是一切美德的根本和基石。诚信不仅关乎个人的基本道德规范，关乎社会和谐稳定，也关系到一个地区的形象。如果没有诚信，一切都无从谈起。

二、古今称颂的商水诚信故事

商水诚信文化立足于周口大地的人文传统，深受孔子儒家文化影响。周口大地上诚信人物与诚信故事从古到今，生生不息，代代流传。

1.周口诚信第一人子张

据《商水县志》记载，子张原名颛孙师，复姓颛孙，名师，字子张，阳城人，位列孔门七十二贤、"孔门十二哲""孔门十哲"，受儒教祭祀，是我国古代具有远见卓识的思想家。他一生追随孔子，宣扬儒家学说，是"子张之儒"的创始人，被韩非子誉为"八儒之首"，被孔子视为"四友"之一。《论语》中有十多处记载着子张的事迹。《论语·卫灵公》记载："子张问行。子曰：'言忠信，行笃敬，虽蛮貊之邦，行矣。言不忠信，行不笃敬，虽州里，行乎哉？……'子张书诸绅。"孔子的意思是，说话忠诚守信，行为敦厚恭敬，无论到哪里都能行得通；否则，到哪里都行不通。于是，子张就把孔子关于忠、信的教导写在自己的袍袖衣带上，当作座右铭。后来曹操听关羽说张飞"于百万军中取上将首级，如探囊取物"，赶紧"令写于衣袍襟底以记之"，大概就是从子张这儿学来的。《论语·子张》记载："子张曰：执德不弘，信道不笃，焉能为有？焉能为亡？"意思是，执守仁德不能发扬光大，信仰道义不能专一诚实，这种人可以有也可以没有。可见，子张是一个诚实守信的人，也是孔子忠信思想的嫡传弟子。所以，后来孟子和王充在谈到子张时，都一致认为"子贡、子游、子张皆得圣人一体"，他们都有自己的特长。

刘向《新序》记载子张一个故事，他把那些不讲诚信的人看作是"叶公好龙"。子张听说鲁哀公礼贤下士，专门从陈国跑到鲁国拜见鲁哀公，结果等了七天，鲁哀公也没有接见他。他只好走了，并说：原来鲁哀公所谓礼贤下士，犹如"叶公之好龙"也。这说明子张特别反感"假诚信""伪诚信"的行为。

正因为子张是孔子忠信思想的代表性传人，因而他受到历代政府的推崇，不断被追加谥号。北齐封子张为"萧伯"，唐代尊其为"陈伯"，北宋封其为"宛邱侯"，南宋尊其为"陈公"，明代称其为"先贤颛孙子"。子张死后，葬于安徽省淮北市杜集区，其墓园现为淮北市重点文物保护单位。当地还编演了一出豫剧《颛孙子张》。子张为周口诚信文化奠定了坚实基础，不愧是周口诚信第一人。

2. 勇于担当、推动历史前进的农民起义领袖陈胜

司马迁的《陈涉世家》一直是中学语文教材的传统经典篇目。2018年5月4日，北京大学校长在校庆讲话时，把鸿"鹄"之志读成鸿"浩"之志，引起一片哗然。其实，这个成语《陈涉世家》里就有，出自周口人陈胜之口。司马迁《史记·陈涉世家》开头有一句："陈胜者，阳城人也。"我国历史上有几个阳城，分别是河南登封、河南方城和安徽宿州。根据历史资料，登封阳城当时属于郑国，根本不属于楚国；方城是唐代以后才称阳城的；宿州原名谷阳城，根本就不是阳城；只有商水秦时属陈郡阳城，是陈胜故里确凿无疑。

因为中学语文课本具有广泛影响，《陈涉世家》中有许多语句对社会草根群体具有巨大的激励作用，影响深远，如"苟富贵，勿相忘""燕雀安知鸿鹄之志哉""王侯将相，宁有种乎"等。陈胜之所以能够成为我国第一次农民大起义的领袖，既有历史的原因，也有他个人诚信的原因。从历史原因来讲，当时的形势是"天下苦秦久矣"，秦朝横征暴敛，民不聊生，哪里有压迫，哪里就有反抗。陈胜对所受到的压迫"怅恨久之"，早就咽不下这口气了。从个人诚信原因来说，他和吴广率领着900周口子弟适戍渔阳。"会天大雨，道不通，度已失期。失期，法皆斩。"在这样的情况下，陈胜才与吴广合计："今亡亦死，举大计亦死。等死，死国可乎？""且壮士不死则已，死即举大名耳。"往小了说，他要对周口的父老乡亲讲诚信，为这些家乡子弟的前途命运负责。往大了

说，他具有敢做敢当的家国情怀、敢为天下先的责任担当精神。

当然，后来由于各种原因，陈胜吴广起义失败。对这一点，我们也应该有着理性而清醒的认识，分清其成败得失，吸取对我们今天有用的东西。陈胜富于理想，洞观世事，足智多谋，为民请命，敢于创新，敢于担当，敢为人先，对今天仍具有深刻的启示意义。毛泽东主席在不同场合多次肯定了陈胜的历史功绩。他的《贺新郎·读史》中有这样几句："五帝三皇神圣事，骗了无涯过客。有多少风流人物？盗跖庄蹻流誉后，更陈王奋起挥黄钺。歌未竟，东方白。"前不久，中共中央政策研究室原主任、中国政策科学研究会会长滕文生，在商水调研陈胜故里时特别强调，对陈胜、秦始皇这样的历史人物，不能因为陈胜就否定秦始皇统一中国的历史贡献，也不能因为陈胜后来的失败就掩盖他在我国历史上的光辉。作为周口老乡，我们要为陈胜这位先贤感到骄傲。所以，每当有人问我是哪里人时，我总是很自豪地说："陈胜者，阳城人也。"

3. 以生命践行诚信、捍卫法律尊严的曹丘生

曹丘生是我国西汉初年一位法学家，《史记》中有"楚之辩士曹丘生"的记载。据《商水县志》记载，曹丘生是商水县姚集乡曹河村人。有一出戏剧《丘生修律》，说他根据《秦律》修撰《治汉律典》，为西汉初年律书的编制做出了重要贡献。曹丘生以忠孝著称，以身作则，严格遵守法律，其事迹被广为传播。时至今日，在商水一带依然流传着许多关于曹丘生的故事传说。

曹丘生为了专心修律，把自己关在屋里，每顿饭都是由他妻子送到跟前的。他的妻子很贤惠，生怕耽误了丈夫的正事，去送饭时也不多说话，放下饭碗，端起上顿饭的空碗就走。时间一长，曹丘生也习惯了，

每当有人进屋，他就知道是妻子送饭来了。一天，他妻子生病，他母亲做好饭亲自送来。母亲见他正忙，也没吭声，就轻轻走到他身旁。曹丘生以为是妻子来送饭，头也没抬，接过饭碗就放在桌上，继续看书。母亲见儿子日夜苦读，面黄肌瘦，胡子拉碴，非常难受，默默流泪。等他端起碗吃饭时，才发现上顿饭的空碗还在桌子上，以为妻子还没走，就说："你也快回去吃饭吧。"说着话，他扭过半面脸，斜着左眼一看，见是母亲站在身旁，便慌忙丢下饭碗，"扑通"一声跪倒在地，磕头作揖，说："孩儿不知母亲到来，有失大礼，真是罪该万死！"母亲说："赶快起来吃饭吧，别误了你的大事！"说罢，端起空碗就走了。送走了母亲，曹丘生左思右想，吃不下饭，更没有心思看书了。他扪心自问："我修订的这部法典，其中有一条'儿女须孝敬父母'。母亲给我送饭，我本应起身相迎，双手接碗，而我竟用一只手接碗，用一只眼斜视母亲，这是对她老人家的不尊不孝。我自己编制的律条，自己违犯，岂能容忍？"想到这里，他断然砍掉自己的左臂，剜去自己的左眼，后因此丧命。虽然这些只是民间传说，但却反映了普通劳动人民对"忠孝诚信"的美好向往。曹丘生在用诚信捍卫法律尊严，用生命诠释中国的孝信文化。据说20世纪50年代，毛泽东主席在视察河南许昌时（当时商水属许昌专区），还特意提起"南京到北京，商水一丘生"。

　　说到曹丘生，有一个成语不能不提，那就是"一诺千金"。《史记·季布栾布列传》中有"得黄金百斤，不如得季布一诺"的说法，形容信守诺言的可贵。季布是西汉初年人，为人正直，乐于助人，非常讲信义。凡是他答应过的事情，无论有多大困难，他都一定想方设法办到。曹丘生能言善辩，喜爱结交朋友，很想结交季布。季布一开始很看不起曹丘生。曹丘生就请人给季布写了封介绍信，他拿着信去拜见季布，说："我们楚地有句俗语，叫作'得黄金百斤，不如得季布一诺'。您知道是怎么来的吗？您和我都是楚国人，如今我到处宣扬您的好名声，这难道不好吗？"季布逐渐转变了态度，对他热情款待，留他在府里住了几个月。临走时，季布还送他许多礼物。曹丘生确实也照自己所说的那样去做，每到一地，就宣扬季布如何礼贤下士，如何仗义疏财。这样，季布的名声就越来越大了。

4. 贫贱不移、清廉奉公的袁安

商水袁氏家族数代公卿，忠孝节义，诚信为本，其中最有名的就是东汉司徒袁安。他留下两个典故流传至今：一个是"袁安困雪"（又称"袁安卧雪""袁安高卧"），形容道德高尚的人即使生活清贫也能坚持操守；二是"四世三公"，指世代官居高位。

据《汝南先贤传》记载，袁安祖父袁良曾任广陵太守，袁安小时候就受到祖父的教导。袁良死后，家道逐渐衰落，到袁安成年时已彻底衰败。袁安客居洛阳时，有一年，洛阳一带普降大雪。一场大雪过后，其他人都忙于清扫门前积雪，一些穷苦人家四处寻找食物。洛阳令巡察民情时，见袁安门前冷冷清清，雪堆数尺。洛阳令让人打开袁安的家门，进屋一看，见袁安躺在床上，冻得直打哆嗦，就问他怎么不出去谋求生路。袁安说："天下大雪，人人皆饿，我又何苦去麻烦别人呢？"洛阳令觉得袁安深明事理，高风亮节，又是名士袁良之后，特举袁安为"孝廉"。"孝廉"是孝顺亲长、廉能正直的意思，是汉代一种由下向上推选人才为官的制度。从此袁安名声大振，不久就出仕为官。袁安注重为国选才，他常说："但凡做官的人，高一些就希望当宰相，低一些也希望当州牧太守。在圣明之世禁锢人才，这是我不忍心做的事情。"可以说袁安的诚信体现在对"贫贱不能移，富贵不能淫，威武不能屈"的儒家做人信念的坚守上。袁安在任十多年，京师肃然，名重朝廷。

所谓"四世三公"，是指袁安任司徒，其子袁敞、曾孙袁逢先后任司空，另一个曾孙袁隗任太傅。《三国志·袁绍传》记载："（袁绍）高祖父安，为汉司徒。自安以下四世居三公，由是势倾天下。"不过，人们现在所说的"三袁"，是指袁氏家族涌现出的三位最有影响的人物，就是袁安、袁绍、袁术，与四世三公还不是一回事。

5. 坚守孝道、诚信待人、忠于朝廷的袁绍

袁绍出身名门，胆识过人，勇武善战。袁绍的诚信表现在：一是对父母坚守孝道；二是礼贤下士，诚信待人；三是忠于朝廷。他先为母亲守孝三年，又为父亲守孝三年。民间传说，袁绍得冀州，听说当地有一个高士彭荣，便三顾茅庐，请彭荣出山。他与公孙瓒交战时，彭荣的六岁儿子被公孙瓒部下掳走。袁绍闻之，急切中一人一马一枪，追杀过去，硬是从敌人手里夺回小儿，掩于怀中。幸有救兵赶到，他才突出重围。当袁绍把孩子交给彭荣时，彭荣像刘备一样，把小儿掷于地上，说："将军岂可为犬子误了性命？"袁绍说："大丈夫行世，言必信，行必果！若小儿有失，吾有何颜见汝？"

在山东青州一带，至今还流传着袁绍斩李俊的故事。当时袁绍刚入青州，为安抚民心，休养生息，免征青州两年粮赋。青州县令李俊却仗着他是袁绍的亲外甥，有恃无恐，横征暴敛，鱼肉百姓。老百姓就把他告到袁绍那里。袁绍一听，就要斩李俊，亲妹妹跪地求情。袁绍说："官之无信如人之无诚，民不知其可，何以立威？何以服众？"最终下令斩

了李俊。一方面，袁绍对部下、对亲属坚持原则，大义灭亲；另一方面，他又爱民如子。《三国志》说他"治政宽猛有方"，所以袁绍死的时候，河北百姓莫不伤悲。

当然，与曹操相比，袁绍无疑是个失败者。古语道，自古风云多变幻，不以成败论英雄。鲁迅有句名言："有缺点的战士终竟是战士，完美的苍蝇也终竟不过是苍蝇。"正如陈胜一样，袁绍也是我们周口人的同乡，当然也是值得我们敬重的一位伟大历史人物。

6.因诚信而富甲一方的邓城叶氏

商水邓城因三国大将邓艾屯兵而得名，现在是"中国特色小镇"、河南省历史文化名镇。这里有千年白果树，有刘秀当年的饮马台，有中原名吃"邓城猪蹄"，还有被称为"中原小故宫"的叶氏庄园。邓城叶氏从清代发家，延续200多年，亦儒亦农亦商，靠的就是耕读传家，兼容并蓄，彰显着乐善好施、欲取先予的豫商精神。邓城叶氏发迹，最初源于一个拾金不昧的诚信故事。

叶氏始祖叶绍逸，先是在沙河边开了一家小旅店谋生。当时沙河漕运发达，邓城是沙河上游最繁华最热闹的埠口，行旅客商多在此留宿中转。一天晚上，有一位珠宝商人乘船来到邓城，借宿于此。第二天早晨，珠宝商仓促开船西去，却把一个包裹遗忘在店内。叶绍逸发现后，就把包裹妥善收藏起来，留待客商来取。第二年，这个珠宝商人又投宿此店，叶绍逸就将包裹取出归还给他。珠宝商喜出望外："此包裹遗失何处，我早已忘怀，不想遗失在您这里，真是天大的幸运。您可真是我们一家的大恩人啊！"珠宝商人把包裹打开，珠宝玉器，无一遗损。珠宝商人深为叶绍逸的忠厚诚信所感动，两人结为异姓兄弟，从此常来常往，亲密无间。

几个月后，沙河码头上忽然开来几艘大船，满载着石磙、石臼、石磨、牛槽等石货，说是给叶绍逸送货的。原来是那珠宝商人回去以后，深为叶绍逸的诚信精神所感动，要管家一定想方设法予以重谢，务使此善举彰扬天下。管家知道叶绍逸不会接受酬金，于是冥思苦想，终于想出一条妙计。邓城紧靠沙河，水陆运输方便，当地石货奇缺，而山西多山，有的是石料，就找人将石料加工成石货运来，让叶绍逸借助邓城的有利条件，发展石货贸易。叶绍逸正是借着这批石货，加上其勤劳持家，诚信为本，善于经营，没过几年，就成为当地巨富。到清康熙、乾隆年间，叶家已是家财万贯，为豫东首富。

叶氏因诚信而得善报，又因诚信经营善举得以绵延。叶绍逸发迹后，在邓城街上开过染坊。有一天，有人来推销染布用的原料紫草，叶绍逸买下了那批紫草。不久，一个买布的商人来店里进货，看见他买的这批紫草，就告诉他紫草是假的。商人教了叶绍逸一些鉴别紫草的方法，叶绍逸照商人说的一试，果然发现是假的。这时，商人说没有关系，这事包在我身上，虽然是假紫草，仍然可以用来染布，只是价钱要便宜点，拿到市场上卖掉就行了，并说好第二天来取货。结果第二天，商人来取货时，叶绍逸却没有染一匹布，还当着商人的面把那些假紫草全都烧了，并说宁可自己受损失，也不能去坑害别人。邓城叶氏所为体现了儒家文化所倡导的诚信义利精神，也在默默诠释着商水诚信文化的无穷魅力。

7. 诚信为人、三次进京献宝的农民何刚

何刚是商水县固墙镇的一位普通农民。有一天，他在自家院里磨豆腐时挖坑栽桩，无意间挖出一缸文物。文物贩子得知这一消息后蜂拥

而至，愿意出高价购买。何刚虽然是个农民，却有着朴素的诚信意识，说这是国家文物，一定要交给国家，不能私自出售。后来，他和村支书一起把文物送到北京故宫博物院。经专家鉴定，何刚捐献的这批文物都是非常珍贵的元代窖藏银器。其中二级甲等文物1件、二级乙等文物11件、三级文物5件、一般文物2件。这批文物填补了故宫元代窖藏银器的空白，意义重大。何刚的名字也被刻在故宫博物院为捐献者设立的"景仁榜"上。后来，何刚外出打工时，在建筑工地上被塔吊砸中，不幸遇难，年仅54岁。2017年6月22日下午，故宫博物院在建福宫花园敬胜斋举行"何刚同志追思会"，向这位为中国文物保护事业做出突出贡献的捐赠者表达深切悼念。这也是故宫博物院首次为一位农民举行追思会。时任故宫博物院院长单霁祥说："何刚是普通劳动者，家中经济状况捉襟见肘。但是他面对宝藏，仍然义无反顾地选择了交给国家，这样的胸怀和见识令人钦佩。"人民日报、光明日报、中国文化报等各大报刊，人民网、凤凰网、新浪、搜狐、东方网、澎湃新闻等各大网站，均对何刚的事迹做了长篇报道。何刚不仅为商水、为周口，也为河南争得了荣誉，是新时代商水诚信文化的典型代表。

8. 信守爱心承诺的"面条哥"郭良山

在宁夏银川，周口商水籍"面条哥"郭良山的事迹被广为传诵。他们夫妇二人不仅面条擀得地道，而且长期坚持靠卖面条资助贫困学生，免费为老人和残疾人赠送面条。中央电视台新闻中心官方微博和《环球时报》微博报道了"银川'面条哥'善念在心"的消息。郭良山说："资助孩子读书，妻子和儿子全力支持。我们苦点累点无所谓，但帮助了孩子，他们知道感恩，还会帮助更多人。"郭良山被评为"最美银川人""感动宁夏2014年度人物""自治区道德模范",荣获首届"宁夏慈善家"提名奖。2017年,《我叫郭良山》在第二届"最美银川"微电影大赛中获奖。

9. 信守"与人为善"理念、爬冰救人的王保华

2018年元旦,在甘肃金昌市龙泉公园,一名6岁男孩不小心掉进湖中冰窟。他大声呼喊救命,吸引了众多游客的注意。当天的气温低至-11℃,但一名游客快速脱下厚重的棉衣,忍着刺骨寒冷,只穿着红裤头行走在冰面上。刚走了几步,就听到冰面碎裂的声音。他赶紧蹲下来,趴在冰面上,继续朝着孩子匍匐前行,把同伴编好的藤条扔给了男孩。但是男孩早已冻僵,怎么也抓不住藤条。他就继续往前爬,直到救出了小男孩。等到男孩脱离危险后,众人却找不到这位爬冰救人的英雄。

整个甘肃都被这位无名英雄感动了,媒体纷纷报道,寻找这位"红裤头"好人。《金昌日报》的寻人启事写道:"你趴在刺骨的冰上,你的肌肤融化了天地良心。你红色的内裤,犹如烈火,燃烧了整个冬天,温暖了千万人的心窝!……英雄,出来吧,这个时代需要你!需要你的火焰和温度,照亮世界!"10天以后,人们终于找到这名英雄,他就是河南周口商水人王保华。说起卧冰救人的动机,他只是淡淡地说了一句:"因为我也是一个父亲!"这就是我们周口人!王保华入选"2018年感动中原十大人物"。颁奖辞是这样写的:"冰湖救人,定格了你的善良;隐身离去,书写着你的淳朴。于数九寒天,匍冰而行,伸出救命的手,激发起身边正义的能量。严冬岁寒,你用一抹红温暖了整座城。"

通过以上这些商水人的诚信故事,我们可以看到:第一,商水诚信文化从古到今,源远流长,薪火相传,生生不息,已成为商水的精神

传统和文化遗产。梳理商水的诚信文化，我们作为周口人的文化自信和自豪感油然而生。第二，商水既有陈胜、袁绍那样为民请命、敢为天下先的英雄豪杰，有袁安那样刚正不阿、功勋卓著的高官名臣，有叶绍逸那样诚信为本、积善成德的富豪乡绅，也有何刚、郭良山、王保华那样在平凡岗位上创造出不平凡事迹的普通农民。这说明，商水诚信文化具有广泛的群众基础，诚实守信已成为商水人的价值追求与自觉行动。第三，周口人淳朴善良，诚实守信，埋头苦干，锐意进取，勇于担当，是中华民族诚信文化的继承者、传扬者、实践者，也是新时代商水精神的丰厚源泉与生动体现。

当然，我们说周口商水诚信文化，并不是说只有周口或商水才有诚信文化。作为中华民族的传统美德，各个地区、各个行业都有丰厚的诚信文化资源。汉族讲诚信，少数民族也讲诚信。比如蒙古族谚语说："衣服美在领子上，人品美在诚实上。"藏族谚语说："别用三角嘴巴说谎话，别用十根手指偷东西。"维吾尔族谚语说："一个阴险的人有40个心眼，40个诚实的人只有一个心眼。"纳西族谚语说："竹要空心，人要实心。"中国人讲诚信，外国人也讲诚信。比如，《荷马史诗》记载的特洛伊战争，其缘起就是帕里斯王子不守信义，而荷马在诗歌中颂扬了信守承诺的英雄。富兰克林说："诚实乃是最精明的行为。"我们这里所强调的，只是诚信文化在商水的独特生动体现。我们所讲的商水人物诚信故事，是对诚信文化的一种演绎，也是商水文化、商水精神的一种表达方式。

三、对重建周口诚信文化的几点建议

党的十九大要求："深入挖掘中华优秀传统文化蕴含的思想观念、人文精神、道德规范，结合时代要求继承创新，让中华文化展现出永久魅力和时代风采。"诚信文化在周口有着丰厚资源，各级党委政府都非常重视挖掘与阐释。诚信文化已成为我们周口一张亮丽的文化名片。

作为周口人，我非常热爱自己的家乡。在异国他乡，每当听到一句河南话就倍感亲切。平时看新闻，不要说商水或周口的，就是河南的也总会多看上几眼。如何利用好周口的现有资源，扬长避短，重建诚信文化，强化诚信意识，塑造诚信品质，打造诚信品牌，推进文明城市建设和新农村建设，是我们每一个周口人的责任。这里，我想就重建周口诚信文化提出几点建议：

1. 重建诚信文化，要立足当下，服务现实。当前，周口正处在大发展、大变革、大建设时期，在建设物质文明的同时，应高度重视精神文明建设，尤其是应注意挖掘周口本地的优秀传统文化、人文底蕴与精神资源，以树立我们周口人的文化自信，增强周口的软实力。不忘历史才能开辟未来，善于继承才能开拓创新。人无信不成，民无信不立，国无信不威。市场经济越发达，就越要讲诚信、守信用。

2. 重建诚信文化，要面向未来，标本兼治。传统诚信文化强调个人修身律己、崇德向善，以至诚为道，以至仁为德。植根于内心的修养，无须提醒的自觉，以约束为前提的自由，为别人着想的善良：这些当然都非常重要。今天看来，这些还只是治标不是治本。要建设富强、民主、文明、和谐、美丽的新周口，必须面对广阔多元的现代社会关系，摒弃传统诚信文化中的落后成分，要挣脱社会狭隘的人际关系，将传统诚信文化转换成现代诚信文化。我们既要讲信修睦，仁爱他人，强化个人道德层面的诚信，更需要从制度层面上保证政务诚信、司法公信、商务诚信和社会诚信，由治标转向标本兼治。历史上著名的商鞅徙木立信，说明政务诚信和司法公信的重要性。

3. 重建诚信文化，领导干部要以身作则，取信于民。《论语·颜渊篇》记载："子贡问政。子曰：'足食，足兵，民信之矣。'子贡曰：'必不得已而去，于斯三者何先？'曰：'去兵。'子贡曰：'必不得已而去，于斯二者何先？'曰：'去食。自古皆有死，民无信不立。'"子贡向孔子请教如何治国，孔子说要做到三点："使粮食富足，使军备充实，使民众信任政府。"子贡又问："如果不得已必须去掉一项，先去掉哪个呢？"孔子说："可以去掉兵。如果再不得已去掉一样，那就去掉粮食。如果失去民众的信任，国家根本无法存在。"在孔子看来，得到老百姓的信任是为政之本，比什么都重要。正人必先正己，正己才能正人。其身正，不令而行；其身不正，虽令不从。领导干部要向袁安学习，自觉讲诚信，懂规矩，守纪律，以身作则，光明磊落，表里如一，言行一致，关心百姓疾苦，为老百姓办实事。

作为在外地工作的周口人，看到家乡变得越来越好，越来越美丽，风清气正，政通人和，我欣欣鼓舞。周口市委市政府提出"满城文化半城水，内联外通达江海"的奋斗目标，一门心思求发展，向周口人民做出庄严承诺——"大干快上三五载，请君再看周口城"，更是让全体周口人热血沸腾，豪情满怀。我期盼着，在不久的将来，周口能够重现"万家灯火侔江浦，千帆云集似汉皋"的历史辉煌；我也期盼着周口"看似一幅画，听像一首歌"。到那时，我们周口人无论走到哪里，都会自豪地说："俺家是周口哩！"

纵横华夏

| 再访延安

应邀赴延安参加第四届人民教育出版社课程教材研究所实验基地交流研讨会，是我第二次到延安。延安的朋友陪我参观了鲁迅艺术文学院、延安新闻纪念馆、宝塔山、延安北京知青博物馆和梁家河。时间虽短，但我收获满满，加深了对延安和延安人的认识和理解。

一、鲁迅艺术文学院

鲁迅艺术文学院简称"鲁艺"，最初只有戏剧、音乐、美术三个系，所以开始就叫"鲁迅艺术学院"；1940年又增加了文学系，后来改称"鲁迅艺术文学院"。鲁艺位于延安城东北5公里处桥儿沟，原址为西班牙神父主持的一个天主教堂，是延安最早的西式建筑。鲁艺的发起人为毛泽东、周恩来、林伯渠、徐特立、成仿吾、艾思奇和周扬。毛泽东、吴玉章、周扬先后担任院长。毛泽东亲订校训"团结、紧张、刻苦、虚心"（与抗日军政大学的校训"团结、紧张、严肃、活泼"略有不同），并题词"抗日的现实主义，革命的浪漫主义"。七七事变爆发，中国进入全面抗战时期。这时延安代表着中国的希望，成千上万的热血青年冲破艰难险阻奔赴大西北，一时形成"天下人心归延安"的热潮。何其芳在《我歌唱延安》中说:"延安的城门成天开着,成天有从各个方向走来的青年,背着行李,燃烧着希望,走进这城门。学习,歌唱,过着紧张的快活的日子。然后一群一群地,穿着军服,燃烧着热情,走散到各个方向去。"中国艺术史上许多红色经典作品就此诞生,如歌剧《白毛女》、歌曲《黄河大合唱》《延安颂》《生产大合唱》、秧歌剧《兄妹开荒》《夫妻识字》等。许多著名文艺家从这里走向新中国,如文学家陈荒煤、雕塑家王朝闻、戏剧家张庚、音乐家吕骥。文学系从1938年至1945年共招收学员254人,周扬、沙汀、陈荒煤、何其芳、严文井、舒群、欧阳凡海先后担任系主任,教师有周立波、肖三、陈荒煤、曹葆华、艾青、萧军、卞之琳、公木、高长虹、孙犁等,知名学员如穆青、贺敬之、孔厥、李季、康濯等。这里有许多我熟悉的名字:一是中学语文教材的许多名篇诞生在这里,如孙犁的《荷花淀》《芦花荡》、李季的叙事长诗《王贵与李香香》、何其芳的《我为少男少女们歌唱》、吴伯箫的《记一辆纺车》《菜园小记》等;二是在这里见到几位熟悉的老前辈,如曾任全国中语会(今"中国教育学会中学语文教学专业委员会"的前身)副会长的苏灵扬(周扬夫人)就是鲁艺音乐系第三届指导员。全国中语会20世纪80年代的几次重要活动,如北戴河座谈会、福州年会等,周扬都曾参加并讲话,太原座谈会也是在他的支持下得以在晋祠国宾馆举行的。有一张照片是毛泽东致欧阳山、草明的信,欧阳山是我们语文界前辈欧阳代娜老师的父亲。龚依群为鲁艺院长办公室主任,他是我在河南教育学院进修时的副院长,郑州黄河母亲公园里刻有他的诗作。

二、延安新闻纪念馆

延安新闻纪念馆位于清凉山下、延河岸边，是前几年新建的，外形酷似一孔窑洞。馆名为原全国政协副主席马文瑞题写，是全国唯一的新闻出版专业博物馆。门前有全国重点文物保护单位"清凉山新闻出版部门旧址"石碑。这里曾是中央党报委员会、新华通讯社、解放日报社、延安新华广播电台、中央印刷厂、新华书店等单位所在地，是新中国新闻出版事业的摇篮。进门迎面一块大石头上插着一支钢笔，有毛泽东的题词"深入群众，不尚空谈"。编辑室、播音室、排字车间、职工宿舍分散在一个个窑洞里。陈毅曾有诗曰："百年积弱叹华夏，八载干戈仗延安。试问九州谁做主？万众瞩目清凉山。"这里是延安的中心，当年抗日战争胜利日那天的军民大联欢就在门前的广场上，近邻延河水，远望宝塔山。延河大桥与附近的青山绿水、宝塔古城，联芳济美，相映成趣。这里也有几个我熟悉的名字。温济泽，1946年新华社口语广播部主任，后曾任中国社会科学院副院长、院长。我1991年考入中国社科院研究生院攻读博士学位时，有幸听过他的报告。郁文，1942年新华社晋绥总分社社长，也是我在中国社科院读博士时的副院长，院长是胡绳。张磐石是新华社华北总分社社长，1950年代担任中宣部副部长，直接领导中小学教材编写工作。人民教育出版社中学语文室编的《中学语文教材研究资料》收有他在教材会议上的两篇讲话。在三楼出版厅，有毛泽东的题词"认真作好出版工作"。1939年9月1日，中共中央成立出版发行部，接替中央党报委员会主管的出版发行工作。中央印刷厂当年在延安承印了数十种报刊、数百种马列主义经典著作及大量读物和中小学课本。当年工人用的识字课本很有意思，其中有"生活过好，来学文化。笔墨纸砚，一起买下。多写多认，记清笔画。识字一千，道理懂下。看书读报，句句成话。过年写对，字字如花"，可谓通俗易懂，极富生活情趣。

三、宝塔山

"巍巍宝塔山、滚滚延河水"是革命圣地延安的标志和象征。现在宝塔山是全国重点文物保护单位，也是延安唯一收费的景点（其实完全可以免费）。山坡上刻着贺敬之的名句："几回回梦里回延安，双手搂定宝塔山。"宝塔始建于唐大历年间，宋庆历年间重建，现存为明代建筑，平面八角形，9层，高约44米。南、北门分别书有"高超碧落""俯视红尘"的匾额。据说晚上灯光亮起来非常漂亮。宝塔山原名"嘉岭山"，山下摩崖石刻还有北宋范仲淹的"嘉岭山""胸中自有数万甲兵"等题刻。他的《岳阳楼记》《渔家傲·秋思》一直是初中语文教材传统经典篇目。前者作于河南邓州，文中"先天下之忧而忧，后天下之乐而乐"成为千古名句；后者作于他任陕西经略副使兼延州知州时期，词中"人不寐，将军白发征夫泪"不仅抒发了词人作为军事家的英雄气概，也写出了作者壮志未酬的感慨和忧国情怀。

四、延安北京知青博物馆

延安北京知青博物馆就在我们住的枣园宾馆旁边，与延安科技馆为一体建筑，三层，全面展现了20世纪六七十年代来延安的北京知青概貌，记录着那一个时代。展览由序厅、"告别北京　奔赴延安""红色沃土　艰苦磨炼""亲切关怀　健康成长""广阔天地　终身难忘"和尾厅等单元组成。序厅是一幅表现知青生活的大型雕塑作品，上面是习近平的题词"广阔天地　终身难忘"。当时最高领袖发出号召："知识青年到农村去，接受贫下中农的再教育，很有必要。""农村是一个广阔的天地，在那里是可以大有作为的。"28000名北京知青来到延安（另有来自其他省市的知青800多人）。对于延安来说，这无异于"第二次中央红军到陕北"。对这些知青来说，从首都北京来到当时贫穷落后的陕北，每个人必须过"生活关""劳动关""思想关"，都要经过炼狱般的考验，才能"滚一身泥巴，练一颗红心"。也唯其如此，他们才能够真正感知农村和农民，看到当时中国最真实、最基层的一面，学会坚韧与顽强，进而形成终身受益的健康人格和精神气质。这是今天生活在大城市的少男少女们所无法体会的。在这个知青群体里，有现在的党和国家领导人习近平、王岐山等；有周恩来的侄子、邓小平的女儿、蒋南翔的女儿、刘少奇的侄女、王稼祥夫人朱仲丽的侄子等；也有不少文化教育界知名人士，如作家史铁生、诗人叶延滨、中国教育学会会长钟秉林、《人民教育》总编辑傅国亮、作家路遥的初恋情人和妻子等。我还意外地发现，人民教育出版社首任社长兼总编辑、教育部副部长叶圣陶先生的孙子叶永和也在延川县，孙女叶小沫在黑龙江依兰农场，长孙叶三午在北京密云林场，长子叶至善在河南潢川黄湖农场，二子叶至诚夫妇在南京附近方山公社横岭大队。"珍宝岛事件"后，中央要求紧急战备，叶老毫不犹豫地选择到河南潢川"落户"。不管人们对知青现象怎么看，作为当年的回乡知青，我认为，知青群体所表现出的自力更生、吃苦耐劳、乐观豁达、艰苦奋斗、敢于创新、勇于担当的精神，是一种奋斗精神和创造精神，更是中华民族精神的生动体现。

五、梁家河

梁家河是延安市延川县文安驿镇的一个小山村。习近平回忆说："15岁来到黄土地，我迷惘、彷徨；22岁离开黄土地时，我已经有着坚定的人生目标，充满自信。作为一个人民公仆，陕北高原是我的根，因为这里培养出了我不变的信念：要为人民做实事！无论我走到哪里，永远是黄土地的儿子。""梁家河接待服务中心"距梁家河五公里，需购票乘电瓶车。因为时间紧迫，加上人流络绎不绝，我们只匆匆忙忙地看了知青井、村委会、村史馆、知青旧居等几个景点。村委会前面的广场标语上，有"陕西是根，延安是魂，延川是我的第二故乡——习近平"字样。"梁家河知青旧址""陕西省第一口沼气池"现已成为陕西省文物保护单位。总书记旧居的炕上有被褥，炕桌上有暖瓶和搪瓷茶缸，外面是灶，墙角的玻璃柜里陈列着他读过的书，有《诗经选》《三曹诗选》《史记选注》《战争与和平》《钢铁是怎样炼成的》《中国古代思想史》《中世纪史》《罗斯福见闻秘录》《中国共产党章程》《马克思恩格斯军事文集》《苏联伟大卫国战争的重要战役》等，可见其阅读面之广。出了梁家河，发现有一路牌指向路遥故居，他的小说《平凡的世界》《人生》曾影响了许多人。我因为要赶飞机，也只能留下点遗憾了。

六、延安人

这次延安之行的另一收获，就是与延安中语同仁餐叙，让我进一步感受到延安人的淳朴、厚道、善良与乐观。天下语文人是一家，除同事建跃兄和司机外，其他的都是语文人。申老师送我一本他的新著《智慧

写作·任务驱动型高考作文写作指导》。酒酣耳热之际，申老师唱起了
陕北民歌："白羊肚子手巾三道道蓝，咱们见个面面容易拉话话难。一个
在那山上一个在那沟，（咱们）拉不上（那）话儿招一招（呦）手。"
刘老师唱起了秦腔《三滴血》，我受到感染，竟也唱起陕北民歌《绣金
匾》，虽因记不住词儿时断时续，但欢愉之情溢于言表。卜老师和我朗
诵了《回延安》片段。品尝了子长煎饼、软米油糕、子长凉粉、陕北烩
菜等，全是当地名小吃，充分体现了延安小吃粗粮细作、巧作与精作的
特色。南老师特意请当地名家将我的照片制作成极为别致的剪纸艺术作
品，并送我一本印制精美的《毛泽东画册》。

　　近年来，随着红色旅游文化兴起，人们纷纷以朝圣般的心情来到
延安。因为从这里走出了多位共和国领袖，产生了延安精神和梁家河精
神，催生了新中国和新时代……延安人说起来，自豪之情溢于言表。北
京到延安的往返航班几乎满员。有单位组织来学习的，我在飞机上就意
外碰到国家质检总局的朋友，他们一行数十人就是去延安干部学院学习
的。也有自费前往的，我在枣园宾馆就碰到浙江绍兴的一家十几口。在
延安宝塔拍照时，遇到两位长者，一个贵州的，一个西安的，两人萍水
相逢，一见如故，于是一起从西安骑自行车来寻访圣迹。在我看来，延
安实在是一部厚重的大书，延安精神是中国革命精神的重要组成部分，
值得我们反复读，用心读，甚至要读一辈子。

镇远访古

　　贵州于我并不陌生，全国中语会"中语西部行"（2002年）、高中语文教材宣讲（2006年）与教师培训（2012年）、北京一零一中学援助毕节大方一中（2013年）、贵州师大国培班、高教社网络培训（2014年）等活动，我都曾参加，多次到过贵州。织金洞、斗篷山、梵净山、百里杜鹃、红枫湖、清源古镇、奢香夫人墓、遵义会议旧址等明山秀水与人文胜迹，也都给我留下美好印象。2018年7月，华中师范大学《语文教学与研究》主办的第十九届"新世纪杯"全国中学生作文大赛颁奖典礼，在贵州黔东南州凯里市举行。承主编雅意，我们夫妇受到邀请。正值北京暑热难耐，无法抵挡那一缕清凉的诱惑，而且早就听说，凯里西江千户苗寨风景独特，镇远古城堪比湘西凤凰古城，神往已久，于是决定一探究竟。

　　正所谓事有凑巧，相会有缘。临行前，我到兰州参加"甘肃省中小学群文阅读教研活动"，西北师大朋友邀聚，与贵州来该校参加培训的几位语文同行不期而遇，其中就有来自黔东南镇远县的谭老师。谭老师祖籍四川成都，为镇远县高中语文名师工作室主持人，其事迹见于镇远县政协所编《镇远人物》。谭老师为我们安排了在镇远的行程，品苗乡美食，看《古韵镇远》，泛舟潕阳河上，观赏古镇夜景。第二天参观和平村、周达文故居、镇远博物馆和青龙洞，下午讲座后由其夫人周老师亲自驾车送我们到凯里。古城底蕴深厚，山水风景优美，气候凉爽宜人，主人热情好客，使我们有了一次充实而愉快的访古之旅。

我们一下飞机，就看到"美丽的贵州，爽爽的贵阳"广告牌，顿时一股清凉扑面而来。谭主任和小张老师来接机，张是镇远中学美术老师，苗族，黔东南施秉县人。二人一路上向我们介绍镇远古城、镇远中学以及苗乡文化风情。镇远置县于战国晚期秦昭襄王时代，已有两千多年历史。在悠悠岁月中，镇远曾是军事重镇，又是商业都会，是中原通向云南及黔南的重要水陆通道，有"滇楚锁钥，黔东门户"之称。潕阳河呈S型穿城而过，故又名"太极古镇"或"八卦古镇"。镇远中学是一所历史悠久、文化底蕴深厚的百年老校，创办于1901年，已有117年历史。民国时期曾为贵州省立第八中学，现为贵州省省级示范性高中，当然也是镇远最好的中学。我们在苗乡楼安顿好后，即到"醉苗乡"品尝当地有名的苗乡酸汤鱼、蕨粑蒜苗、苗味腊肉等，然后到镇远剧场观看《古韵镇远》。

《古韵镇远》是一部大型舞蹈史诗表演节目，由浙江杭州一家文化公司打造。原来只在节假日演出，现已被政府收购，每天都有演出。节目由"远古走来""威震远方""中和且平""南方丝路""水陆都会"等篇章组成，其中加入了一些近年来国外比较流行的浸没式戏剧元素，即演员的表演空间不局限于舞台，而是不时在四周或观众间穿梭移动，融观赏性、知识性、趣味性和娱乐性为一体，让观众有身临其境之感。观众既可以欣赏这里特有的自然风光，又能了解和感悟镇远的历史与人文。

和平村旧址背靠五云山，紧临潕阳河，是抗日战争时期国民政府军政部第二俘虏收容所，用于优待、教育、感化、改造日军俘虏。这是一栋二层礼堂式高大木楼，可供300名俘虏食宿、活动、集会、演出。正中墙壁上悬挂着孙中山巨幅画像，下面是"天下为公"几个大字。这里最有特色的展览有两个：一是邹任之事迹展，二是毛泽东统一战线思想主题展。前者主要介绍和平村创始人邹任之（1911—1973）的生平事迹。邹是江西鄱阳人，少将，曾到日本留学，回国后在李烈钧将军手下任职。1938年2月以第一名成绩考入国民政府军政部第二俘虏收容所任中校管理员。这里原为贵州省第二模范监狱，当时属贵州省立镇远师范学校二院。校长冯吉扬毕业于北京大学法律系，总务主任杨金谷毕业于北京大学经济系。他们非常顾全大局，为了支持抗战事业，忍痛割爱，将校产无偿捐给收容所使用。邹曾接触管理过日军战犯冈村宁次、日本女特务川岛芳子等，为中国政府做了重要的对敌工作。1948年3月脱离政界，去日本经商。1955年3月经中国共产党在海外工作人员介绍参加工作，后经组织同意回国。1957年7月在肃反运动中被错捕错判有期徒刑，1973年病逝于河北蔚县。1986年始被平反昭雪，恢复名誉。

后者则全面介绍了毛泽东统一战线思想形成的过程，其中有红军三次到镇远时的史实介绍。1941年，中共南方局曾派康大川到镇远，以少校主任管理员的身份在日俘中开展统战工作。在郭沫若、冯乃超领导下，成立了"在华日本人民反战同盟和平村工作队"。日本反战作家鹿地亘的《和平村访问记》，曾在桂林《救亡日报》上连载。国际红十字会也派代表（瑞士人）来此考察，并在国外杂志上发表观感，遂使镇远"和平村"蜚声海外。当时我想，日本鬼子在中国烧杀抢掠，无恶不作，干了那么多坏事，但就在那样艰苦的岁月中，在西南边陲的深山小镇里，中国政府和人民仍以人道主义精神优待感化敌人，使镇远和平村名扬世界，这不正是我们中华民族以德报怨、与邻为善优良传统的生动写照吗？

周达文故居又称"周公馆"，位于和平村西侧，分前后两个院落，肃穆典雅，深邃幽静，古色古香。大门门楣书"汝南世第"，大约与鲁迅祖父所用灯笼上"汝南周"一样，说明周氏为中原河南望族。故居原系其祖父周炳元建于光绪年间的住宅。其父周瑛曾留学日本，回国后任国民政府驻日参赞、领事。周达文为中共早期革命家，原名周达定，因受五四运动影响在镇远领导学生运动被开除，没有拿到中学毕业证书。随父迁居北京后，他用二哥周达文的毕业证书报考北京大学俄文专修部，录取后遂改用此名。1923年，周达文经李大钊介绍加入中国共产党，曾任第五届全国学生联合会主席。1924年，到苏联莫斯科东方大学留学，担任临时党团书记，同时从事教务和翻译工作。1925年夏，周达文奉命返回上海，带领张闻天、王稼祥、王明、蒋经国、乌兰夫、屈武、孙冶方、伍修权、左权等118人赴苏联莫斯科中山大学留学。斯大林到中山大学给中国留学生做报告，周任翻译。斯大林曾说："中国同志中，数邱贡诺夫（周达文）理论水平高。"其《答邱贡诺夫的信》收入《斯大林全集》第九卷。1938年，周达文被王明、康生诬陷，在苏联肃反扩大化运动中含冤而死，年仅35岁。1938年至1940年，周公馆还一度成为中共镇远支部所在地。1984年，周公馆被批准为贵州省文物保护单位，"周达文故居"匾额为伍修权所题。1987年，中共中央组织部为周达文平反昭雪，恢复名誉。

镇远知名人物除周达文外，还有谭钧培和秦光远等。谭曾任广东、

| 西海子访古

　　因是周末，不用掐着时间为稻粱谋，我就将晨练路线确定为西海子一线。因为总看到有人介绍西海子，说过燃灯佛塔，可从没去过，一直无缘一睹芳容。作为一个新通州人，没去过西海子，没看过燃灯佛塔，无论如何也算个缺憾。于是先坐一段公交车，从北关桥向南再折向东，穿过一片民居，过了座小桥，就来到西海子公园西门口。门口的"西海子菜市场"里面物品琳琅满目，人声鼎沸，熙熙攘攘。我因为不买什么，只是随便看了看，便进入西海子公园。

　　说是"西海子"，其实并没有海，只是湖，因为辽金元时期湖泊称为海子，应源于蒙古语，相当于藏语中的"错"，云南、西藏也称湖泊为"海子"。这西海子公园最初建于1936年，是日伪时期冀东政府建的，新中国成立后才改建为公园。西海子公园里面人倒是不少，但以中老年人居多。有的步履匆匆，有的漫步徐行，有的正白鹤亮翅，有的在海阔天空，更有一伙吆五喝六地在打扑克。湖北边有两支老年秧歌队，各拉起横幅，一个个穿戴着五彩鲜艳的行头，看样子正在做表演前的准备。几位老人把锣鼓敲得山响，那种专注、那种投入、那种虔敬与自豪，恐怕不仅仅是为了吸引观众，更是一种情绪的宣泄与倾

215

诉吧？公园东北角有李卓吾墓。李卓吾，即李贽，为明代著名思想家，福建泉州人，在当时以极具个性、特立独行而闻名，翻开许多中国哲学史、思想史著作，都会有关于李卓吾的介绍。因其思想触怒了统治者，最后被捕、自刎于通州。墓前有石碑两通，最前面的一通字迹模糊，仔细辨认，隐约可见"周扬"的名字，那是一个时代的标志。而另一通正中位置的墓碑上，却是"李卓吾先生之墓"几个大字，为明代著名学者焦竑所书，苍劲古朴，正气浩然。侧面有一署名为"北京文物局制"的铝制标牌，用中英两种文字简要介绍了李卓吾的生平事迹。遗憾的是，短短几十字的介绍，却有两处令人生疑：一处"友人尊其遗愿"，显然是写了错别字。在这么个场合，这么个语境，居然出现这种错误，不仅于理不通，也实在是大煞风景。二是说李墓先葬于"通州后"某庄村西，不知这"通州后"原本就是一个通州的地名呢，还是指通州的"后面"。如果是前者，"通州后"究竟在哪儿呢？如果是后者，那何为"前"，何为"后"，以哪里为坐标呢？本来还想一睹那远近闻名的"燃灯佛塔"，所谓"一支塔影认通州"。结果走到近前，竟是铁将军把门，大概来得太早了，管理员还没有来。凑近售票处一看，从某年某月开始，票价从原来的"一元调至三元"。

　　从东门出来，顺着东海子胡同，意外地来到"通州贡院"所在地。贡院位于一处民居前，现在虽是一座大杂院，但那两扇朱红大门却透露着这一带昔日的非同寻常。单是门上那"簪缨世第、理学名家"几个遒劲大字，仿佛在诉说着这里曾经的辉煌。看了门内墙上的介绍文字，才知道，原来这里曾是通州贡院，是乡试的所在地，比潞河书院还高着一个档次呢！

漫游世界

| 旅美散记

2017年6月，我和家人利用年假，到美国探亲旅游。这是我第四次到美国，第三次到纽约。四次访美，时间跨度20年。除第一次属因公外，其余都是因私。每次目的不同，行程各异，心态也不一样，自然会有不同的感受和收获，从中可以看出中美两国在这20年里的一些变化。

一、旅美纪要

第一次到美国在1998年7月，是单位公派，属访问性质。当时，中国派出的留学生越来越多，由于种种原因，很多人在完成学业后，并没有及时回国服务。国家鼓励留学生学成后报效祖国，但有一个实际问题却困扰着他们。这些留学生出国时，一般都是带着子女一同出去的，并把子女送到所在国的中小学校读书。学中文就只能去课外的中文学校，而中文教材却是台湾编的，用的是注音符号和繁体字，与国内教材不一样。他们很担心将来回国后，孩子赶不上国内学校的教学进度。有一次国家教委主任率团访美，他们就相约到大使馆反映问题，强烈要求国家教委为留学生子女专门编一套中文教材。国家教委就把这一任务交给人民教育出版社，具体由小学语文编辑室和中学语文编辑室承担，崔峦、顾振彪为主编，我忝为副主编。这就是现在普遍使用的人教版对外汉语教材《标准中文》。为了使这套教材编得更有针对性，编写人员分批到美国，考察中文教学情况。我们一行四人，先后访问了纽约、华盛顿、波士顿、芝加哥、洛杉矶，前后十几天。因为是教育部的任务，所到之处都由中国驻美使领馆安排，主要是与各地中文学校的老师座谈交流，顺便也参观一些景点，如自由女神像、哈佛大学、好莱坞环球影城等。对于陪同的使领馆工作人员来说，这只是他们的一项普通接待工作。所谓参观，也只是点到为止、浅尝辄止而已。

第一次访美，印象最深的，一是在纽约领事馆举行的中文教学座谈会上见到王蓓文老师。因为在这之前的1997年10月，她参加全国中语会在北京师范大学举办的国际汉语文教育研讨会。我曾参与接待，知道她祖籍哈尔滨，在台湾长大，后留学美国，在耶鲁大学获博士学位后，到西点军校任中文教师。二是在波士顿访问剑桥中文学校。这是美东地区第一所由中国大陆人创建的中文学校，成立于1990年。纪虎民董事长听说我来自河南周口，立马来了精神，说他的少年时代基本上是在河南度过的，因为他父亲纪登奎曾在河南许昌、商丘等地任地委书记，周口20世纪50年代曾划归许昌专区管辖，大有他乡遇故知之感。三是在华盛顿中国驻美大使馆，我们就住在大使馆仅有的两个房间里。我和另一同事两人挤在一张双人床上。早餐就在使馆餐厅，稀饭、油条、鸡蛋、咸菜，跟在国内完全一样。四是在洛杉矶宾馆走廊，意外遇到郑州大学副校长，一问竟还是我朋友的熟人。后来朋友带我们到洛杉矶郊外的购物中心购物，结果走散了，那时还没有手机，费了很长时间才找到。

第二次是2010年6月19日至7月24日。这次时间最长，收获也最多。

本来是要参加女儿的研究生毕业典礼的，因当时我们都在忙于工作，即使请假，时间也不可能太长，想着去一趟不容易，索性就等到忙完工作才成行。我们先是到宾夕法尼亚大学所在的费城，又去了纽约、华盛顿、波士顿和芝加哥。在波士顿，特地看望了师母和以前的同事，参观梭罗①住过的小木屋和瓦尔登湖。然后从芝加哥飞西雅图，帮女儿安顿新家，购买并组装家具。首次租车自驾，参观了微软公司和波音公司。等安顿下来后，她回学校办理毕业手续，我们乘西海岸的旅游观光火车到旧金山。在旧金山，参加两次一日游：一次是游览蒙特利海湾及黄金海岸，号称"温馨品质之旅"；另一次是纳帕酒乡品质之旅，游览酒庄，品尝红酒。其余都是我们自己参观游览，去得最多的当然还是唐人街。从旧金山飞到洛杉矶，住在朋友家里。朋友带我们去了趟圣迭戈，在海边住了一晚，参观海洋世界。又从洛杉矶飞到西雅图，再由西雅图回到北京。

第三次赴美是2014年春节。我们由北京经东京飞夏威夷。先在檀香山半自助游，即旅行社负责接送飞机和每日半天的活动，有华人导游。参观了珍珠港，当地土著村落。女儿来后，我们一起飞往大岛，租车自驾，住在美国当地人家里，到了美国的最南端。到西雅图后，又开车去了波特兰，参观兰苏园，沿海岸参观大瀑布。十多天后，畅意而归。

这次则是我第四次来美国，主要是想看看女儿女婿在纽约皇后区森林小丘的新家。最大的收获是一家人自驾加拿大，游览魁北克城、蒙特利尔、渥太华、千岛湖、多伦多、尼亚加拉瀑布。回来路上，顺道参观

---

① 梭罗（Henry David Thoreau，1817—1862），美国作家、哲学家，废奴主义与自然主义文学重要代表人物。1845年，为体验简朴与亲近自然的生活，梭罗在马萨诸塞州的瓦尔登湖湖畔小木屋里独自生活两年，写下了自然主义文学杰作《瓦尔登湖》。

白山国家森林公园和康奈尔大学。在纽约，参观了庄严寺、西点军校、老罗斯福故居、老威斯伯瑞庄园和修道院博物馆等。

二、感受美国

四次旅美，加在一起也不过两个多月，不可能有什么深度了解。只能从一些日常生活的细节体验中，感受美国与中国的不同，其中最突出的有以下几点。

1. 规则意识强

作为世界上最发达的现代化国家，美国给我最强烈的印象就是规则意识强，一切都讲规矩和秩序，人们安居乐业，谦和礼让，反映出一种公序良俗、秩序井然。这可以从一些日常小事上看出来。比如开车，高速路一般都有一条车道只允许乘坐两人以上的车辆行驶，显然是为了鼓励多人同乘一辆车。即使是在最偏僻的路口，只要有STOP标志，就必须停车，而且每车一停，确认安全后才能通行。假如两个方向都有车辆在STOP标志后等待，则是按到达路口的先后依次通过，绝对不会出现抢行。车遇行人，一定是让行人先行。国内好像只有在杭州才这样。停车要么在停车场，要么是停街边。停在街边，必须按收费机缴费。行人过马路，也很少有人闯红灯。有一次我在西雅图购物，把车停在路边。等买了东西往车上放时，发现一位黑人警察正在车前拍照，我赶紧上前说明这是我的车，虽听不大懂他说的是什么，但借助他的手势，还是大致明白了他拍照的原因——我的车与前面的大巴车靠得太近。我连忙把车开走，才没有吃罚单。

在美国，排队是最常见的，没有人插队，更不会拥挤。无论是到餐馆就餐，在旅游景点买票，或在宾馆办理入住和退房，都是如此。到正式餐馆就餐，必须由服务员领位，不能自己随意找位置。第一次到纽约参观世贸中心自由塔时，售票员主动提示我们，如果再等15分钟，就可以享受半价。如果她不说，我们也就买全价票进去了。上飞机是另一种规则，即按座位区域，后排的先登机，依次往前。但也有例外，就是老人、小孩，尤其是坐轮椅的残疾人，可以优先登机。前几年看《乔布斯传》，有一个细节给我留下深刻印象。乔布斯2008年癌症扩散后，预约了加州器官移植等候名单，但因加州等候人员过多而无法手术。即便是乔布斯，也不拥有任何合法插队的权限。只能于2009年2月转到排队人员较少的田纳西州，并于当年3月21日才获得移植器官，手术成功。即便是耽误了宝贵的治疗时间，也要遵守规则。

2. 保护弱势群体

美国对残疾人等弱势群体的保护措施比较完善，值得学习。在我国，一般很少能看见残疾人出现在旅游景点，但在美国却非常普遍，而且多是单独出游，行动如常。如果有同伴，也是谈笑风生，丝毫看不到自卑与胆怯。印象最深的，是有一次我去火奴鲁鲁机场的经历。女儿下班后从西雅图到夏威夷，飞机半夜才到。我乘公交车去接她。车子往城外开，乘客越来越少，也愈发荒凉。我生怕坐过站，时刻盯着英文提示牌。大约23点左右，车子中途停下后，司机下车，绕到右前门，我正感疑惑，只见他放下滑板，推上来一位坐轮椅的残疾人，帮他固定好轮椅，才又继续前行。

美国的道路上也有"特权车"，但不是政府官员的，而是校车。只要校车上伸出STOP的牌子，所有车辆都会自觉停车礼让。大概因为人少的缘故，无论什么情况下，机动车必须让行人先过。因为相对于机动车来说，行人也是弱势群体。

3. 重视文化艺术

在美国，处处都能感受到文化艺术的氛围，博物馆、美术馆、艺术馆比比皆是。2012年在费城参观宾夕法尼亚大学博物馆那次，就给我留下深刻印象。虽说只是一个校园博物馆，但其水平与规模亦达到了相当专业的水准，令人赞叹不已。当时正有一个"玛雅2012"的展览，还有日本、中国馆、埃及馆、欧洲馆、北美馆和伊拉克馆。在中国馆，我竟看到了许多在国内看不到的文物。比如"昭陵六骏"中的两骏都在这里，还有不少北魏、北齐、隋、唐、宋、元、清等各朝代的文物，有佛像、唐三彩，有石像、木像和绢像。这里设施先进，让人能够真正感觉到他们对文化的尊重。有人说，越是民族的，就越是世界的。诚哉斯言！

这次我们参观的纽约Cloisters Museum就很有特色。这是一座修道院博物馆，也是大都会博物馆分馆，位于曼哈顿最北端哈德孙河岸的悬崖峭壁上，可以俯瞰哈德孙河。陈列的展品，多数都是中世纪天主教的珍宝，类似于我国故宫博物院的珍宝馆。整个建筑是按照修道院样式修建的，据说许多门、窗、庭院，是从法国、意大利等国废弃的修道院里拆下运过来的。该馆由石油大王洛克菲勒家族投资兴建。纽约现代艺术博物馆、芝加哥大学、北京协和医院等都是洛克菲勒家族捐资兴建的。

4. 中国文化无处不在

这次在回国飞机上观看纪录片《金山》，讲述了中国人在美国历史上的重要贡献。19世纪中叶，超过30万中国人（以广东台山人最多）到美国西海岸淘金，这也是美国历史上第一批大规模的亚洲移民。后来，中国人又参与了美国的西部大开发。贯通美国东西部的铁路大动脉中最为险峻的一段，就是中国人修筑的。该片通过探寻历史本源、揭开事实真相，讲述了中国人对美国西部建设所做出的卓越贡献，展示了中国人的精神特质和东方价值观。

在美国，处处都能看到中国文化。也许是深度游的关系，这次感受最深。李培永夫妇陪我们游览曼哈顿中国城（又称唐人街、华埠）时，发现曼哈顿桥头和格兰街交汇处，矗立着一栋30层的孔子大厦，大厦前面耸立着一尊孔子标准铜像，是纽约中华公所1984年建的。基座上刻有孙中山的"天下为公"，有"纽约华人为庆祝美国建国二百周年纪念敬献孔子铜像以隆盛典"中英文字样。就在孔子像不远处的百老汇街前面，就是林则徐塑像，是旅美福建同乡会捐资修建的。林大人头戴三眼花翎，身着一品大员的官服，倒背双手，目光炯炯直视前方。2005年国际禁毒日，纽约市政当局将东百老汇街命名为林则徐街。在他们看来，当今世界上，毒品存在一日，林则徐的名字就会受到普遍尊敬。中华民族出了林则徐，全世界也需要林则徐；历史上产生了林则徐，当下和未来也需要林则徐。

以往在美国，要吃中餐只能到唐人街。现在中餐馆在美加地区可谓遍地开花。据说目前有3万多家中国企业在海外，绝大多数是私营机构，在海外的华人数量估计超过3000万。华人在美国最集中的地区是纽约和洛杉矶。尤其是纽约皇后区法拉盛，简直是华人的天下，各种中餐馆应有尽有。我们去加拿大时路过马萨诸塞州第二大城市伍斯特市，在一家重庆食府吃晚饭。老板姓张，1954年出生，重庆杨家坪人，18年前技术移民来美，已有绿卡。这一方面说明中国影响无处不在，无时不有；另一方面，也说明美国人海纳百川的胸怀和兼收并蓄的学习精神。

探访皇后图书馆

来纽约已有些时日了，以前来纽约都是在曼哈顿岛上住宾馆。因为最近女儿女婿刚搬到皇后区，这次就住在他们位于森林小丘的新家里。我多次路过小区附近的皇后图书馆，都没有进去。前天忽发奇想，想看看国外的图书馆跟国内的究竟有什么不同，结果却吃了个闭门羹，遇上铁将军把门。仔细看门上的通知，原来只有周日闭馆，周一至周六都开馆，而且每天开馆的时间似乎也不一样。比如周一是12点到晚8点，周二是下午1点开馆，周三是10点。昨天下午二次登门，我才得遂心愿，一探究竟。

纽约市共有三个公共图书馆系统，包括纽约市公共图书馆、布鲁克林区公共图书馆和皇后区公共图书馆。美国的公共图书馆系统，最早源于"捐助集资图书馆"。所谓捐助集资，其实就是居民集资购书，并把私人藏书贡献出来，让大家阅读分享，以达到教育民众、服务社会的目的。皇后区的集资图书馆建于1858年，正式成立皇后区公共图书馆是1901年。所需费用不仅有纽约市和州政府的拨款，也有少部分来自美国联邦政府和个人赞助。据说皇后图书馆在建馆初期，卡内基钢铁公司就曾一次捐助24万美元。因为卡内基钢铁公司的合伙人之一菲普斯（Henry

Phipps, Jr.）就住在皇后区旁的长岛。我曾去参观过菲普斯的老韦斯伯瑞庄园（Old Westbury Gardens），比老罗斯福故居占地面积还大，也更奢华。现在，皇后图书馆共有980万馆藏，包括图书报刊、政府文件、音像制品、计算机光盘和乐谱等。除总馆外，还在各主要社区设立了68家分馆，服务于全区的220万居民。我去的就是设在森林小丘的一个分馆。

我原本对这个设在社区里的图书馆没有抱多大希望，只是想顺便看看，满足一下作为出版人的好奇心，结果竟有意想不到的发现。

第一，该馆中文图书藏品相当丰富。我大致数了数，有满满六架中文图书，三架中文音像制品。内容涉及政治、经济、哲学、历史、文学、文化，也有医药、养生、厨艺等生活类的。有杨绛、汪曾祺、钱理群、莫言、池莉、章诒和、贺卫方、韩寒、郭敬明等人的作品，倒是没有看到我们传统的诸子百家和四大名著，只有于丹的《论语心得》《论语感悟》之类。音像制品有《大宋提刑官》《解放》《玉堂春》《天仙配》等，中文杂志有《读者》《家庭》，中文报纸有《世界日报》。我想，在那些标着亚洲历史、世界地理的英文书里，应该也有不少涉及中国的吧？作为一个社区图书馆，能有这么多中文图书资料，至少说明几个问题：一是华人居民的数量在增加，据说纽约已有华人几十万（一说上百万）。图书馆一般是根据图书需求量和当地族裔人口比例配置资源的，万事有因必有果。二是社区居民的文化程度较高，他们对中文图书资料的需求在增加，阅读品位在提高。三是随着中国的发展，很多美国读者也逐渐对中国发生兴趣，不仅有旅游、中文学习、中国哲学等类型图书，也有一些中国当代小说家的译作。在这样的情况下，图书馆增加中文藏书和涉华英文书，也就是大势所趋、理所当然的了。

第二，图书馆是一个公共场所。推门进去，需要过一个安检门，我以一个外国人的身份进入，居然没有受到盘查，我想跟工作人员打个招呼，她们却都在忙于自己的工作，似乎压根并不关心是否有人进出。于是我就直接到书架上找书、翻书了。据说只有在把书借出馆时，才需要登记借阅者的身份信息。这完全是作为一个公共场所在经营。其实，对读者来说，这才是人性化的管理方式。人们到图书馆，无非有两个目的：一是享受阅读的快乐；二是查找相关研究资料。在我看来，图书馆的最大使命不在于"藏"，而在于"用"。"藏"固然是前提，有"藏"才能谈得上"用"。所谓孤本、善本，更多的是在收藏意义上。对于书来说，"用"才是结果，才能使"藏"发挥作用。如果光强调"藏"，只以馆藏多少相标榜，甚至束之高阁，自珍其秘，而不考虑"用"，或不方便读者"用"，没有被充分"用"起来，所"藏"的价值恐怕也会大打折扣。图书馆应该是鼓励学习、答疑解惑的场所，成为激发好奇心、交流交换知识信息的地方。只有想办法让馆藏图书资料真正动起来，流通起来，吸引并方便读者的"用"，才能发挥馆藏图书应有的作用。

我在纽约乘坐地铁时，发现还有"地铁图书馆"，是纽约地铁公司和纽约市三大公共图书馆联合开发的。乘客可以连接地铁内的WIFI，并访问免费的电子图书馆阅读。为了让"地铁图书馆"更有吸引力和仪式感，他们还把一节车厢布置成书架的模样，只不过书架和那些琳琅满目的藏书都是印上去的。地铁里也许不是最适合阅读的地方，但一定是最适合宣传阅读的地方。在拥挤嘈杂的地铁车厢掏出纸质书毕竟不方便，拿着手机阅读电子书，随时随地都能找到想要的信息，也更切合实际。

第三，社区图书馆的便民服务。因为正是上班时间，来看书的人并不多。除了几位老人外，就是孩子，更像是一个社区居民活动中心。有几个中学生模样的在用普通话小声交谈着，并提到毛坦厂中学如何如何，想来应该是从国内来美探亲或访学的中学生。馆内设有专门的儿童读物区，大约占全馆面积的四分之一。周围有书架，中间是儿童书桌和小凳子。不仅有各种花花绿绿的儿童读物，有一架特别标明是"中文图书"，还有一些画笔、纸板、黑板及游戏玩具之类。想来家长把放假的孩子送到这里，应该是很放心的。

｜加拿大印象

　　我对加拿大的印象，最早应该来自"文革"期间"红宝书"里的"老三篇"，那是毛泽东的三篇文章，其中有一篇《纪念白求恩》。知道白求恩是加拿大蒙特利尔麦吉尔大学皇家维多利亚医院的胸外科医生，共产党员，不远万里来到中国，帮助中国的抗日战争，最后因给八路军战士做手术受到感染，于1939年在晋察冀战场以身殉职，葬在石家庄华北军区烈士陵园。毛主席号召大家学习白求恩毫无自私自利之心的精神，做一个高尚的人，一个纯粹的人，一个有道德的人，一个脱离了低级趣味的人，一个有益于人民的人。在我们那一代人的心目中，白求恩不仅是个高鼻梁的外国人，也同雷锋、张思德等一样，是令人崇敬和景仰的英雄人物。《纪念白求恩》被长期选作中学语文教材。在1990年代末那场语文教育大讨论中，有人质疑白求恩精神，认为这样的人现实中谁也做不到，做不到的事情让青少年学生去学习，等于教人拿刀子杀人。对此，刘国正先生发表《"毫无自私自利之心"精神赞》予以严词驳斥。不过以往我对加拿大了解不多，只知道离中国很远，在美国北边，但具体情况并不清楚。2017年6月，我和家人到纽约探亲旅游，女儿女婿特意安排加拿大自驾游。我得以有机会走进真实的加拿大，领略异域风光，感受风土人情，理解其历史文化。

我们从纽约出发，一路向北，经马萨诸塞州、新罕布什尔州、佛蒙特州，经美加边界进入加拿大。由美国进入加拿大的手续非常简便，只需要停车查验身份证件即可，不用下车。倒是我们看完尼亚加拉大瀑布从加拿大返回美国时，还多问了几句，可见美加两国的亲密关系。加拿大对来自美国的客人态度更友好些。我们由魁北克经蒙特利尔、渥太华、金斯顿、千岛湖、多伦多至尼亚加拉大瀑布，然后返回纽约。虽是走马观花，浮光掠影，但增加了我对加拿大的认识与了解。

一、认识加拿大

加拿大是目前世界上的高度发达国家之一，也是很多国际组织，如八国集团、二十国集团、北约、联合国、世界贸易组织等的重要成员。在我看来，加拿大之所以在世界上有如此地位，主要取决于以下四大优势：一是面积大，我们小时候常说中国地大物博，其实不比不知道，一比吓一跳，加拿大面积为世界第二，仅次于俄罗斯，而且三面环海，西有太平洋，东有大西洋，北有北冰洋。二是资源丰富。钻石产量世界第二，石油储量仅次于沙特，为世界第二，森林面积仅次于俄罗斯和巴西，为世界第三，钾、铀、钨、镉、镍、铅等矿产资源均在世界前五名以内。三是工业发达，为西方七大工业化国家之一，制造业、高科技产业、服务业都很先进，制造业、建筑业、矿业是其国民经济三大支柱。四是人口少，全国只有3534万人（2015年统计），还不及河南省的一半，这才是最主要的原因，所谓船小好调头。根据国际货币基金组织2011年统计，加拿大国内生产总值（GDP）世界排名第十，人均总值排名第九。正因为地广人稀，社会福利好，也最受移民青睐，是典型的移民国家。中国人熟知的"绿卡"是移民美国的证件，移民加拿大的证件叫"枫叶卡"；因为加拿大为"枫叶之国"，其国树为枫树，国花是枫叶。

加拿大原来是印第安人与因纽特人的居住地，Canada一词最早在印第安语里，就是"群落"或"村庄"的意思。1535年，法国国王弗朗索瓦一世派遣探险家杰克斯·卡蒂埃尔探索新大陆，力图开辟印度航道，结果卡蒂埃尔沿圣劳伦斯河逆流而上，误打误撞，到了魁北克，无意中发现了这块"上帝的礼物"。卡蒂埃尔在向法国国王报告时就用了"Canada"，实际上是指他所到达的魁北克。1616年，这一带被命名为新法兰西，萨缪尔·德·桑普兰成为首任市长。1756年，英法七年战争爆发，北美地区亦卷入战火，最后法国战败，两国于1763年签订"巴黎和约"，加拿大从此成为英属殖民地。1867年，英国议会通过《不列颠北美法案》，决定成立加拿大自治领。1926年，加拿大获得外交独立权。1982年，英国上院和下院通过《加拿大宪法法案》，加拿大才获得立法和修宪的权力。直到目前，加拿大仍实行联邦议会制，尊英国女王为国家元首，加拿大总督名义上只是女王的代表。英语、法语均为官方语言，属典型的双语国家。

二、游览加拿大

我们这次游览的几个城市，集中在加拿大东部地区，从不同方面代表了加拿大的历史与现状。

魁北克城（Quebec City）位于圣劳伦斯河与圣查尔斯河交汇处，是加拿大东部重要城市和港口，约68万人，在加拿大排名第七，也是魁北克省省会所在地。这是一座法兰西气息浓郁、超过400年历史的文化名城，是北美地区唯一保存着古城墙的城市，1985年被联合国教科文组织列入世界文化遗产名录。魁北克城建在山上，被悬崖峭壁分成上城和下城两部分。上城是行政管理区和宗教活动区，建有许多豪宅和教堂，四周有城墙环绕；下城则为港口和居民区。上下城由空中缆车连接。在印第安语中，"魁北克"的意思就是"河流变窄的地方"。河面在这里收缩到不足千米宽，形势险要。魁北克城状如雄狮，扼守着这条水路的咽喉要道，素有"北美直布罗陀"之称。在英法战争年代，这里是兵家必争之地。古城内，古炮台、广场铜像、国家战争公园、天主教圣主堂、凯旋教堂、圣安妮大教堂等，处处充满着浓郁的法式气息。据说当年罗斯福与丘吉尔曾下榻于古堡酒店。圣劳伦斯河边停靠着通往美国和欧洲的游轮。走在老城用鹅卵石铺就的街道上，观赏着那些古老的教堂和城堡，一种历史的沧桑感油然而生。

蒙特利尔（Montreal），粤语译作"满地可"，闽南语译作"蒙特娄"，人口400多万，为加拿大第二大城市，具有独特而悠久的法兰西文化底蕴，被认为是北美的"浪漫之都"。据说光餐馆就超过5000家，可见其受游客欢迎的程度。蒙特利尔是加拿大最大的海港，也是金融、商业、工业中心，市中心的圣凯瑟琳街是加拿大规模最大的商业街。老城区东西以贝里街和麦吉尔街为界，南北以圣劳伦斯河与圣杰克街为界，汇聚了很多著名景点，市政厅仿法国图尔市政厅而建。1967年，戴高乐将军就是在蒙特利尔市政厅的二楼阳台上，向人群喊出了备受争议的"自由的魁北克万岁"。参观哈默介城堡博物馆对我来说收获最大，因为这里的每一个房间和花园，都有中文介绍，形式也别具匠意——以男女主人、女儿、建筑设计师、马车夫、管家、历史学家等的口吻，用第一人称对这栋房子在不同时期的地位和作用一一道来，让里面不同时代的人物和事件顿时鲜活起来。据说1776年本杰明·富兰克林就曾寓居在此处。另外，我们还游览了蒙特利尔植物园的皇家山、诺特丹圣母大教堂、唐人街、地下城等。蒙特利尔植物园是北美最大的植物园，为世界第二大，仅次于英国伦敦的皇家植物园。皇家山公园建于1876年，建在山上，站在观景平台上俯瞰蒙特利尔，古老而富有韵味的高楼建筑、庄严肃穆的教堂、街道上来往的鲜花观光马车，可以一览无遗。海狸湖碧波荡漾，鸥鸟飞翔，在绿地、枫树的映衬下，湖水与蓝天融为一体。

渥太华（Ottawa），华人简称"渥京"，在多伦多与蒙特利尔之间，横跨渥太华河，是加拿大首都。渥太华建于1826年，最初只是爱尔兰和法国的基督教乡镇， 1855年才有"渥太华"这个名字。"渥太华"一词在亚冈昆语里是"贸易"的意思。如今渥太华人口130多万，面积不大，因盛产郁金香花，又被称为"郁金香城"。在渥太华，最开心的是见到阔别20多年、定居渥太华的博士同学成小洲。

多伦多（Toronto）位于安大略湖西北岸的南安大略地区，是加拿大第一大城市，也是经济、文化中心，人口500多万。多伦多原本也是印第安人居住地，原意是"聚会的地方"，后来法国人在这里建了一个皮货交易站。1793年，英国人把这里作为加拿大首都，并重新命名为"约克村"。1812年美国人占领约克村后，大肆抢掠。英军大举反攻，一路打到华盛顿，并放火烧了美国总统官邸。战后美国人为了掩盖火烧后的痕迹，才把总统官邸涂成白色，这才有了"白宫"。战后，约克开始扩张，新上任的市长把约克改名为多伦多。多伦多的标志性建筑就是国家电视塔，塔高

553米，为世界第二高建筑。高楼广厦林立，建筑风格很像国内，据说有不少是李嘉诚的投资。另有美丽迷人的安大略湖，延绵数里的湖滨走廊。尼亚加拉瀑布位于加拿大安大略省和美国纽约州交界处，与伊瓜苏瀑布、维多利亚瀑布并称为世界三大跨国瀑布，被称为世界第七大奇景。

三、中国人在加拿大

据历史记载，中国与加拿大的贸易往来始于1780年。1858年淘金热中，就有从美国进入魁北克的中国人，后来修建太平洋铁路时也有不少华工。我们曾到多伦多公墓寻访女儿喜爱的一位歌手，看到不少广东开平、台山同胞安眠于此。18世纪末，广州丝绸、杭州茶叶和景德镇瓷器已远销加拿大，这里的皮毛和木材也运往中国。孙中山曾三次到温哥华，所以温哥华唐人街建有中山公园。1938年，白求恩率加拿大医疗队支援中国的抗日战争，并献出宝贵生命，有500名加拿大人参加香港保卫战而牺牲在香港。20世纪50年代，在中苏交恶、中国陷入困境时，加拿大冲破美国和其他西方国家阻挠，向中国出口小麦。1970年10月13日，中加两国正式建立外交关系。

据2011年统计，加拿大拥有华人约145万人，汉语是英语、法语之外的第三大语言。华人在加拿大最集中的地方是多伦多和温哥华，都在40万人以上。当年赖昌星为逃避法律制裁，就在温哥华滞留达12年之久。蒙特利尔最大的玛莉亚城广场大厦，是华裔建筑师贝聿铭于1962年设计建造的。世界花样滑冰冠军陈伟群也是生于渥太华的华裔。加拿大人在中国最著名的，当属师从姜昆的相声演员大山。安大略省议会甚至有议员提议，要将每年12月13日设为南京大屠杀纪念日。中国东北奶粉生产商飞鹤国际，正在金斯顿兴建一个奶粉生产工厂。在蒙特利尔植物园，上海修建的"梦湖园"已初具规模，不久将正式开园，比旁边的"日本庭园"规模更大，也更气派。"梦"谐音"蒙"，代表蒙特利尔，"湖"谐音"沪"，门前盛开着大片的月季花。北京与渥太华、重庆与多伦多、广州与温哥华、上海与蒙特利尔均已结为友好城市。安大略省游乐宫多次主办中国灯会，展示中国民间花灯。蒙特利尔市长在任8年间，曾23次访问中国。魁北克有5000个家庭领养了中国孩子。据定居在渥太华的同学夫人介绍，在加拿大领养孩子是一件大事，不仅意味着增加一名新的家庭成员，还要交3万加元给中介机构。这大概与西方人的宗教信仰有关。她女儿的同学所在学校的校长，自动降职为副校长，以腾出更多时间照顾领养的中国女孩。有的家长为了与孩子交流，甚至还要上专门的中文学校。

四、加拿大的启示

1. 多元文化有力量

辽阔的陆地和海洋面积，最长的海岸线，英法统治的悠久历史，造就了加拿大亲善、包容、和谐的多元文化，这也是加拿大能够吸引移民的主要原因之一。蒙特利尔的城市格言是"和谐引致繁荣"，多伦多的城市格言是"多元性就是我们的力量"。蒙特利尔有80多个民族，多伦多有100多个民族。丰富多彩的族裔特色，令这些城市缤纷绚丽，绽放着无穷魅力。魁北克城和蒙特利尔，秉承着法国人浪漫的性格和传统，无论是历史、文化、建筑，乃至街道上的浪漫气氛，都充满了法国韵味。丰富多彩的文化活动在蒙特利尔随处可见，如电影节、交响乐、芭蕾舞、马戏，体育活动和文化游行一年四季都在举办。蒙特利尔1967年举办世博会，1976年举办第21届奥运会。圣母岛每年举行一次一级方程式赛车。走进蒙特利尔，你会慢慢发现，这是一块北美洲大地上与众不同的神奇土地。源远流长的历史，留给蒙特利尔丰厚的文化遗韵；浪漫的法兰西风情，让人随处可以感受到生活的悠闲宁静；温存友善的法裔以其善良、宽容和热情，包容着来自世界的各种文化。

2. 语言文字是民族的象征

法国小说家都德的《最后一课》曾让我们感受到法国人对母语的那种崇敬和热爱，包含着深厚的爱国热情与民族精神。在魁北克城和蒙特利尔，我们也看到魁北克省政府对法语的保护政策，感受到语言文字作为民族象征的强大威力。法语是魁北克城和蒙特利尔使用人口最多的官方语言。魁北克城95%的居民只讲法语，蒙特利尔70.5%的居民说法语。蒙特利尔有410万人口，这使得它成为世界上仅次于巴黎的第二大法语城市，赢得"小巴黎"的称号。

在魁北克，由于人口数量占少数的英裔长期处于社会上层，而人口占绝对多数的法裔却屈居中下层，魁北克人的心理认同感逐渐发生了变化，"法裔加拿大人"转变为"魁北克人"。1968年，主张"魁独"的魁北克人党成立，并于1976年赢得省议会选举。魁北克人党执政后，马上于1977年通过一项《101法案》，相当于魁北克省的《语言文字法》，规定法语为魁北克省的唯一官方语言，在政府、公立部门以及大中型公司都必须使用法语。特别是2012年马华上台后，进一步强化了这一法案，将语言法案下推到25人至49人的小企业中，驻扎在魁省境内的军人不准将其子弟送到英语学校学习，在英语人口比例低于50%的城镇与社区，干脆取消原有的双语制，将法语作为唯一官方语言。

在工作场所，雇员间也只能用法语交流，不得使用英语或其他语言，否则就是违法。魁北克省还设有专门的语言警察进行执法。中国留学生要想在这里找到工作，首先就要学好法语。马华强化法语的独尊地位，当然是要为她的"魁独"做准备的，自然引起市民反感，尤其是商界。尽管现在马华已黯然下台，"魁独"激情已逐渐消散，但法语的独尊地位仍然随时可见。比如，在哈默介城堡博物馆提供的六种语言介绍中，依次是法语、英语、西班牙语、德语、汉语和日语。这在世界范围内，大概也算是一道别致的风景吧？

3. 重视教育

加拿大的教育行政管理权归省级政府，各省教育经费基本依靠自筹，联邦政府提供一定资助，用于普及中小学教育。加拿大实行12年制义务教育，凡加拿大公民（包括移民）及其子女，从小学到高中全部享受免费义务教育。高中毕业也没有高考，凭平时成绩就可申请上大学。学生通常在早上8：30上课，下午15：00放学，周末没有课。中学采取学分制，12年级一般会修大学预备课程。语文、数学为必修，其他为选修，不分文理科。修完毕业，成绩不合格，可在补满学分后获得毕业证。高中课外活动多，注重发挥每个学生的个人能力，有利于未来申请好的大学。加拿大的高等教育毛入学率为46%，居世界首位。据2017QS世界大学排名，加拿大进入世界前100的大学有麦吉尔大学（第30位）、多伦多大学（第32位）、英属哥伦比亚大学（第45位）、阿尔伯塔大学（第94位），这也可以从一个侧面看出加拿大重视教育的程度。

4. 艺术氛围浓郁

在加拿大，最好的建筑是教堂，可以说遍地开花，哥特式的尖顶直刺天空，正应了马克·吐温说的蒙特利尔是"尖塔之城"。位于蒙特利尔市旧城区中心的圣母大教堂，建于1829年，据说是参照巴黎圣母院的样式建造的，被称为"小巴黎圣母院"，也是北美最大的天主教堂。正面矗立着两座高耸雄伟的塔楼，外形是哥特式城堡。穿过门前三扇呈尖拱式庄严肃穆的大门，可以看到正上方是十字架，下方是泛着金光的圣母雕像。大堂内流光溢彩，金碧辉煌。宽敞明亮的大厅，每一个细节都散发着浓郁的艺术气息。教堂内还有一个宗教博物馆，陈列着许多中世纪宗教银器精品，制作精致，炫彩夺目。

此外，加拿大还善于运用艺术作品表现其历史文化，到处可见青铜人物雕塑，或站或坐，或单人或群像，神态各异，生动形象，应该都是对当地做出重要贡献的历史人物。漫步街头，犹如欣赏一幅徐徐展开的艺术画卷。多伦多据说有100多个美术馆和博物馆，通过砖石、钢铁和玻璃，将整座城市雕琢成一座博物馆和艺术之都。渥太华国会山四周，更像是一座雕塑艺术博物馆。

俄罗斯纪游

一、缘起

对我们这一代人来说，莫斯科曾经是那样熟悉，又是那样令人神往。它不仅是中国最大邻国的首都，更因为在精神文化上与我们有着太深太浓的牵连。从苏联到俄罗斯，从列宁、斯大林、赫鲁晓夫、勃列日涅夫，到戈尔巴乔夫、叶利钦、普京，从昔日的"苏联老大哥"到今天的"战略合作伙伴"，苏俄文化曾在各个方面深深地影响着我们这一代人。想当年，"十月革命一声炮响，给中国送来了马克思列宁主义"。马列主义成为国家主导思想，印象中重要场合甚至家庭的中堂上都挂着马、恩、列、斯、毛的画像。金戈铁马驰骋疆场的彼得大帝，气壮山河的莫斯科保卫战，保尔·柯察金"人的一生应该这样度过……"的谆谆告诫，苏联电影《列宁在一九一八》中"面包会有的，一切都会有的"的台词，《莫斯科郊外的晚上》《喀秋莎》《三套车》的悠扬旋律，更有托尔斯泰笔下的《战争与和平》《安娜·卡列尼娜》，肖洛霍夫的《静静的顿河》，高尔基讲述的《童年》《我的大学》，陀思妥耶夫斯基的《白夜》，果戈理的《钦差大臣》，奥斯特洛夫斯基的《钢铁是怎样炼成的》，普希金的诗歌以及柴可夫斯基的音乐等，都曾给我的青少年时代留下太多的憧憬和想象。记得在语文课堂上范读高尔基"让暴风雨来得更猛烈些吧"，曾使自己和学生都深受感染。我参加研究生考试时，有一道文学常识题是辨别"列夫·托尔斯泰"和"阿·托尔斯泰"。后来学习语言学，才知道斯大林《马克思主义与语言学问题》已成为中国语言学理论的经典文献。还有近年来在工作中不断遇到的苏霍姆林斯基、马卡连柯、契诃夫、屠格涅夫、"红领巾教学法"……俄罗斯及其莫斯科留下了太多的厚重与飘逸，古典与现代。那里不仅有着悠久的历史、灿烂的文化，更有蓝天、雪地，城堡、剧院，和那令人沉醉痴迷的莫斯科郊外的晚上。正如俄罗斯民族诗人普希金曾写道："莫斯科！对我们来说，这一声呼唤里包含了多少东西啊！"今天，莫斯科人自豪地宣称："莫斯科不是一个城市，莫斯科是一个世界。"尼古拉·卡拉姆津建议："想要了解莫斯科，请到莫斯科来。"只是一直无缘，正所谓"虽不能至，心向往之"。终于在2007年深秋，我才有了一次走进莫斯科的机会。

今年是"中俄文化交流年"，双方开展了一系列文化交流活动。其中有一个项目，就是举办"中俄中学生汉语—俄语联欢节"。联欢节分三个阶段：第一阶段是自由报名，俄罗斯学生用汉语作文，中国学生用俄语作文。两国各选出20名学生进入复赛。第二阶段比赛在中国举行，各选出10名学生进入决赛。出行前，赴俄代表团一行到教育部逸夫会议中心参加集训。所谓集训，无非是有关领导就此次对俄交流概况、出访任务、出访纪律等提出要求。会上还特别提到，到了国外要特别注意人身安全，提防"三只手"。经常听朋友讲起在国外被抢被盗的经历。与朋友们说起要去俄罗斯时，大家首先叮嘱的就是一定要注意小偷，"不要和陌生人说话"。

二、游历

北京与莫斯科有5个小时的时差，实际上空中飞行8.5小时。据说由于近年来中俄交流日渐增多，光在莫斯科学习的中国人就有7000人左右，公务、经商、旅游的就更多了。违法乱纪的事情随之也逐渐多了起来，俄方对中国人的审查也就愈加严格。有经验的人说，到了俄罗斯不能着急，《集训手册》中特别说明："鉴于俄罗斯的工作效率，入境时请耐心等待。"去年教育部《神州学人》的记者去俄罗斯采访时，曾有过长达2.5小时的过关纪录。果然不出所料，我们一行人过关时就有三人被卡住。想起我的出国经历，最快捷的是去日本，在东京成田机场过关时，根本无须排队，大约也就两分钟就顺利通过。去美国在底特律入关那次，也就10多分钟就顺利通过。这次我们却等了大约30分钟，最后整个出站大厅只有我们一行人了，所幸下一个航班的乘客出来了，才放我们过关，否则真不知道还要等多长时间。我在想：如果说俄罗斯人办事效率低，为什么被卡的总是中国人呢？不知是偶然还是惯例。

机场在莫斯科北部，普希金语言学院却在莫斯科西南部，等于要穿过莫斯科全城。雪后道路，泥泞难走，车子又多，走走停停。大家的情绪自然会受到影响，哪知大轿车中途又出了故障，满车弥漫着浓浓白烟和刺鼻气味。司机只好停下检查，也没有找出毛病，只好继续赶路，大家无可奈何，掩鼻而行。就这样在时刻担心出事的紧张与恐惧中，车子总算到达了目的地。普希金语言学院以"俄罗斯文学之父""俄国诗歌的太阳"普希金命名，莫斯科另建有普希金广场、普希金艺术博物馆和普希金博物馆，可见俄罗斯人民对他的喜爱。学院建于1967年，是俄罗斯对外俄语教学与科研的主要基地和中心，类似于我国的北京语言大学，只是规模要小得多。教师虽只有150人，却有100多名教授具有博士学位，34名教授拥有科学博士学位，还有多名俄罗斯科学院院士和通讯院士。与国内高校比，似乎显得简约、朴素，既没有校牌，也没有一个像样的大门。大概国外的大学都是如此。上次去美国参观哈佛大学、麻省理工学院，似乎也是如此。正如当年清华大学校长梅贻琦所言："所谓大学者，非谓有大楼之谓也，有大师之谓也。"

观光莫斯科市容时的导游是一老年男子，非常敬业，一路上不停地介绍，可惜俄语我一句也听不懂，只能听别人间或翻译一两句。走马观花地参观了莫斯科大学、为纪念俄军打败拿破仑入侵而修建的凯旋门、国家大马戏院、国家图书馆、克里姆林宫以及红场等景点。车子在莫斯科大学门前的观景台和克里姆林宫旁边停下，让大家拍照留念。观景台位于麻雀山（曾名"列宁山"）上，左边的莫斯科大学是俄罗斯最高学府，建于彼得大帝时期的1755年，创建者是俄罗斯科学泰斗罗蒙诺索夫。位于校园中心的尖顶主楼据说有三万多个房间，是当年斯大林亲自领导设计修建的，与后来看到的乌克兰饭店、俄外交部大楼等七大"斯大林式建筑"，是苏联建筑艺术的经典。右边可以俯瞰莫斯科全景。莫斯科河和克里姆林宫尽收眼底。车到红场时，华灯初放，灿烂辉煌，尽管小雪伴着寒风，让我们着实体验到俄罗斯的寒冷，孩子们还是掩抑不住兴奋与激动。克里姆林宫的围墙上，可以看到依次排列的五角星，在灯光辉映下，像闪光的红宝石，红光四射，无比壮观。据说每一个五角星都在1吨以上。这里的建筑历经几百年而完好无损，至今还在使用。可谓古典与现代交汇，历史与文化共鸣。砾石铺就的红场已有500多年历史，其知名度可以与天安门广场相媲美，但面积却只有天安门广场的1/5大。原名"托尔格"，意为"集市"，1662年改为"红场"，俄语意为"美丽的广场"。红场上正在施工，不知是为下月的杜马选举还是为圣诞节做准备。东侧的"古姆"国立百货商场建于1893年，现已成为世界知名的十家百货商店之一。

开幕式会场的会标是俄罗斯、中国、墨西哥、芬兰四国国徽，最上方有普希金的头像，想来应该是普希金语言学院的院徽。旁边有俄罗斯双头鹰国徽，双头鹰本是古拜占庭帝国的徽号，15世纪莫斯科大公国时期的伊凡三世（俄罗斯历史上第一位沙皇伊凡雷帝的祖父）用来作为自己国家的徽号，寓意俄国领土横跨欧、亚两大洲，兼有东方和西方文化渊源，代表着丰富、矛盾的民族性格。这也是俄国最早的国徽，苏联时期改为镰刀锤子形状，苏联解体后才又恢复原来的国徽样式。开幕式除了例行的领导致辞外，主办者特意请来莫斯科艺术学院的学生前来助兴。演员从8岁到25岁，有30多人。节目主要是歌剧和芭蕾舞，如音乐奇才柴可夫斯基的名曲《叶甫盖尼·奥尼金》（根据普希金同名长诗改编而成）、《吉赛尔》《唐·吉诃德》等，亦有俄罗斯民间舞蹈。看着这些衣着光鲜、长袖善舞的俊男靓女，让人不禁想起20世纪50年代红遍全国的芭蕾皇后乌兰诺娃，有人称"没有芭蕾的世界是不完整的世界，没有乌兰诺娃的芭蕾舞是不完整的艺术"。后来在新圣女公墓，我们还特意参观了乌兰诺娃的墓。因为不大懂舞蹈艺术，我只觉得这场演出演绎着欧洲歌舞艺术的精美，是一场奢华的视听盛宴。整个开幕式隆重、热烈，同时又不乏轻松、活泼。下午是比赛。比赛分两部分：第一部分是介绍与提问，中国学生与俄罗斯学生自愿结成一组，各自用对方语言介绍本国的一个旅游城市，再回答对方提出的问题；第二部分是从事先准备好的10道题目中任意抽取一道，进行情景对话。最后选出三名优胜者参加决赛。俄方有一名学生玛卡娅本来已入选决赛，自己主动提出，要让给另一同学。我问她为什么，她一脸真诚地说："我的中文说得不太好，她说得比我好。"相比之下，中国学生明显很看重比赛名次，没被选上参加决赛的明显情绪低落。其实，这只是一次联欢节，一次交流活动，并不像体育场上的竞赛。比赛名次并不重要，重要的是到俄罗斯参与了这次活动。

参观克里姆林宫时的导游是一位老太太。她讲解得很详细，可惜我不懂俄语，颇类俗语所说的"傻子看戏"。从入口处的缓坡进入游览区，老砖漫地，类似于哈尔滨的中央大街，只是砖要小些，更具历史的沧桑感。游览区与普京等政府首脑的办公区就隔一条路，中间有警察值守，边界处有人鸣哨提醒游客不要越界。莫斯科博大精深的文化底蕴，就隐藏在这些闻名遐迩的艺术与建筑里，隐藏在这破旧的一砖一瓦中。克里姆林宫集建筑的雄伟壮丽与政治的深邃凝重为一体，既是国家最高权力中心，又是一座宏大的博物馆。众多高大华丽、气宇轩昂的教堂、宫殿和塔楼，被誉为"世界第八奇景"。莱蒙托夫这样写道："克里姆林宫蜿蜒绵亘的城墙、幽暗的甬道、流光溢彩的殿堂，这一切都无法用笔来描述，亲自去看，去看吧！让它们自己，把所有的感觉告诉你的心灵和想象！"我们参观了圣母升天大教堂、"钟王""炮王"等景点。圣母升天大教堂始建于15世纪时的伊凡三世时期，历时五年，后来成为莫斯科的标志性建筑之一，历代俄罗斯东正教大主教和全俄罗斯东正教大牧首死后都安葬于此。"钟王"重201吨又168公斤，《美国百科全书》称之为"从未敲响的钟"。钟体曾在一次大火中被烧裂，掉下的一小块也有11吨，现放置在母钟旁边。"炮王"又称"俄罗斯枪"，重40吨，也从未打过一次炮。下午我们又参观了列宁墓、无名英雄纪念碑、朱可夫元帅像等。列宁墓一半在地下，一半在地上，用深红色大理石筑成，面向红场，庄严肃穆。据说近年也有将列宁墓迁出红场的提议，普京因担心会伤害一代人的思想感情而作罢。客观地说，苏联共产党治理70年，使苏联从一个欧洲落后的农业国一跃而成为可与美国分庭抗礼的工业强国，列宁、斯大林功不可没。无名烈士墓位于红场西北部，扁平的大理石墓碑上的五星形火炬盆中燃烧着"长明灯"，石碑上刻着"虽然你的名字不为人知，然而你的功勋永垂史册！"，前面摆有鲜艳的玫瑰花，说明俄罗斯人对自己国家民族英雄的尊敬与热爱。

在这里进修的杨老师陪我去参观察里津庄园。据说当年是为叶卡捷林娜二世修建的夏宫，我想应该类似于北京的颐和园。所不同的是，直至女皇去世这里也没有建成。在俄罗斯历史上，曾有两个叶卡捷林娜女皇。一为叶卡捷林娜一世，彼得一世皇后，1725—1727年执政，因出身贫贱而被称为"农奴女皇"。另一个是叶卡捷林娜二世，发动政变后登基，1762—1796年执政，有"风流女皇"的称号。我们一早出发，倒三次地铁，耗时1.5小时才到达察里津庄园。北京地铁4号线曾被网友称为最拥挤的地铁，其实莫斯科地铁的拥堵程度也毫不逊色。莫斯科共有11条地铁线，承担着莫斯科45%的交通运力。

下午的活动分三部分，一是竞赛，二是表演，三是颁奖。竞赛一是每组一人用肢体语言表演，内容要与本国文化相关，另一人解说。二是对下届参赛选手的希望感言。竞赛完毕，是才艺表演，有钢琴独奏、芭蕾舞、交谊舞、合唱等节目。中国队表演两个节目，一是吴多的小提琴，二是合唱。俄罗斯、芬兰的学生最有自信，俄方老师盛赞中国学生俄语学得好。这大约也反映了中西方教育的不同吧？

接下来的两天，是俄国司机和中国导游带我们参观游览。导游小韦，山东淄博张店人，《聊斋志异》作者蒲松龄的同乡，现为莫斯科通讯工程学院在读经济学研究生。车子沿莫斯科河穿城而过，途中经过彼得大帝站立船头的巨型雕像，是纪念彼得大帝创建俄罗斯海军350周年时修建的。彼得大帝（1689—1725年执政）被称为"俄罗斯帝国之父"，马克思曾称之为"雄才大略的伟人"。最令人佩服的，是他能放下沙皇之尊，化名彼得·米哈伊洛夫，以下士身份随使团出访西欧，甚至在荷兰造船厂当了6个月学徒，恐怕没有哪一个政治家能做到这一点。谢尔基耶夫位于莫斯科东北70公里，是俄罗斯金环小镇之一，建于14世纪40年代，现在是国家历史博物馆的一部分。这里的三圣大教堂也是俄罗斯最著名的教堂之一。

胜利广场包括胜利公园和卫国战争博物馆，是1995年为纪念世界反法西斯战争胜利50周年而修建的。胜利女神纪念碑是一支步枪上的刺刀形状，前面是一手持长矛、屠龙的骑士，刺刀双面的浮雕上，从下到上，依次描绘着德国入侵苏联的年份和地点。整座纪念碑高141.8米，象征着第二次世界大战时期苏联卫国战争1418个战斗的日日夜夜。前面5层台阶上，分别刻着"1941"至"1945"，每一层代表战争的一年。胜利广场向东，马路正中，是凯旋门。据说当年法国人就是从这里进入莫斯科城的。拿破仑气势汹汹，宣称要踏平莫斯科。但到莫斯科时后勤补给困难，几十万大军减员严重，最后只好无奈撤兵。

三、观感

要说对莫斯科的印象，我认为最突出的是"五多"。一是"树多"。

全市有11个自然林区、89个大型公园、400多个小公园、800多个街心花园，绿地占全市面积40%，人均绿地30多平方米，无愧于"绿色的都市"称号。二是"车多"。莫斯科有钱人多，汽车便宜，到处停满了汽车，平均每3个人就有一部汽车，这也使莫斯科交通拥堵，竟比"首堵北京"有过之而无不及。使馆教育处李先生说，哪怕性子再急的人，只要在莫斯科生活几年，也会变得很有耐心。我们看马戏那天，本来20分钟的车程就走了1.5小时，以致迟到半小时。但令人感慨的是，莫斯科的有车族，除加油外，没有任何停车费、过路费、过桥费、养路费、车船使用税等收费项目。汽油算起来比国内便宜不少，但各个加油站的价格不一样。三是"教堂多"。我们参观最多的就是东正教堂，各式各样的都有，既庄严肃穆，又美仑美奂。教堂联系着政治、信仰、文化、艺术，似乎与人们的日常生活息息相关。四是"艺术品多"。不要说参观过的特列季亚科夫画廊、克里姆林宫的建筑与收藏品，单是街上随处可见的城市雕塑、纪念碑等，无不洋溢着浓郁的艺术气息。甚至连新圣女公墓里的死者牌位，都是造型各异、生动传神的雕塑艺术品。这个类似于北京八宝山的地方，完全可以说是一座雕塑艺术博物馆。俄罗斯人高大魁伟的身躯，宽广豁达的胸怀，慷慨、豪爽而忧郁的性格，坚韧、顽强的毅力，超强的天赋和创造力，在这些艺术作品中充分表现了出来。五是"美女多"。俄罗斯美女闻名遐迩，身材修长，明眸善睐，婀娜多姿。有国人仿"云南十八怪""陕西十八怪"总结出"莫斯科十三怪"，其中就有"姑娘比小伙长得帅，十六七岁生小孩，三十多岁当奶奶，干活都是老太太"。

再访日本

丁酉年（2017年）春节，我们先到锦城看望老人，于正月初四赴东瀛旅游（1月31日至2月9日）。与前年到夏威夷、西雅图、波特兰，去年到曼谷、清迈、吴哥一样，这次仍选择自由行。2004年我曾到过日本，12天。这是第二次，10天。两次访日性质不同，上次是学术交流，属于公务，这次则是旅游，纯玩儿型。前后相隔十多年，正可相互补充。虽说不免走马观花，浮光掠影，却也丰富了我对日本的认识与理解。

到国外旅游，首先要解决的是吃住行，最大障碍则是语言。我虽然曾学过一年日语，但那是作为第二外语学的，本来就没有下多大功夫，这么多年不用，早已经还给了老师。好在日语中有许多汉字，连猜带蒙，总能八九不离十，一般交流没有多大问题。再说人与人之间交流方式很多，语言不是唯一的，有时手势、动作甚至一个微笑都能传情达意。据说梁启超当年逃亡日本时，一个月就学会了日语（也有人说就在船上凭一本日汉词典就学会了）。画家蒋彝30岁远赴英伦时，只会5个英语单词，自称"哑行者"，后来成为哥伦比亚大学教授，出版12本"哑行者画记"系列画册。我还在网上看到过一背包旅行老太太，不会一句外语，穷游20多个国家。可见对旅行者来说，语言根本不是问题。过去说

"秀才不出门，便知天下文"，现在科技发达，就更加方便了。

我第一次到日本，是应邀参加在东京二松学舍大学举行的"东亚汉语言文字教育现状与展望国际学术研讨会"，并作"中国语文中的古典教育"基调报告。那真是一次轻松愉快之旅，一是所有费用（约50万日元）由会议承担，二是同行的孙诚教授曾在日本生活多年，吃住行都不用我操心，三是所到之处都有她朋友接待。在东京，沟口贞彦教授不仅亲自接机，还招待我们横滨一日游；青木五郎教授以汾酒与我们"酒逢知己千杯少"；正在东京大学做讲座教授的北大傅刚教授请我们体验日本居酒屋。在京都，滋贺大学木全教授陪同参观他任校长的附属学校，我一说起家乡河南商水离少林寺不远，孩子们立刻兴奋欢呼起来。楠山博士和我各租一辆自行车游览，并陪我参观奈良东大寺。在大阪，我们参观了大阪中国语文学院，品尝来自云南的松茸，游览环球影城，等等，都留下非常深刻而美好的印象。

这次因为是自由行，则完全靠自己。手机里下载了谷歌地图、出国翻译官和穷游等APP，一路上赏美景，品美食，领略日本历史文化。虽不无波折，如误入意大利餐厅却不知怎样点餐之类，但基本上还算顺利。

前几年有句流行语，"世界那么大，我想去看看"。问题是，那么大的世界，到哪里去看，想看什么，最后看到了什么，有什么收获，每个人恐怕都不一样。两次访日，我印象最深的有以下几点。

一、宗教色彩浓，仪式感强

日本是个多宗教国家，主要是神道、佛教和基督教三大宗教，还有一些小宗教。在日本，一个人可以同时信仰两种乃至多种宗教。所以，日本的热门旅游景点要么是神社，要么是寺庙。前者是本土的，后者是外来的，日本佛教是从中国经朝鲜半岛传入的。我和吴福祥师弟曾点校过一本《祖堂集》（岳麓书社2000年），这本书就是沿着这样的路径传播的。上次因为不以参观为主，印象不深，这次则留下了深刻印象。东京的明治神宫、浅草寺，京都的伏见稻荷大社、金阁寺、清水寺、建仁寺，奈良的春日大社、唐招提寺、兴福寺、东大寺等，既是重要文化遗产（有的还是世界文化遗产），又是游客众多的旅游景点。与在泰国参观皇宫和寺庙须脱鞋不同，这里则要求祝祷前净手，以示敬重，所以神社或寺庙前都有净手设施。在明治神宫，我们还碰巧赶上一场和式婚礼。据说很多日本名人都喜欢在神社举行婚礼，大概类似于西方人多在教堂举行婚礼一样，庄重、肃穆，仪式感强，能给人生留下深刻记忆。

二、博物馆美术馆多，文化艺术氛围浓

在各旅游景点、车站码头、宾馆饭店等公共场所，摆放着各式花花绿绿的宣传品，其中最多的就是美术馆或博物馆的资料。我们只参观了两个有代表性的，一个是奈良国立博物馆，另一个是箱根雕刻之森美术馆。奈良博物馆就建在奈良公园内，建于1895年。有人说，东京、大阪、京都、奈良相当于我们的北京、上海、西安、洛阳。洛阳固然有龙门石窟、白马寺和洛阳博物馆，但奈良作为日本曾经的国都，通过博物馆展示其历史文化与独特气质，这一点也很值得我们学习。不仅外观雄伟大方，内饰也风趣优雅。最有特色的是佛像馆，也是日本唯一的佛像专门馆，收藏着各类佛像近百尊，其中一半以上被定为国宝级文物及重要文化遗产。另有名品展和青铜器馆，前者展有许多佛教美术作品，

后者是中国古代青铜器，多达200件，由古代美术品收藏家坂本五郎捐赠。在地下回廊展示区，还看到台北故宫博物院北宋汝窑和董其昌美术展的海报。阅览区则放着工具书、大型美术史及历史考古类图书。我顺手翻阅了《教科书中最重要人物185人》，其中有秦始皇、成吉思汗和毛泽东。雕刻之森美术馆由富士财团赞助，建于1969年，在神奈川县足柄下郡箱根町山中，以自然景观与四季风光为背景，是日本第一家以雕刻为主题的野外美术馆。艺术与自然巧妙地融合在一起，观众可以带着郊游的心情，感受艺术家的创造精神，体验艺术作品的无穷魅力。限于时间，我们只参观了户外的现代派立体雕塑和毕加索馆，第一次看到毕加索那么多作品，有斗牛组画、人物画、陶器、雕刻等。我们还享受了免费的流动温泉足浴，另有供小孩游玩的彩泡城堡等。

三、现代化程度高

中国过去一直视日本为"蕞尔小国"，不少国人至今仍习惯称"小日本"。我想这可能有以下原因：一是日本面积小，居世界第61位，人均耕地面积仅约300平方米，远远小于我国；二是日本人过去个头小，据说现在日本人的平均身高也在增加；三是国人对日本的仇恨心理。我们从小是看着《地道战》《地雷战》《甲午风云》，唱着《大刀向鬼子们的头上砍去》长大的，一说起日本，马上会想到南京大屠杀，想到"三光政策"，想到烧杀抢掠、无恶不作的日本鬼子。其实，只要我们不存偏见，以平常心到日本走一圈儿，你不得不承认，其现代化程度确实高，基础设施完善，高楼大厦林立，地铁四通八达，新干线方便快捷，社会治安好，是名副其实的发达国家。东京的繁华，京都的厚重，大阪的现代，甚至小田急沿线、西京等乡村地区，也都整洁有序。尽管近年来经济出现下滑，但其现代化程度仍是我们现在没法比的。

四、勤奋敬业，善于学习

日本人勤奋敬业世界闻名，对人彬彬有礼，国民整体素质较高。我曾注意到两个细节：一是鞠躬。商场员工不管是到办公室还是去洗手间，离场时都要转身鞠躬，不管有没有顾客注意到他们。列车员每巡视一节车厢，进出都要向乘客鞠躬示意，看来已成为习惯性动作。二是注意公共秩序。地铁上非常安静，严禁使用手机。如果有人在火车上用手机，一定会在两节车厢连接处，以不妨碍别人为原则。我曾对东京没有雾霾不少年轻人却带口罩感到不可理解，后听人讲可能是感冒了怕传染给别人，也可能是女孩子起晚了来不及梳妆打扮。如果公司员工感冒了，老板一定会让你回家休息，同事也会感激你。处处为别人着想，至少不要妨碍别人，把做好自己的工作视作本分，应是一个和谐健康社会所必需的。

日本人善于学习，也值得我们借鉴。他们早年学中国，后来转学欧美。其实这也是人之常情，要学当然就学最好最先进的。唐宋时期，中国是名副其实的世界头号大国，从唐太宗贞观四年（公元630年）舒明天皇向唐朝派使节以及留学生、留学僧开始，日本连续200余年先后遣唐19次，恨不得把大唐的文物制度统统搬到日本，这就是我们今天还能在唐招提寺、清水寺、建仁寺看到那么多唐代风格建筑的原因。东京日本桥头的青铜麒麟，象征着日本明治时期的腾飞，是其脱亚入欧的标志。麒麟是由中国传入日本的神兽，青铜则为中国古代礼器的常见材料。

日本与中国大陆最近处400余海里，离中国台湾仅100多海里，是典型的"一衣带水"邻邦。历史上日本曾臣服于中国，汉武帝刘彻颁发的三枚王印，其中一枚就是"倭王印"。东汉光武帝刘秀在建武中元二年赐"倭奴国王"金印。但近代以来，日本经过明治维新，国力强盛，军国主义兴起，妄想称霸世界，由中国台湾、朝鲜、中国东北，进而扩大到全中国。去年我们纪念世界反法西斯战争暨抗日战争胜利70周年，其实日本早已不是当年的日本，中国也不是当年的中国。放眼世界，经济全球化，区域一体化，交流交融交锋常态化，任何力量都无法阻隔，也阻隔不了。当年林则徐、魏源提出"师夷长技以制夷"，曾引领一大批仁人志士"冷眼向洋看世界"，要看的，既包括西洋，也包括东洋。政治家周恩来、蒋介石、陈独秀、李大钊、张闻天、邓子恢、廖仲恺、秋瑾，学者王国维、章太炎、康有为、梁启超、陈寅恪，文学家鲁迅、郭沫若、郁达夫，军事家蒋百里等，都曾东渡日本，寻找救国救民的真理。今天我们更不能故步自闭，自树樊篱，而应放眼世界，主动作为，走出去也不能只是"逛吃"，更不能只盯着人家的马桶盖，重要的是放出眼光，运用自己的脑髓，学习别人的先进经验，以求扬长避短，增益改进，把我们自己的事情办好。

旅欧纪略

　　从2018年10月起，我开始正式享受退休生活。这应该是我人生中的一个重要节点，内子特意安排了欧洲游。无论是在国内还是国外，我们一向喜欢自助游。日本、泰国、柬埔寨、马来西亚、新加坡、美国、加拿大等都是如此。这是我们第一次到欧洲旅游，因为总有人说到欧洲的安全问题，就听从女儿的建议，先来个简便些的，积累些经验，以便日后再到欧洲自助游。于是选择维京游轮，沿多瑙河顺流而下，参观游览了奥地利、德国、捷克、斯洛伐克、匈牙利五国，历时11天。探寻人文胜迹，感受欧洲风情，欣赏异域风景，品鉴当地美食，沉浸式体验，细节性捕捉，探访原汁原味的中欧，是一次充实而愉快的探幽寻胜之旅。

　　出国旅游最麻烦的是语言不通、交流困难，其次是交通，吃住倒还在其次。一般旅行团时间安排很紧，导游多一事不如少一事，能省则省，往往是上车睡觉，下车拍照。选择游轮就不存在这些问题。维京游轮有中文导游全程陪同，因身穿红衣，又称"小红人"，另有专门请的当地导游。吃住都在船上。菜品非常丰盛，中西皆备，既有西式牛排、烤肉、三文鱼，也有担担面、酸辣粉之类，葡萄酒及各种饮料自由取用。有酒吧、书吧，还有钢琴师现场演奏。房间设施齐全，出行有大巴接送。每天有《维京日报》，报道次日行程等相关信息。对中国人来说，还有一个好处，就是不必考虑小费的问题。对于想探访欧洲却不会说当地话，又不愿意跟着导游疲于奔命，甚至还想边旅游边写作的我来说，无疑是一种更适合更高品质的旅行方式。

我们乘坐的游轮是芙蕾雅号（FREYA）。相传公元8世纪，一些维京人作为新的海上力量异军突起，他们是探险家，也是侵略者，从斯堪的纳维亚出征，为了冒险、征服和探索而出航，手中利器就是平稳而又敏捷的长船，这就是维京内河游轮的前身。据说芙蕾雅是北欧神话中的美与爱之神、尼约德的女儿，与姐姐共同掌管农作物的丰收。因为有着出众容貌，对珠宝首饰十分喜爱，为了换取黄金项链，她竟愿同四个侏儒每人共度一天一夜。"女士"一词即由她的名字演化而来。

我们这艘游轮的游客来自世界各地，共有百余人，但都是华人，以中老年为主。我们从北京到巴黎戴高乐机场转机，到达维也纳。游轮工作人员除船长、大副及个别厨师外，都是中国人。服务非常周到，有欢迎晚会、欢送晚会，有助兴民俗歌舞表演。每当我们从外面参观回来，工作人员总会说"欢迎回家"，让人倍感温馨，顿时有了家的感觉。

虽说是欧洲五国游，实际上大部分时间在奥地利。从维也纳出发，沿多瑙河前行，到布达佩斯结束。德国、捷克、斯洛伐克和匈牙利只停一地，但都极有特色，多为世界文化或自然遗产，一般旅行者很难到达。在维也纳，我们参观了斯蒂芬大教堂、茜茜公主博物馆、霍夫堡皇宫、美泉宫和美景宫，到奥斯佩格宫欣赏莫扎特、施特劳斯音乐会，到瓦豪河谷的施皮茨小镇品尝葡萄酒，在萨尔茨堡寻找音乐大师莫扎特、卡拉扬的足迹，在梅尔克小镇参观著名的修道院图书馆，在捷克的克鲁姆洛夫沐浴中世纪古城的蒙蒙烟雨，在德国帕绍感受三河交汇奇观，在布拉迪斯拉发寻访拿破仑与神圣罗马皇帝签订《普莱斯保和约》的大主教宫殿，在匈牙利布达佩斯参观布达古城堡和链子桥。当然，我也借机恶补了中欧人文历史地理知识，体验了"读万卷书，行万里路"的乐趣。

奥地利是位于中欧南部的内陆国家，也是欧洲重要的交通枢纽。东边是匈牙利和斯洛伐克，南边是意大利和斯洛文尼亚，西边是瑞士和列支敦士登，北边则是德国和捷克。奥地利在德语中意为"东方的疆域"，历史上曾归属于神圣罗马帝国和奥匈帝国。奥地利二战期间被德国法西斯吞并，后被苏、美、英、法分区占领。1955年宣布永久中立，不参加任何军事同盟，也不允许在其领土上设立外国军事基地。因为地形东西宽而南北窄，不少人觉得奥地利很像一把小提琴。连绵起伏的阿尔卑斯山横贯境内，斑斓的多瑙河蜿蜒流淌。奥地利人多数信奉天主教，说奥地利德语（德语的一种区域性变体）。近年来，由德国、奥地利、瑞士等德语区国家联合进行德语"正字法改革"，正在使奥地利德语逐渐国际化，但奥地利人仍很忌讳被误认为德国人。奥地利面积并不大，仅相当于我国的重庆，875万人口，其中20%在首都维也纳。奥地利是高度发达的资本主义国家，也是世界上最宜居的国家之一。

奥地利被称为"音乐王国"，涌现出众多名扬世界的音乐家：海顿、莫扎特、舒伯特、布鲁克纳、约翰·施特劳斯父子，还有出生在德国波恩但长期生活在维也纳的贝多芬等。他们都曾在此谱下辉煌的乐章，为奥地利留下了极其丰厚的文化遗产，使之成为一座当之无愧的艺术殿堂。维也纳新年音乐会、萨尔斯堡音乐节等都是世界著名的音乐盛事，维也纳爱乐乐团更是世界首屈一指的交响乐团。

这次欧洲之行，给我印象最深刻的有以下四点。

一、对历史的尊重与敬畏

一路走来，到处可见庄严的教堂、华丽的宫殿以及雄伟的城堡。神圣罗马帝国和奥匈帝国的辉煌，从古罗马式的壮丽到哥特式的精致，再到巴洛克式的离经叛道，都能感觉到欧洲人对古老历史的尊重与敬畏。奥地利的历史可追溯到史前时期，早在旧石器时代，多瑙河地区就有人类的足迹。公元前15年罗马帝国曾把这里设为行省，但"奥地利"这个名字最早见诸文献是在996年，相当于中国的北宋时期。国旗为红、白、红相间。据说奥地利大公国时期的巴本堡公爵与英王查理一世激战时，公爵的白色军衣几乎全被鲜血染红，只有佩剑处留下一道白痕。从此，公爵的军队就采用红白红作为战旗颜色，后来成为奥地利国旗颜色，体现了奥地利人对历史的尊重。国徽则是一只戴着金冠的黑色雄鹰，两只爪子分别抓着金色的锤子和镰刀，胸前盾面上为国旗图案，鹰爪上还套着被打断的锁链。鹰是奥地利的标志，金冠象征国民，镰刀和锤子象征农民和工人，锁链被打断象征奥地利人民获得解放与自由。国歌《让我们拉起手来》更显示出奥地利人民的文化自信："群山巍峨，江河浩荡，尖塔高耸，禾苗满望，铁锤挥舞，前程无量。你是伟大子孙的祖国，你是善良人民的故乡，奥地利声名远扬。顽强战斗，踊跃争先，你是一颗坚强的心，跳跃在大陆中间。你诞生在古老的年代，有崇高的使命在肩，奥地利久经考验。阔步向前，自由无碍，勇敢地跨进新时代，愉快地劳动，相信未来。"这与新时代中国的主旋律非常接近。

二、对英雄的景仰与崇拜

近年来，我国出现了一股贬抑英雄的逆流，比如对岳飞、文天祥等民族英雄，对狼牙山五壮士等抗日英雄，对黄继光、邱少云等抗美援朝英雄，都曾出现过不同的杂音。而在欧洲，对英雄的景仰与崇拜则随处可见。教堂、宫殿、城堡甚至街头巷尾，到处都有人物雕像，多半是对民族英雄的致敬。维也纳的美景宫是经哈布斯王朝时期的卡尔皇帝批准，为表彰欧根亲王英勇抵抗奥斯曼土耳其入侵、立下赫赫战功而赐予他的。布达佩斯市中心的英雄广场是1896年为纪念匈牙利民族定居欧洲1000年而兴建的，象征着几经战争浩劫的匈牙利人民对民族英雄的怀念和对美好前途的向往。石柱基座上是以阿尔帕德为首的7位部落英雄青铜像，脚跨战马，威风凛凛。后面才是匈牙利14位有代表性的国王和政治家塑像。国会大厦正门外的科苏特广场（又称"自由广场"），也是两位匈牙利民族英雄雕像，北侧是科苏特，南侧是拉科齐，是两位反抗哈布斯堡王朝的英雄，体现了匈牙利人民争取民族独立与自由的决心和意志。2欧元纸币上印着和平战士贝尔塔·冯苏特纳女士的头像（1843—1914，1905年获诺贝尔和平奖）。其实，无论对哪个民族来说，英雄都是国民精神谱系中最醒目的标识，是道德星空中最璀璨的星辰。每一位为国捐躯的先烈都应该被铭记，每一种精忠报国的精神都应该被仰望。

三、完善而人性化的社会保障系统

奥地利经济发达，个人月平均工资近2000欧元，国民生活水平居世界第5位。在奥地利人看来，人是最重要，也是最有价值的，人的劳动理应得到丰厚回报。社会管理以人为本，有着完善的社会保障系统。人们每周只上4.5天班，富人是极少数，大多数人收入差距不大，所以人们也很少有攀比心理。实行九年义务教育，学费、书本费及交通费均由国家负担。凡有高中毕业文凭者皆可免试上大学。医疗免费，低收入者由政府提供廉租房。鼓励生育，不仅女方有产假，男方也有产假。女方的产假2—3年不等，产假期间任何单位不得开除，工资发80%，政府另有生育补贴，算起来跟上班差不多。男方的产假一般是一年，意思很明显，就是倡导父母多陪伴孩子。街上到处可见反家庭暴力的维权电话。人与人之间相互尊重。比如，作为"音乐之都"，练琴的自然多，法律有明确规定，每天8：00—22：00可以练琴，但同时也保障每个人都有不受噪音干扰的权利。如果你要练琴，必须先与邻居沟通，签订协议。如果对方不同意，对不起，你只能搬家。据说贝多芬就是因为练琴打扰了邻居而不断地搬家，以至于今天维也纳保留了很多"贝多芬故居"（Beethovenhaus）。

欧洲人很讲究生活质量，人们宽容大度，热爱生活，菜肴精美细致。除一日三餐之外，上下午各有一次点心，在悠闲品味的同时，常要伴以音乐助兴。古色古香的咖啡馆星罗棋布，以至于维也纳的咖啡文化竟被列为"世界非物质文化遗产"，布达佩斯早在百年前就是"五百咖啡馆之城"了。

四、中欧的中国元素

所到之处，中国元素无处不在。据说每年有800万中国人到欧洲旅游，基本上每家奢侈品店里都能见到会讲中文的工作人员。现在世界越来越承认中国带给世界的财富，尤其是中国人的巨大购买力，是任何国家尤其是商家都会热烈欢迎的。捷克克鲁姆洛中心广场有"上海饭店"，布拉迪斯拉发老城有华丽宫中餐馆。这一方面固然说明欧洲本身充满魅力，对中国游客具有强烈的吸引力，另一方面也有着历史和现实两方面的原因。

从历史来看，往远了说，匈牙利、斯洛伐克不少人自认为是中国匈奴人的后裔，具有浓厚的中国情结。他们与中国西北一些少数民族有着惊人的相似之处，如崇拜日月、歃血为盟、结婚礼仪等，匈牙利的国菜就是土豆烧牛肉，甚至有人认为"匈牙利"这一名称就是从"匈奴"演变过来的。从近的说，我们要感谢民国时期湖南人何凤山。二战期间，何凤山任中国驻维也纳总领事，向数千名犹太人发放了前往上海的签证，使他们免遭纳粹杀害。这一义举长期被历史尘埃淹没，近20年来才逐渐为世人知晓，以色列政府授予他"国际正义人士"称号，并在耶路撒冷为其竖立纪念碑，上面刻着"永远不能忘记的中国人"。奥地利维也纳、以色列特拉维夫、美国旧金山、中国上海均建有纪念碑或纪念牌，米兰建有何凤山广场，联合国称他为"中国的辛德勒"。

从现实来看，今年四月，奥地利总统范德贝伦率总理库尔茨等出席亚洲博鳌论坛2018年年会，被认为是史上最高规格代表团。河南、山东、浙江、湖南、贵州、广西、海南以及成都、徐州、南宁等省市都与奥地利及其州市建立了友好关系。奥地利有三万华人，主要分布在维也纳、格拉茨和萨尔茨堡等大城市，有《欧洲联合周报》《欧洲华信报》《中国人报》等华文报纸。

欧洲人多数是慷慨友善的。匈牙利国父伊斯特万国王曾在给他儿子伊姆雷的《箴言》第六章中说："异乡人和外国人是最有用的，他们完全担当得起王室荣耀的第六要素。一个国家如果只有单一的语言和风土习惯，不仅是软弱的，而且很容易被瓦解。"近年来，欧盟推行东扩战略，我国则有"一带一路"倡议。随着这些方面的稳步推进，尤其是新亚欧大陆桥的开通，中国与欧洲的联系会越来越紧密，也更加方便快捷。

| 维也纳印象

　　奥地利首都维也纳在全球最宜居城市排名中常年位列前茅，被称作"世界音乐之都"，是欧洲重要的文化、艺术和旅游城市，还是美食家的天堂。多瑙河穿过市区缓缓流过，到处郁郁葱葱，生机勃勃，享有"多瑙河女神"的美誉。在我们游轮驻泊的对岸，即可遥望联合国城，是联合国继纽约、日内瓦以外的第三个行政机关办公地，石油输出国组织、欧洲安全与合作组织、国际原子能机构总部就设在这里。

　　我们在维也纳的当地导游姓王，浙江湖州人，北京外国语大学毕业，曾在北京生活十多年。她对中国历史与现状非常熟悉，对奥地利历史文化更是如数家珍，而且非常敬业，常把奥地利与中国进行对比，是一位资深导游。通过她的讲解，我们不仅了解到现代、时尚的奥地利，而且感受到奥匈帝国时期厚重的历史文化。

　　因为我们在维也纳只停留两天，只能有选择地参观几个主要景点：斯蒂芬大教堂、霍夫堡皇宫、茜茜公主博物馆、美泉宫、美景宫等。斯蒂芬大教堂位于维也纳市中心，有"维也纳心脏"之称，其高度仅次于德国的科隆教堂和乌尔姆教堂，居世界第三。最引人注目的是屋顶上色彩缤纷的湿壁画，被称作"维也纳的精魂"。我参观时在想，在这寸土寸金的市中心，早在几百年前就建起这样宏伟气派的教堂，而且任何人都可以自由进出，这不正反映了人们对精神的追求吗？霍夫堡皇宫是奥地利哈布斯堡王朝皇帝的冬宫，建成于1713年，现为政府办公区，游人可以自由穿梭。总理府门前也只有一个人站岗，旁边就是总统办公的地方。在特定的日子，老百姓甚至可以约见总统，并与之对话合影等。这种平等意识与中国传统的尊卑等级观念可谓大相径庭。茜茜公主博物馆是维也纳政府为纪念和庆祝奥匈帝国皇帝弗朗茨·约瑟夫一世和皇后伊丽莎白（即茜茜公主）结婚150周年而建造的，收藏有她的许多私人物品和肖像画。茜茜公主出生于德国慕尼黑的贵族家庭，15岁时随母亲和18岁的姐姐海伦去奥地利度假。母亲的本意是想让她姐姐引起23岁的表哥弗朗茨·约瑟夫一世的注意，结果表哥竟对茜茜公主一见倾心，娶作皇后，正所谓"有心栽花花不成，无心插柳柳成荫"。美泉宫又音译作"申布伦宫"，曾是神圣罗马帝国、奥地利帝国、奥匈帝国和哈布斯堡王朝家族的夏日行宫，是1743年由玛丽亚·特蕾西亚皇后下令修建的。莫扎特6岁时的第一次宫廷演出、奥匈帝国皇帝弗朗茨·约瑟夫一世的出生都在这里。这里处处显示出皇家风范，精妙绝伦。不少房间都摆放着我们熟悉的青花瓷、紫檀、象牙等具有中国元素的藏品。据说特蕾西亚皇后与清代乾隆皇帝私交甚好，互赠礼品也属正常。美泉宫1996年被列入《世界遗产名录》。

美景宫又名"贝尔维第宫"，也是维也纳著名的巴洛克式宫殿，又分上美景宫和下美景宫，中间被17世纪法式花园的花坛隔开，现为奥地利美景宫美术馆。既有梵高、莫奈等名家的绘画真品，也有19世纪和20世纪的奥地利绘画，其中以奥地利19世纪末至20世纪早期的三位杰出艺术家古斯塔夫·克里姆特、埃贡·席勒和奥斯卡·科柯施卡的作品为主。印象最深的是克里姆特的《吻》，男女主人公紧紧拥吻在一起，背后就是悬崖峭壁，似乎在警示人们，爱情虽美好，风险同样高，一不小心就有可能粉身碎骨，蕴含着生死与共、阴阳合一的人生哲理。

到维也纳，不能不提这里的音乐氛围。维也纳被誉为"华尔兹城"，是欧洲古典音乐的摇篮，可谓群星璀璨，名家辈出，如贝多芬、莫扎特、舒伯特、海顿、施特劳斯等。始建于1861年的维也纳歌剧院是世界四大歌剧院之一，有"世界歌剧中心"之称。多瑙河畔，时时处处都可听见熟悉而优美的旋律。始建于1867年的维也纳爱乐之友协会音乐厅是维也纳最古老也是最现代的音乐厅，其中的"金色大厅"是每年维也纳新年音乐会的举办地，为国人所熟悉。我们去奥尔斯佩格宫音乐厅欣赏的"莫扎特及斯特劳斯音乐会"，共有9位艺术家，以小提琴为主，另有中提琴、大提琴、钢琴、黑管等。首席小提琴是一位神采飞扬的婀娜女郎。除演奏音乐外，还不时穿插着歌剧和舞蹈，使演出充满喜感，增加了观赏性。据说莫扎特小时候就常跟随其父到这里听音乐，他的第一场音乐会也是在这里举办的。我们是当晚的第二场演出，本来我习惯于早睡早起，要在平时，早已进入梦乡。因为这是我平生第一次走进正规音乐厅，不仅按要求着了正装，还打起精神听完全场，是一场难得的视听盛宴，也算是一次高雅的艺术享受。

集体项目结束后是自由活动时间，多数人忙于购物，我们参观了维也纳大学、奥地利国家图书馆，乘马车游览了古城堡。维也纳大学建于1365年，由哈布斯堡王朝公爵鲁道夫四世捐助，是奥地利历史最悠久的大学，也是德语区国家最古老的大学之一，在校学生8万多。出租车把我们送到校门口的环城大道。这里不像国内高校，没有保安，也不用登记，甚至根本就没有围墙，游人可以直接进入校园，在各个教学楼间穿梭。推开教室门，有学生在安静看书。在走廊或中庭所见学生，或步履匆匆，或立阶闲谈，或依椅品茗，或独自发呆，安静，悠闲，自在。据说饭点时游人也可以在学生食堂用餐，没有任何限制。我在教学楼卫生间洗手时，对西方人的人高马大有了真切感受，因为面镜里只能看到自己的半张脸。校园内到处可见精美雕像，两栋对称的教学楼，正面是11位雕刻大师的杰作，既有历史故事、古代神话，也有现代科学巨匠，简直就是一座建筑、雕刻与绘画艺术博物馆。大楼正中是占地3300平方米的庭院，矗立着卡斯泰利娅（山林水泽女神）雕像喷泉，象征着智慧的源泉喷发不息。我在想：该校拥有27位诺贝尔奖获得者是否与这种宽松、自由、开放、严谨的学术环境有关呢？当然还有奥地利总统伦纳、瓦尔德海姆，物理学家薛定锷、多普勒，文学家茨威格，心理学家弗洛伊德，音乐学家阿德勒，生物学家贝尔以及西门子总裁罗旭德等知名校友。

从维也纳大学出来，我们跟着百度地图，来到位于霍夫堡皇宫中的奥地利国家图书馆。门票8欧元/人，可进到二楼大厅参观。如同去年我们参观过的纽约市立图书馆一样，穹顶也是极精美的湿壁画，主题多为《圣经》中的神话故事。四面墙壁都摆放着该馆典藏，庄严肃穆，古色古香。该馆前身为哈布斯堡皇家图书馆，肇始于14世纪的宫廷图书馆。皇帝腓特烈三世（1440—1493年在位）及其子马克西米连一世（1493—1519年在位）都热衷于艺术、科学和藏书。1590年已藏有9000卷，现有藏品300万种740万件，不仅有大量手稿、古版书、印刷书，还有地图、铜版画、乐谱、电影胶片，甚至肖像、照片、藏书票、戏单等。令人惊叹的是，这里虽贵为皇家图书馆，但馆藏对外公开使用，读者正常使用一律免费，特殊服务（复印及上网）才收取成本费，可见其服务学术的公益性质。

从图书馆出来，我们乘坐马车在霍夫堡古城观光。价格有两种：一种是20分钟，收费55欧元；一种是40分钟，收费80欧元。我们选择了20分钟的，到此一游而已。马车装饰华丽，纯白色，车夫兼导游。每到一个重要景点，他都会向我们介绍，比如中央咖啡馆、莫扎特博物馆等。可惜我们听不懂他讲的奥地利德语，只能通过其手势及建筑物牌匾上的英文标识加以辨认。

本来还想去中央咖啡馆喝杯咖啡的，因为当年约翰·施特劳斯父子、列宁、斯大林、弗洛伊德等名流都常在那里喝咖啡，但一看门前排着长队，只好作罢。环城大道上的帝国酒店，据说接待过日本天皇，希特勒曾在那里当过门童，也没有机会去看，只好留下遗憾了。

德国小城帕绍

帕绍是德国东南边境小城，是多瑙河在德国流经的最后一站。因为多瑙河、莱茵河、伊尔茨河在帕绍交汇，故此城又被称作"三河城"。帕绍属于德国巴伐利亚州，具有独特的地理优势，所以又被称为"巴伐利亚的威尼斯"。帕绍在历史上曾由一个独立的侯爵主教统治，长达600年之久。自1803年以后才归属于巴伐利亚。巴伐利亚位于德国东南部，虽说人口在德国排第二，但面积最大，也最富裕，宝马、西门子等著名品牌都在该州。州府慕尼黑，帕绍距离慕尼黑市140公里。"巴伐利亚"这一名字原是罗马帝国统治时罗马人给命名的。慕尼黑和纽伦堡是希特勒纳粹党的根据地。2004年，巴伐利亚州与中国广东省缔结为友好省州。

帕绍的老城区地处莱茵河和多瑙河交汇形成的狭长半岛上。我们冒雨跟着导游，沿多瑙河前行，参观了三河交汇处、老市政厅和圣斯蒂芬主座教堂。三条河流颜色各异，多瑙河水呈蓝黑色，茵河水奶白色，伊尔茨河水显绿。河边塑有当地女诗人艾莫伦茨·迈耶（Emerenz Meier，1874—1928）铜像。她是巴伐利亚最受欢迎的诗人，创作多以"故乡"为主题，代表作为《来自巴伐利亚森林》。1898年皇家摄影师将她身着巴伐利亚传统服装的照片制作成明信片 *Greetings from Waldkirchen*，传遍全世界。虽然后来因经济原因移居美国芝加哥，但仍被当地人引以为荣。

老市政厅属于哥特式建筑，跟昨天我们在施皮茨小镇看到的一样，但值得一记的有二：一是左边墙上镶嵌着茜茜公主雕像，当年她嫁给弗朗茨·约瑟夫一世时，就是从这里起程的，而且曾在旁边的Hotel Wilder Mann宾馆下榻。茜茜公主雕像面朝慕尼黑，背朝奥地利，有点儿向故乡依依惜别的意思，类似于青海日月山文成公主进藏的传说。二是右边墙上有一个水位牌，记录着帕绍从1501年至2013年以来历次洪水的高度。第一大的是1501年那次，第二大的就是2013年那次。德国人尊重历史、警示后人的严谨认真，不禁让人肃然起敬。

圣斯蒂芬主座教堂矗立在帕绍老城最高的地方，巴洛克式建筑风格，富丽堂皇，金碧辉煌。据说1662年曾几乎全部毁于一场大火，而后由当时著名的建筑师重新设计建造。其奇特之处，在于她拥有世界上最大的管风琴之一，共有17947个音管、233个音栓。在主要的演奏台上可以同时演奏这个巨大的管风琴的5个部分，具有独一无二的音响效果。据说中午晚上都有音乐会，可惜我们无缘欣赏。烟雨蒙蒙中，我们漫步在小镇的石板路上，近看有清澈河水，远眺有高高耸立的高家古堡，小镇纯净质朴的自然风光与人文胜迹交相辉映，让人有超然物外之感。

下午自由活动，我们去参观韦斯特城堡（Veste Oberhaus，又称"高家古堡"），门票4欧元/人。有人说，德国是靠古堡建立起来的国家，境内分布着大大小小数千座古堡。韦斯特城堡虽然不像德国新天鹅堡、利希滕斯坦城堡那么有名，但据当地人称，也是欧洲保留下来的最大古城堡之一，高高矗立在多瑙河对岸的山上。古堡标明重建的时间为1449年，但中间的两个"4"却像两个中国结，说是取"8"的上半，据说这是拉丁文的表示方法，我还是第一次看到。内有帕绍市历史博物馆，陈列着帕绍及周边的考古文物，揭示了帕绍城生动丰富的历史画面以及宗教统治历史。有兵器，有雕塑，也有生活用品，是一座精美的城堡文化博物馆。站在上面往下，可以俯瞰帕绍城，三河城梦幻般的迷人景色尽收眼底。值得一提的是，这里的中巴车司机非常敬业，虽然只有我们4个乘客，但服务一丝不苟。我们上车就买了往返车票，下车时他还特意提醒我们下一班车和末班车的时间。结果我们参观完就随着别的旅游团徒步下山了，并没有用返程票，该不会让他担心吧？

作为教育工作者，我每到一地，总是特别留意当地的文化教育情况。帕绍市只有5万人口，光帕绍大学就有2万人，因此帕绍又是德国典型的"大学城"。帕绍大学坐落于莱茵河畔，风光旖旎，可以遥望奥地利，有全德国最美的校园，也是德国最年轻、最富有活力的大学之一。帕绍大学成立于1978年，但合并了1622年至1633年成立的帕绍哲学神学院。在2018年度世界范围内校龄不超过50年的年轻大学中排名27位，在德国位列第三，校训为"改变、创新、发展"，是德国最具创新性、发展最快的年轻大学之一，属于南德"小而精"的国立综合大学。

2015年10月，帕绍曾登上世界各大媒体头条，每天平均700名难民被人贩子从叙利亚、阿富汗、伊拉克等国偷运到帕绍，再进入德国和其他西欧国家。由于地理位置特殊，交通便利，帕绍已成为大批难民进入德国和其他中西欧国家的热门中转站。不过我们一路走来，倒是一派安静祥和，并没有看见什么难民。

捷克小镇克鲁姆洛夫

捷克小镇克鲁姆洛夫（中国人简称"CK"），虽然只有1.6万名居民，却以历史悠久、山清水秀而闻名，有点类似我国云南大理、丽江或安徽宏村、西递。据说在20世纪90年代之前，这里还是安静的，房价也不贵。自从1992年被联合国列为"世界文化与自然遗产"后，才成为热门旅游景点，被誉为全世界最美的小镇，每年到访游客居然达200多万。

据历史记载，波西米亚克鲁姆洛夫早在公元前600年就有人类居住。13世纪南波西米亚豪族维特克家族在此建造城堡和老城。到14世纪，罗热姆韦尔克家族成为当地的统治者。16世纪时，小镇一度繁荣至极。18世纪，施瓦岑贝格家族开始控制该地区。这也应了中国古语所说"你方唱罢我登场""风水轮流转，明年到我家"。

小镇被伏尔塔瓦河环抱，大部分房屋建于14—17世纪之间，多为哥特式和巴洛克式风格，白墙红顶，错落有致，风采依然。徜徉其间，仿佛置身于欧洲童话一般。整个小镇被流经该处的马蹄铁形、宽阔蜿蜒的伏尔塔瓦河环抱，而著名的城堡就建在河对岸。登高远眺，以城堡为中心的中世纪小城尽收眼底。伏尔塔瓦河是捷克最长的河流，长达435公里，发源于波希米亚森林。著名的捷克民族乐派作曲家斯美塔那的交响诗组曲《我的祖国》第二首，就是描绘这里的迷人景色。游览伏尔塔瓦河河湾，漫步在鹅卵石铺就的小径上，参观雄伟城堡，让人仿佛置身于中世纪。

当地传统的捷克餐以肉食为主，有烤鸭、烤鸡腿、烤牛肉、烤土豆，却没有什么青菜，量很大，我们大概只吃了不到三分之一。啤酒很清爽，据说当地人每年人均销量2000升。席间有手风琴伴奏，有小丑表演各种杂耍，高潮是4个扮作中世纪的武士表演打斗，而且观众可以参与互动。

自由活动时，我本想去参观木偶博物馆（Puppet Museum），据说木偶博物馆的房子以及房子里的壁画可以追溯到14世纪，也是世界文化遗产，但因10月28日是捷克国庆日而闭馆。说起捷克的国庆日，与别国大有不同。别的国家一般只有一个国庆日，如我国就把10月1日定为国庆节。捷克却有三个国庆日，各有不同的涵义。一是5月9日，是捷克纪念1945年从法西斯统治下获得解放的日子；二是7月5日，是斯拉夫圣徒西里尔和美多杰纪念日，他们是公元863年由拜占庭帝国派往大摩拉维亚帝国的基督教传教士，在那里创造了古斯拉夫文字，对斯拉夫民族文化发展做出了重要贡献；三是10月28日，就是独立的捷克斯洛伐克国家诞生日。除捷克外，尼泊尔、瑞典、乌干达、几内亚、丹麦都有2个国庆日，韩国甚至有5个国庆日。

跟着百度地图，我又来到埃贡·席勒艺术中心（Egon Schiele Art Centrum）参观。外面有以埃贡·席勒命名的咖啡馆。入口处是一个小型超市，问服务员，才知道就是他在卖门票，180捷克克朗（可刷VISA卡），乘电梯到二楼即可参观。虽然只有两三个观众，但展览、影视等设施一应俱全。据说这是一个致力于东西欧文化交流和博物馆展览交流的组织办的。其中有一间纪念埃贡·席勒的故居博物馆，展出他的水彩画、油画作品，也有捷克、奥地利、德国、匈牙利等国名家的绘画作品。电视里循环播放着埃贡·席勒的生平和他的作品。大约是天妒英才，埃贡·席勒（1890—1918）只活了28岁，却以其卓越的绘画成就赢得人们敬重。他是古斯塔夫·克里姆特的弟子，深受弗洛伊德、巴尔等思想的影响，其作品多是自画像和肖像，描绘的多是扭曲的人物和肢体，人物多是痛苦、无助的受害者，神经质的线条和对比强烈的色彩营造出诡异而激烈的画面，具有很强的表现力。我虽听不懂主持人的捷克语，但能感觉到他们对艺术和艺术家的敬重。

我们的游轮停靠的林茨是奥地利第三大城市，是多瑙河上游最大的河港，有建于7世纪的市政厅和建于8世纪的圣马丁教堂等。这里也是纳粹头子希特勒度过童年和少年的故乡。当地人羞于启齿，在其故居门前的石头上刻着"为了和平自由与民主，永不再有法西斯主义，纪念数百万计死难者"。右翼激进分子却奉此为"圣地"，每年都有世界各地的新纳粹分子前来"顶礼膜拜"。奥地利政府很头痛，有人建议干脆拆除，但反对拆除的声音也很强烈，理由有三：一是拆除希特勒故居，等于故意抹去纳粹历史污点的证据；二是现在直接与希特勒有关的建筑物已经所剩不多，寥寥无几；三是故居本身是17世纪的老房子，从文物角度来说，也应该得到保护。但是，希特勒毕竟是当地的"名人"，直到2011年，希特勒的出生地布劳瑙市才把阿道夫·希特勒从该市的"荣誉公民榜"上除名。前几年，湖北襄樊与河南南阳为诸葛亮躬耕地闹得不可开交，山东、安徽也曾为西门庆的故乡发生争执。可见，如何客观公正地对待历史人物，在东西方任何国家都是不大容易的，更何况西门庆还是小说中虚构的人物呢？

| 寻访莫扎特

　　萨尔茨堡（Salzburg）是奥地利继维也纳、格拉茨和林茨之后的第四大城市，萨尔茨堡州的首府，人口约15万，位于奥地利西部，背靠阿尔卑斯山。这里有两个独特之处：一是出了音乐大师莫扎特，二是历史悠久，萨尔茨堡老城1996年被联合国教科文组织列为世界文化遗产、世界人类文明保护区。我们的地陪导游姓郑，广东新会人，是梁启超的同乡。郑导带我们参观了米拉贝尔花园、粮食巷和古城堡，然后我又独自寻访莫扎特，参观了与莫扎特有关的两个博物馆，对这位音乐天才有了更深入的认识和了解。

　　米拉贝尔花园原本是萨尔茨堡大主教为其情人修建的宫廷式花园，最初就以他的情人名字"阿尔滕奥宫"命名，已有300多年历史。后来他的继任者认为不大光彩，遂改用现名。"米拉贝尔"是意大利女名，意为"惊人的美丽"。这里拥有被誉为世界最美的婚礼大厅，吸引了不少新人来此举办婚礼。整个花园以各色花卉拼成五彩缤纷的图案、迷宫，还有许多栩栩如生的雕塑。最引人注目的，是中央喷泉四周矗立着四座人物雕像，象征着组成宇宙的水、火、土、风四种元素，十分雄伟壮观。1965年问世的好莱坞电影《音乐之声》曾在这里取景，一群孩子唱着

《哆来咪》从花园入口跑进来。《音乐之声》曾作为戏剧题材的文本被选入中学语文教材。花园的左边就是莫扎特大学（Mozarteum），其前身是1841年创立的莫扎特音乐学院。马路对面则是莫扎特第二故居，现为莫扎特博物馆。右边的一栋高楼，曾住过著名指挥家赫伯特·冯·卡拉扬一家。

萨尔茨堡分新城和老城，中间隔着萨尔茨河。穿过萨尔茨河，我们来到著名的粮食巷（音译作"盖特莱德巷"）。这是一条狭长、古老的石板小巷，蜿蜒曲折，两旁的房屋多建于15—18世纪，现在是萨尔茨堡最具特色的一条时尚购物街。多数建筑都标注有建造和重修年份，大都在几百年前。最有趣的是，就连火遍全球的麦当劳，其M形金黄商标在这里也变身为古铜色的奥地利传统狮子、凤凰造型，在自然主义风格绿叶枝芽衬托下，愈发显得高雅脱俗，其入乡随俗的良苦用心不能不让人激赏。9号那栋米黄色楼三四层之间的外墙上镶着"莫扎特出生处"几个白色艺术大字，一面奥地利红白红国旗，从六楼一直垂到二楼。在拱形大门旁刻有 "莫扎特博物馆"几个字，顶端有莫扎特头像浮雕，现为莫扎特出生地博物馆。

午餐安排在圣彼得修道院内的St. Peter Stiftskeller餐厅。这家餐厅建于803年（相当于中国的唐朝），已有1200多年历史，是全欧洲仍在营业中的最古老餐厅。据说曾接待过查理曼大帝、海顿和拿破仑等大人物，指挥家卡拉扬在这里举办过婚礼。餐厅走廊的墙上，挂着名人照片，如希拉里、乔治·克鲁尼等，大堂里悬挂着巴洛克风格的华丽吊灯，每周都会有一场莫扎特主题晚宴。服务员都是年轻美男，有当地歌唱家现场表演助兴，2男2女，唱的多是《音乐之声》中的曲目。最有特色的是餐后甜点蛋糕霜舒芙蕾，造型如三座山峰，分别代表着萨尔茨堡城内的僧侣山、嘉布遣山和盖斯贝格山，甜甜的，软软的，正如歌剧中唱词所形容的："甜蜜如爱情，轻柔如亲吻。"主菜有奥地利传统菜肴面团饺子，说是饺子，其实就是面团加鸡蛋，配特色烤猪肉，类似于我们的狮子头，是奥地利经典菜式。

萨尔茨堡城堡位于老城的山上，建于1077年，是欧洲最大的中世纪城堡之一。《音乐之声》中的依山修道院就曾在这里取景。上下有小火车相通，现为城堡博物馆，展有古老的兵器、乐器。站在山顶视野开阔，可以俯瞰萨尔茨堡全城。

从城堡下来是自由活动时间，内子想休息片刻，我就带她到莫扎特和卡拉扬经常光顾的特马塞利咖啡馆，据说也是奥地利最古老的咖啡馆，1705年开业。大理石桌子，木制屏风，水晶吊灯，镜子，衣帽架，顿然有时光倒流之感。然后我就独自寻访莫扎特。

莫扎特出生地博物馆就在附近，门票9欧元/人。按原房间样式，分别介绍莫扎特生平事迹、家族流传、家庭成员及其主要作品。图片只配有奥地利德文和英文，我只能通过英文介绍了解个大概。其中有一个小而长的房间摆着几台电脑，可以戴上耳机选听莫扎特的钢琴曲。虽说文字看不懂，但音乐却是相通的，这就是艺术的魅力。因为时间关系，我只选听了一首，算作一种别样体验。一楼有一些类似于剧场、教堂等的缩微工艺品，还设有餐厅和咖啡馆，都与莫扎特有关。

参观完莫扎特出生地博物馆，我又去了位于新城市场广场8号的莫扎特博物馆。这里原是舞蹈大楼，1773—1787年莫扎特一家住在这里。1944年遭美军飞机轰炸，只剩下过道和"舞蹈家大厅"，后由莫扎特基金会依原样复建。门票11欧元/人，所幸配有中文助听器，详细介绍了莫扎特的生平和主要作品，尤其是有许多非常生动的细节。比如，莫扎特的父亲本身就是一位很了不起的音乐家，常到舞蹈大楼。他们原在老城住的地方小，等莫扎特和姐姐长大了，需要分开睡，必须找一个大一点的房子，正好这里有一套8个房间的房屋出租，他们一家就搬到了这里。莫扎特与他的姐姐关系非常亲密，姐弟俩经常通信，他专门为姐姐谱写过曲子。比如，莫扎特曾在给姐姐的信中这样描写女房东米策尔："在米策尔小姐身上可以感受到纷繁多样的世界，我无可置疑地爱着她，她一直在我眼中。我在这儿也遇到许多漂亮的姑娘，但没有发现她那样的美丽。"实际上，这位米策尔小姐比18岁的莫扎特大46岁。

莫扎特的父亲从小就把他作为音乐神童来培养，带他到过欧洲许多地方。莫扎特6岁时就被带进美泉宫，为特蕾西亚皇后演奏钢琴，7岁时他以一首《奏鸣曲》一鸣惊人，14岁即被任命为宫廷乐师。但他向往自由，不愿当奴仆式的宫廷乐师，就提出辞职，被主教一脚踢出故乡。从此，他就迁居维也纳，过着自由而贫穷的艺术家生活，直到35岁时在贫病交加中死去。所以他生前最喜欢的是维也纳，最厌恶的就是萨尔茨堡。但毕竟这里是他生活了17年的故乡，萨尔茨堡以他为荣。在老城中心建有莫扎特广场，有莫扎特黄铜塑像。1842年9月5日，莫扎特的两个儿子都出席了塑像落成典礼。每年1月27日是莫扎特生日，前后一周是萨尔茨堡的莫扎特音乐周。萨尔茨堡不仅是欧洲的"音乐之都"，而且是名副其实的莫扎特城。在导游的指点下，我们买了两袋正宗的莫扎特巧克力球，是当地最有名的特产，是由宫廷糕点师在1890年发明的。

萨尔茨堡的建筑风格以巴洛克式为主，那一座座历史悠久的教堂和修道院，各具特色的百年老店，缓缓流淌的萨尔茨河，绿树成荫的园林，千姿百态的喷泉，构成了一幅蕴含丰富、生动美丽的画面。除莫扎特和卡拉扬外，萨尔茨堡还有许多名人，如物理学家多普勒、画家汉斯·马卡特（城中心有马卡特广场）、德意志第三帝国空军司令兼帝国元帅赫尔曼·戈林、近代首任希腊国王奥托一世（巴伐利亚国王路德维希一世之子），以及奥地利抒情诗人特拉克尔等。因其艺术、文化和独特历史"对人类具有卓越价值"，萨尔茨堡老城（萨尔茨堡市历史中心）于1996年被列为世界文化遗产。

梅尔克修道院

　　梅尔克虽然小，却有两大景观不同寻常：一是梅尔克修道院，其图书馆是世界上唯一被列为世界文化遗产的图书馆；二是梅尔克为世界文化遗产瓦豪河谷的起点。人文历史与自然美景的结合，使得小镇名声大噪，闻名遐迩，吸引着世界各地游人的目光。

　　我们在修道院英文导游的带领下，参观了这座世界闻名的修道院。梅尔克曾是奥地利地区首位统治者——神圣罗马帝国东部边界地区的藩侯利奥波德一世的城堡，自然也就成为当时的首府、奥地利精神文化中心。1089年，利奥波德二世将首府迁往维也纳，把城堡无偿捐赠给本笃会修道院。本笃会是天主教派之一，要求修士"发三愿"，即"绝财、绝色、绝意"，视游手好闲为罪恶。现存建筑由雅格布·普兰陶尔（Jakob Prandtauer）于1702年至1736年主持修建。庭院方方正正，类似于中国的四合院，四面相对，有四幅大型壁画，分别代表着公平、正义、勇敢、智慧。登上二楼台阶，是一条200米长廊，两边挂着玛丽亚·特蕾西亚和她丈夫弗朗茨一世的巨幅画像。据说这位"欧洲丈母娘"曾三次到访梅尔克修道院，两次由弗朗茨一世陪同，一次是她的儿子约瑟夫二世陪同。再往前走就是图书馆，这里竟有10多万册藏书，包括大量珍贵的中世纪手稿，20多种文字。我还特意问了导游，藏书中有没有中文图书，她也说不清楚。房顶上有保尔·特罗格（Paul Troger）绘制的湿壁画，非常精美。1780年至1790年约瑟夫二世大量解散奥地利的修道院时，梅尔克修道院以其名望和学术价值得以幸免，并且逃过了之后拿破仑战争的破坏。1938年德奥合并，学校和修道院的大部分被纳粹收归国有。修道院有着900多年的历史，是巴洛克式建筑的杰作。这座宏伟建筑的瑰宝有365扇窗户，每扇窗代表着一年中的每一天。

从宽阔的阳台上向外望去，梅尔克小镇美景尽收眼底。蓝天白云，红屋绿树，风光旖旎，美不胜收。华丽的古建筑装点着小镇，宛如一颗明珠缀在多瑙河上。

| 瓦豪河谷的小镇

瓦豪河谷是一段长达30多公里的多瑙河河谷，位于梅尔克与克雷姆斯之间。我们游览了两个有代表性的小镇，一是施皮茨小镇，一是杜恩斯坦恩小镇。两个小镇有同有异，代表着瓦豪河谷深厚的人文底蕴与美丽的自然风光，是2000年瓦豪河谷被评为世界文化遗产的重要组成部分。

两个小镇的相同之处大约有五：第一，两个小镇都紧靠蓝色多瑙河，背后是逶迤绵延的小山坡；第二，都是以盛产葡萄而闻名，葡萄的主要品种都是绿维特利娜（Grüner Veltliner），也有小部分Riesling，即我们常说的"雷司令"，都用来制作干白葡萄酒；第三，小镇内部都是蜿蜒曲折的石板路，适合游人漫步；第四，当地导游都是用英语解说，再由维京"小红人"翻译成中文；第五，我们游览时都是秋日朗照，晴空万里。如诗如画的乡间村落，肃穆庄严的巴伐利亚修道院，富有浪漫色彩的城堡遗迹，以及郁郁葱葱的山间葡萄园，构成瓦豪河谷壮观独特的景观和举世闻名的秀丽风光。

相异的则是两个小镇又各有自己的特点与精彩。就我眼见所及也有五：第一，两个小镇所处位置不同。前者位于瓦豪河谷的中心区域，也是最早被称作"Wachau"的地区，而后者位于瓦豪河谷的起点梅尔克。第二，两个小镇规模大小不同。前者有1800人，派出所、教堂、宾馆、商店等一应俱全，除了偶尔遇见几辆汽车外，一圈儿走下来，没有见到几个人。而后者只有80人，却不断有汽车开进开出，似乎更适合背包旅行者。第三，前者除种植葡萄、配制葡萄酒外，还种植果杏并开发杏酱、杏酒、杏巧克力等产品，后者似乎只有葡萄种植。第四，前者办有小学和初中，小学生只有90名，后者虽然也有学校，却只有14名学生，而且分为4个年级。我们参观时前者正逢国庆节放假一天，学校大门紧闭，没有见到学生；参观后者，却遇见正放学骑着自行车回家的学生，书包上还插着国旗。第五，参观前者是在上午，参观后者是在下午。当然，我们的收获也各有不同。

我们在施皮茨的百年酒庄KLOSTERHOF吃了午饭。餐前有两种独特而别致的体验：一是品尝当地特有的果杏产品，是用果杏制作的果酱、巧克力和酒；二是分批到酒庄的地下酒窖，品鉴了三种不同口味的葡萄酒。老板给大家讲了品鉴葡萄酒的四个步骤：一看、二摇、三闻、四品。午餐都是当地的特色美味，煮牛肉配苹果辣根酱。据说奥地利皇帝弗朗西斯·约瑟夫最喜欢吃，所以出名。午餐的高潮则是主办方请来的当地艺术家卡尔，用手风琴伴奏助兴。娴熟的演奏、优美的旋律、不时流露出的风趣幽默，使大家的情绪渐入佳境，慢慢达到高潮，引得一众女士不禁齐声应和，甚至翩翩起舞起来，可见人们的感官享受如同艺术一样，是没有国界和种族之分的。

施皮茨小镇中心的教堂是一座高高耸立的塔楼，也是小镇的最高建筑，四面都镶嵌着大钟。据说过去并不是每家每户都有钟，所以才把钟镶嵌在市政厅或教堂的高大建筑上，方便民众看时间。其功用大约相当于航海用的灯塔吧？塔尖小窗下面的两面小旗，是蓝白相间的图案，是德国巴伐利亚州的象征。据说此处在9世纪后几百年间，都属于巴伐利亚统治，正如产于巴伐利亚州的宝马汽车标志一样，也是蓝白相间的。

施皮茨小镇的葡萄梯田错落有致，色彩斑斓。最著名的Tausendeimerberg山丘是被人们称为"千桶山"的城堡山，意味着每年给酒农带来了上千桶上等葡萄酒（相当于5.7万升）。这里也种植杏树，据说是因为有一年这里葡萄发生了病虫害，人们为了寻找一种替代作物而改种的，后来也成为一种重要作物。站在小镇放眼望去，可见被梯田包围的Hinterhaus Castle旧城堡废墟，使得小镇透着中世纪风情，成为瓦豪河谷上最美最安静的小镇。

杜恩斯坦恩到处都很整洁、清爽。值得一记的主要有以下几点：一是背后山上高高耸立着的中世纪古城堡残垣，那是1192年曾囚禁英国国王"狮心王查理"的地方。据说当时他正从第三次十字军东征返途中，因为巴登堡的利奥波德五世与英格兰国王间的恩怨而在维也纳附近被捕，最后被送到这座城堡中囚禁。后来，英国付了赎金将他赎回，他才结束近三个月的狱中生活。二是小镇中心，高高树起一根耻辱柱，违犯村规的人要被绑在这根柱子上，任由村民羞辱。三是主街尽头有一座五星级酒店，建于1630年，像是一座巴洛克样式的城堡，坐落在伸向多瑙河的岩石上。四有一座创建于15世纪的圣堂参事会修道院。五是在小镇教堂，我们欣赏了一场独特的管风琴演奏。

在中世纪，修道院是葡萄酒的主要生产地之一。大约20世纪80年代中期，一群极富创意的酿酒商在瓦豪河谷自创了一套名为Vinea Wachau

的葡萄酒标准，将不甜的白葡萄酒根据天然酒精含量分为三大类——芳香、酒体轻盈、酒精含量达11.5%的称为"Steinfeder"，酒精含量介于11.5%至12.5%的称为"Federspiel"，晚收、浓烈的称为"Smaragd"。如果多瑙河是一首浪漫的抒情诗，那么瓦豪河谷便是其中最值得回味的一句。如果小镇、古堡、修道院是人们谱成的一首首乐章，那么流淌不息的河水便是那把古雅的小提琴，在满溢的葡萄香气中，昼夜不息地演奏着这些不朽的音符。

多瑙河是欧洲仅次于伏尔加河的第二大河，流经9个国家。多瑙河这个名字源于一个美丽的传说：相传古代有一位英雄叫多瑙·伊万，娶了女英雄塔莎为妻，在新婚宴席上向人夸口，称其武艺无敌。塔莎不服，就与他比射技，结果他输了，羞怒的多瑙伊万不仅一箭射死妻子，也因羞愧自刎，其血流成河，即成多瑙河。如今的多瑙河，河水清澈潺湲，变幻多端，两岸风光缓缓向后移动。青山之巅的古堡与修道院、金黄的葡萄园、隐秘的村落小镇等，不禁让人想起李白的诗句"两岸猿声啼不住，轻舟已过万重山"。

| 布拉迪斯拉发

布拉迪斯拉发（Bratislava，又译作"布拉提斯拉瓦"）是斯洛伐克首都，离维也纳只有60公里，50万人口，在斯洛伐克已是最大城市，但却是全世界最小与最年轻之一的首都。1989年发生"天鹅绒革命"后，斯洛伐克的独立建国主张日益强烈，最终捷克斯洛伐克于1993年一分为二，斯洛伐克与捷克经过友好协商，在未经大规模暴力冲突的情况下，各自独立建国。斯洛伐克全国人口540万，只比我家乡一个县人口的二分之一稍多一点。人均月收入900欧元，不及奥地利人均月收入的一半。国旗国徽上的双十字，标志着这是个天主教国家。斯洛伐克幅员虽说不上辽阔，却有着独特多姿、静谧迷人的自然风光，还是世界上城堡数量最多的国家之一。

导游带我们乘车穿过布拉迪斯拉发市区，途经总统府、欧盟办事处以及各界精英的高档住宅区。美国和中国大使馆也在这里，尤其是我们的五星红旗格外醒目。其他国家的大使馆都在老城，甚至几个国家挤在一栋楼里。我们先去参观布拉迪斯拉发城堡，据说是多瑙河上最大的城堡，远看就像一张倒放着的八仙桌，方方正正，四脚朝天。最初是古罗马城堡，在907年即被提及，现存最古老的部分重建于13世纪，新的部分是"欧洲丈母娘"玛丽亚·特蕾西亚为她最心爱的女儿Ctristina建造的。1811年，宫殿被喝醉的士兵烧毁，1953—1968年重建，如今辟为斯洛伐克国家博物馆和音乐博物馆。也许是因为我们来得太早，居然铁将军把门，"门前冷落车马无"，甚至没见到一个工作人员的身影。大家只好登上城堡外围的丘陵上拍照留念，俯瞰多瑙河和布拉迪斯拉发全城风光。

布拉迪斯拉发的建筑基本上是古典主义与巴洛克风格的混搭。碎石铺就的街道、不事雕琢的小广场，以及矗立街头巷尾的城市雕塑，都透着"小而精"的质朴。最有名的是"守望者"雕像（又名"我正在工作"），由当地艺术家维克托·胡里克（Viktor Hulik）于1997年创作完成。作品表现一位管道维修工从下水道井口刚爬出来，正趴在地面上小憩，嘴角露出笑容，充满完成工作后的满足和得意。像这样反映普通劳动者的艺术作品，在我国城市雕塑中似乎还不多见。

位于主教广场旁边的大主教宫殿建于1778—1781年，曾是匈牙利大主教官邸。因为这里曾见证了欧洲历史上的重要事件，当地的中文导览图标注为"主教宫"，可进了许多门，问了不少人，却都无功而返。下午我又专门去找，用百度地图标的"大主教宫殿"，很顺利就找到了。向工作人员打听"拿破仑"，他们都知道，就像我在夏威夷打听"张学良"、在西雅图打听"李小龙"一样。3欧元门票，观众只有我一个人。装修十分奢华，处处显出皇家气派，红地毯直通二楼各个房间。走廊两边是政治人物的油画，右边几个房间是以基督教为主题的油画。左边是仿法国凡尔赛宫的镜厅，摆着一架钢琴。1805年拿破仑就是在这里与神圣罗马皇帝签订了"普莱斯保和约"，导致神圣罗马帝国在一年后宣告灭亡。再往里面，是一个能容纳几十人的小型报告厅。

从大主教宫殿出来，我又去了附近的老市政厅（门票5欧元），参观布拉迪斯拉发博物馆。这座博物馆已有150年历史，全面反映了布拉迪斯拉发的历史文化，涉及政治、军事、宗教、科技、文化，有重要人物、重大事件，也有日常生活。有实物展示，有文字介绍（斯洛伐克文和英文），也有电视片，我只能借助英文知其大意。其中有一个展厅很有创意，表现时代变迁给人们日常生活带来的发展变化，选取1868、1918、1968、2018四个时间点，列出照相机、钟表、服装、打字机（电脑）和电话等日常生活用品的不同样式，既贴近生活，又生动形象。最有震撼力的是地下室，应该是原来的监狱，有各式各样的刑具和行刑方式，包括钉满钉子的老虎椅、老虎床、老虎屋，有从下至上刺穿人犯的尖木柱，也有阴暗的牢房及地牢，均配以犯人受刑时的照片和说明文字，阴森恐怖，无须"细思"即可"恐极"。

对于时尚爱好者来说，布拉迪斯拉发还有著名的潘多夫奥特莱斯购物中心，拥有140多个著名品牌，如巴宝莉、蔻驰、芙拉、雨果博斯等，只是我们不感兴趣，所以也就没有什么吸引力了。

布达佩斯秋意浓

对大多数中国人来说，第一次听说匈牙利，应该始于中学语文教材上读到的一首短诗《自由与爱情》："生命诚可贵，爱情价更高。若为自由故，二者皆可抛。"这首诗由左联作家殷夫翻译，经过鲁迅多次在文章中热情推荐与传播，在中国可谓家喻户晓、妇孺皆知，是中国读者最熟悉的外国诗歌之一。作者裴多菲·山陀尔（1823—1849），是匈牙利著名爱国主义战士和诗人。他25岁那年，以诗歌为武器，参与了布达佩斯的武装起义，起义后来演变成科苏特·拉约什律师领导的爱国战争，即匈牙利1848年反奥地利统治的革命，他在战场上壮烈牺牲时年仅26岁。裴多菲写给恋人的抒情诗《我愿意是急流》20世纪曾引起中国青年的爱情诗热潮，也曾被选入中学语文教材，在中国具有巨大的影响。

这次我们多瑙河欧洲五国游的最后一站，就是匈牙利首都布达佩斯。布达佩斯被称作"多瑙河明珠""小巴黎"，被茨威格认为是"最好的欧洲一角"。所幸当地导游苏凯蒂能用中文解说，她1980年至1982年曾在北京语言学院学习，也是匈牙利第一个到中国的留学生，后在匈牙利上大学，读的也是中文专业，使我们对布达佩斯有很多具体深入的了解。深秋时节，落叶缤纷，满地金黄，秋意阑珊。丰富的历史文化，辉煌的各式建筑，豪华的咖啡馆，既有油画般的凝重与高雅，又如拿铁咖啡的浑厚与醇香，使这座魅力十足的城市当之无愧地享有"世界文化遗产"（1987年入选）的殊荣。

布达佩斯原本包括佩斯（Pest）、布达（Buda）和古布达三个城市，1873年才合并成一个城市，并取名为"布达佩斯"。我国著名喜剧演员陈强20世纪50年代因在电影《白毛女》中饰演黄世仁一举成名。他大儿子出生时，他正在布达佩斯演出，就给儿子取名"陈布达"，以纪念这段充满友情的日子，并说如果再有个小子就叫"陈佩斯"，布达佩斯嘛！我们的游轮停靠在佩斯一侧的"塞切尼链桥"（俗称"链子桥"）附近，这是多瑙河上连接布达与佩斯九座桥中最古老也最壮美的一座桥，是匈牙利人引以为荣的标志。桥的两端各有一对狮子雕塑，狮爪紧紧抓住岸边，象征着布达与佩斯紧紧相连。之所以取名"塞切尼链桥"，是因为这座桥由匈牙利伯爵塞切尼·伊斯特万捐资修建。据说当时他急需过多瑙河参加父亲的葬礼，但因天气恶劣木质浮桥根本无法通行，硬是被耽误了整整一周，所以他后来才下定决心，请来英国工程师威廉·克拉克和建筑师亚当·克拉克设计和建造了这座桥。

我们先是乘巴士在佩斯观光，一路上经过李斯特音乐学院、英雄广场、城市公园、动物园、宫德尔餐厅（接待过英国女王、克林顿等政要）、塞切尼温泉浴场、裴多菲曾住过的万豪酒店、基督教中学、中国大使馆、步行街等，然后过桥，上山，到布达古城堡，参观王宫、马加什教堂、渔人堡等著名景点。1241年，蒙古人大举入侵布达佩斯，在莫希一带大败匈牙利人，俘获了贝拉四世国王，后于1242年撤退。为了防止再次被袭，匈牙利人才修建了这座城堡。其后卢森堡国王西吉斯蒙德改建成哥特式王宫。在奥斯曼土耳其占领布达佩斯期间，这座城堡被用作军营及清真寺，直到17世纪，又恢复成巴洛克式。现在是连在一起的博物馆，B、C、D座是现代艺术博物馆和匈牙利国家美术馆，E座是布达佩斯历史博物馆。我们到得早，还没有开门，许多人在排队等待参观。我们除拍照外，只在总统府前观看了十点钟举行的警卫上岗仪式。

马加什教堂原名"圣母玛丽亚教堂"，建于1255—1269年，现在的名字是马加什国王重修后改的。这位国王在执政期间（1458—1470），曾在这里举行过两次婚礼。其中一个房间还有弗朗茨·约瑟夫一世的妻子伊丽莎白皇后（即茜茜公主，1837—1898）在她儿子死后亲手为他绣制的罩袍，还有她结婚时戴过的面纱，她作为匈牙利王后也是在这里加冕的。教堂外有匈牙利开国国王圣伊斯特万的塑像。

渔人堡是一座两层白色建筑群，融合了新哥特、新罗马式以及匈牙利当地特色的建筑风格，是为纪念近代奋起抗击奥斯曼土耳其人保卫布达的渔民而于1905年修建的。最早这里曾是个鱼市，后来渔民们为了保护自己的利益而修建了此堡，以用作防御。7座蒙古包式的塔尖标志着来这里的7个部落。四周环境优美，景色秀丽，站在这里可以俯瞰全城的美丽风光。

下午自由活动，我们先去参观布达佩斯的地标性建筑国会大厦，就在佩斯一侧的多瑙河畔，离我们的游轮不远。国会大厦建于奥匈帝国时期，是匈牙利最大的建筑物，也是匈牙利国会所在地，由匈牙利著名建筑师斯坦德尔·伊姆雷设计并监督修建。楼高96米（相当于32层楼），从正门外的第一个台阶到穹顶大厅也是96个台阶，象征着马扎尔人（现代匈牙利人的祖先）于896年移居于此。匈牙利人常说"我们拥有世界上最雄伟的国会大厦，但与我们国家的幅员很不相称"，自谦中其实流露着自豪。遗憾的是，这一天正值匈牙利因节日放假四天，国会大厦不开门，游人只能在外面游览拍照，无法入内参观。

然后我们又找到李斯特博物馆，是在一所音乐学校的基础上改建而成的，建于1986年。虽然不能进内参观，但对于我们来说，也算是对这位音乐大师的缅怀与致敬。弗朗茨·李斯特（1811—1886，按匈牙利语拼写方式为李斯特·费伦茨）是匈牙利著名的音乐家，浪漫主义前期最杰出的代表人物之一，创建了布达佩斯音乐学院，代表作有《浮士德》《但丁》《前奏曲》《普罗米修斯》等。布达佩斯机场全称"布达佩斯李斯特·费伦茨国际机场"，就是为纪念这位匈牙利民族乐派先驱的。在回游轮的步行街上，我们无意中走到圣伊斯特万大教堂，可以自由进去参观。

匈牙利是欧洲中部的内陆国家，多瑙河从中间穿过，把匈牙利分为东、西两部分。北边是斯洛伐克，东边是乌克兰和罗马尼亚，南边是塞尔维亚和克罗地亚，西边是斯洛文尼亚和奥地利。"匈牙利"的含义是"十个部落"，可见源于游牧民族。虽然总人口不足1000万，相当于我的家乡周口市人口，但已拥有14位诺贝尔奖获得者，是世界上按人口比例获诺奖最多的国家，足见匈牙利对科学与教育的高度重视，其中就包括从辣椒中发现维生素C及其催化作用的科学家阿尔贝勒特·森特·久尔基（1937年获诺奖）。匈牙利的国旗与奥地利国旗相似，只是最下面一条是绿色的，象征匈牙利繁荣昌盛，人民对未来充满信心和希望。我问导游，为什么匈牙利国徽顶端的十字架向左倾斜，原来是为纪念国王在战场上曾被敌人射中王冠这一历史性事件，也有人说王冠曾失窃，是在偷盗过程中被小偷压斜的。

　　有人认为，匈牙利人中有一部分就是当年骁勇善战的匈奴人的后裔。究竟是否属实，有待历史学家考证，但匈牙利与中国关系非常友好却是不争的事实。因为匈牙利是第一个和中国签订"一带一路"相关备忘录的欧洲国家，当然也是东方文明进入欧洲的必经之路。

初识泰国

2016年猴年春节，我们决定换一种方式过年：出游东南亚。出境游目前主要有两种方式：一是参团，优点是省事，有导游带着，相识不相识的一大帮，大家集体行动，其乐融融；缺点是受约束，限制多，不自由，而且众口难调，往往还伴以购物，有人调侃这种旅游是"上车睡觉，停车撒尿，下车拍照，一觉醒来啥也不知道"。二是自由行，可以遂其所愿，但需要提前做好攻略，手机里下载谷歌地图、谷歌翻译，按图索骥，如果会说所到国家语言那就更好了，这在年轻人中比较流行。我们选择了后一种。

由于是第一次游东南亚，我们没有选择热门景点芭堤雅、普吉岛等自然风光，而以人文景观为主，只选择了泰国的曼谷、清迈和柬埔寨的暹粒。曼谷街头华灯璀璨，气象万千。湄南河上轻舟穿梭、碧波荡漾。卧佛寺恢宏壮观，富丽堂皇。大皇宫精巧卓绝，金碧辉煌。加上玉佛寺镂金镶玉，四面佛庄严肃穆，演绎着世界著名旅游胜地的魅力与精彩，引来大批游客流连忘返。而到了泰北古城清迈，看到的则是另一番景象：空气清新，冰凉如水，宁静如诗，不由得让人放慢脚步，放归自然，放松心灵，品味其安静、舒适与休闲，颇似云南的丽江、大理，适合清新小资"穷游"。出城不远，便有茂密的森林，奇花异木中栖息着众多珍禽异兽。大象村所谓骑大象，其实准确地说应该叫"坐大象"，即人坐在大象背上的背篓里。大象踢球跳舞倒不稀奇，稀奇的是这里的大象还能挥毫作画。在泰缅边界的湄宏顺镇，见识了以脖子长为美的巴东族女人。在《泰囧》拍摄地双龙寺登台俯瞰，清迈全城风光尽收眼底。在清莱白庙黑庙，感受佛教艺术的独出心裁与建筑的美仑美奂。因地震而倾斜的契迪龙寺古朴庄严，塔佩门则让人回想这座古都的昔日繁华。尤为惊奇的是，就在我们离开清迈的前一天，竟无意中遇到了原青海同事马君，不仅请我们吃饭，到他家里喝到天佑德青稞酒。更重要的是，我们得以深度了解当地的风俗民情。虽是走马观花，浮光掠影，所见所闻，感慨良多，倒也对泰国留下深刻印象。

一、宗教氛围无处不在

泰国建国历史并不长，大约在1238年（我国南宋时期）始建素可泰王朝。素可泰原是柬埔寨吴哥王朝下辖的一个城市，后来当地泰族人因不满吴哥人的统治，揭竿而起，攻城掠地，建立素可泰王朝。泰国才开始形成较为统一的国家，先后经历了素可泰王朝、大城王朝、吞武里王朝和曼谷王朝。现任国王即曼谷王朝拉玛九世普密蓬·阿杜德，也是当今世界上在位时间最久的君主（已于2016年10月去世）。泰国最大的特点是佛教兴盛，信众多，全国总人口约6900万，90%以上的民众信仰佛教。再加上马来族信奉伊斯兰教，还有信仰基督教、天主教、印度教和锡克教的信众，所以在泰国，处处都能感受到浓郁的宗教氛围。首先是庙宇林立，据说泰国有三万多座充满神话色彩的古老寺院和宫殿。其次是僧人地位高，因为泰国是名副其实的"佛教之国"，佛教为其"国教"，其宗教地位神圣不可侵犯。清晨可见赤脚僧沿街化缘，街上随处可见身披黄色袈裟的年轻僧侣走动，三五成群，或行或坐，谈笑风生，泰国因而又有"黄袍佛国"的美名。三是宗教禁忌多，不仅是大皇宫、卧佛寺、双龙寺，即使像白庙、黑庙那样的新建寺庙，游客也必须脱鞋方可进入参观，更不允许短裤、拖鞋或超短裙进入，甚至有的寺庙不准女性参观。

在泰国，凡是信佛教的男子，到了一定年龄，都要削发为僧，连王室贵族也不例外。走在大街上，到处可以看到敲锣打鼓的泰拳宣传车，也能看到"泰拳竞技馆"的招牌。泰拳作为一种民族格斗艺术，与泰国传统文化关系密切，其宗教色彩浓厚。想必佛门子弟入门拜师、竞技礼节及拳舞仪式等，有着深厚的宗教艺术背景。大概与我国少林拳、武当拳的渊源相类似吧？

二、清规良俗人心向善

宗教信仰引导着人们的行为规范。在青海，我就曾多次看到藏族同胞围绕青海湖一步一拜"磕长头"，在拉萨则是围绕布达拉宫或大昭寺，为的就是求得心灵的宁静，大概跟西方民族信仰耶稣相类似。佛教为泰国人塑造了道德标准，使之成为信仰为上的"微笑之国"。河南开封大相国寺有一副对联："大肚能容，容天下难容之事；开口便笑，笑世间可笑之人。"泰国人也形成了崇尚忍让、安宁、爱好和平的精神风貌，人与人见面，必双手合十问好，和谐相处，礼让为先。

到清迈那天是除夕，我们想去唐人街买瓶中国白酒庆祝新年（完全忘了佛教"五戒"之一就是"不饮酒")。一女商贩带我们走了很远才找到一家卖酒的，一看也只有威士忌或伏特加之类的洋酒。虽说没有如愿以偿，还是为当地人的热情相助所感动。听一位当过教师的导游说，泰国的传统节日宋干节，主要内容就是斋僧行善，沐浴净身，人们互相泼水祝福，敬拜长辈，放生及歌舞游戏。学生要向老师膜拜致敬。尊长敬师的风尚大约也与佛教知恩报德的教义有关。人们欣赏良好的举止和幽默感，处处可见开朗耐心的微笑。我们碰到几个同胞，哈尔滨的刘星、西宁的马君、西安的徐琨，都是因旅游而喜欢上清迈宽松自由的环境，进而选择这里定居置业的。

三、中国影响日渐强大

无论是在曼谷还是在清迈，中国游客随处可见，机场有中文广播，参观白庙时甚至有专门用中文播出的"游客须知"，见到的同胞有来自北京、新疆、安徽、江苏、湖南的，似乎说"川普"的更多。在白庙参观时，正好碰到清莱市第一实验小学师生举行课外活动。孩子们用事先准备好的问题问我："请问你叫什么名字？""你是哪国人？""你是第一次来泰国吗？""你最喜欢哪一种泰国菜？""你对泰国有什么印象？"我很认真地一一作答。听导游说，在清迈，会讲中文比会讲英文更容易找到工作。据统计，在泰华人约900万，占泰国总人口的14%，是除泰人之外的最大族群。近年来，中国已成为泰国最大的旅游客源国。历史上，泰国曾是中国的藩属国，史书上把泰国称为"暹罗"，玉佛寺内的大瓷屏风上甚至有彩绘的《三国演义》故事。至于清迈，在王宝强演的《泰囧》播出前，很少有国人来这里旅游，《泰囧》的热播相当于给清迈做了广告宣传，大约类似于电影《少林寺》引发了少林寺的旅游热一样。所以泰国前总理英拉访华时，还特意接见了《泰囧》导演徐峥。我想，除了中泰是近邻，历史上有着渊源关系；泰国作为旅游胜地，也吸引着越来越多的游客。更重要的，随着中国崛起，国人钱袋鼓起来了，"世界那么大，我想去看看"的愿望也愈发强烈了。

探访吴哥

在我的青少年时代，柬埔寨是个留在记忆深处的国家，虽然常为记不住外国人那一长串名字而懊恼，但诺罗敦·西哈努克亲王、朗诺、施里玛达，以及波尔布特、宾努亲王、乔森潘等，可都是我们那一代人耳熟能详的名字。有一次在北京达园宾馆（圆明园的一部分）开会，有人介绍这里西哈努克曾长期住过，那栋楼宾努亲王住过。但真正走进柬埔寨，感受古高棉帝国的风土民情，却是2016猴年春节的东南亚之旅。

在游览泰国曼谷、清迈之后，我们来到被称为"世界八大奇迹之一"的柬埔寨吴哥。吴哥位于暹粒省境内，距首都金边约240公里，是柬埔寨的象征，也是柬埔寨的国宝，柬埔寨国旗上的白色宫殿即为吴哥窟。作为高棉古典建筑艺术高峰，吴哥窟也是世界上最大的宗教建筑。吴哥窟与中国万里长城、印度泰姬陵和印度尼西亚千佛坛一起，被誉为"古代东方四大奇迹"。不过，说实话，在此之前，我虽知道有吴哥窟，也在机场多次看到过"暹粒"这个名字，竟从来也不曾把二者联系起来过。暹粒是暹粒省的省会，也是探访吴哥的大本营。城市很小，还不到10万人。虽然是自助游，我们还是请了当地的中文导游和司机。导游谢美玉是广东潮州人，吴明亮是北京人，都是祖辈就到柬埔寨谋生的华裔后代。柬埔寨历史悠久，大约建国于公元1世纪下半叶，历经扶南、真腊、吴哥等时期，其中最为辉煌的就是9—14世纪吴哥王朝时期，创造了举世闻名的吴哥文明，后因暹罗（泰国）入侵而逐渐衰落。法国、日本、美国又都曾先后介入，导致内忧外患不断。尤其是20世纪70年代红色高棉时期曾经历过长期战乱，上百万人死于非命（据说影星安吉丽娜·朱莉正在拍摄一部有关红色高棉的电影，想来应是《战火屠城》的升级版）。20世纪90年代柬埔寨虽然实现了民族和解，但由于工业基础薄弱，仍以农业为主，而且半年旱季，半年雨季，老百姓基本上还是靠天吃饭，因而至今仍是世界上最不发达国家之一。大约也正因为如此，当地居民非常和善，热情好客，可谓古风犹存。

吴哥窟实际上是对吴哥古建筑群的统称，包括600多处古迹，是一座由宫殿、寺庙、花园、城堡组成的完整城市，分布在45平方公里的森林里。在802年（我国唐代晚期），真腊国王阇耶跋摩二世统一高棉，在洞里萨湖北岸兴建首都，定名"吴哥"。后经历代国王大兴土木，举全国之力，前后历时400年，建造宫殿与寺庙，尤以建筑宏伟与浮雕精致而闻名，使吴哥逐渐成为高棉人的宗教与精神中心。到我国明代初期，暹罗人兵临城下，高棉人被迫离开自己的家园，不得不在金边另建新都，吴哥从此湮没在丛林莽野之中。直到清同治皇帝登基的前一年（1861年），被一位到此采集标本的法国博物学家亨利·穆奥发现。他在《暹罗柬埔寨老挝诸王国旅行记》中说："此地庙宇之宏伟，远胜古希腊、罗马遗留给我们的一切，走出森森吴哥庙宇，重返人间，刹那间犹如从灿烂的文明堕入蛮荒。"从此，吴哥得以重见天日，引起世人关注。

游览吴哥，有所谓小圈、大圈和外圈之分，每个景点前都是游人如织。据说每年有数百万来自世界各地的游客，尤其是大小吴哥（吴哥王城为大吴哥，吴哥窟为小吴哥）和电影《古墓丽影》取景地塔布隆寺，更是人满为患。至于女王宫和洞里萨湖，游客就少多了。听导游说，到吴哥的游客，最多的就是中国人，其次是美国人和韩国人，日本游客在逐年下降。吴哥窟之所以吸引那么多游人前来参观，我想恐怕有这么几个因素：

一是崇古意识。大凡社会越进步，科技越发达，人们越是要回望历史，追溯既往，正所谓"礼失而求诸野""古今多少事，都付笑谈中"。北京周口店猿人遗址，河南黄帝故里、伏羲故里，陕西西安兵马俑，湖北荆州熊家冢，四川宣汉三星堆、成都金沙遗址，新疆高昌故城、楼兰遗址，青海柳湾等，都在不同程度上满足了人们对古代社会生活场景的好奇与向往。

二是宗教情结。柬埔寨是佛教国家，吴哥遗迹给人印象最突出的是祭坛和回廊。祭坛由三层长方形有回廊环绕的须弥台组成，逐层升高，象征着印度神话中位于世界中心的须弥山。在祭坛顶部矗立着按五点梅花式排列的五座宝塔，象征须弥山的五座山峰；而寺庙外围的护城河，象征着环绕须弥山的咸海。

三是猎奇心理。一座曾经繁荣昌盛的大都市，人口上百万，先后存在数百年，忽然人去城空、灰飞烟灭，这些人到哪里去了？为何消失得无影无踪？为何吴哥窟不像其他寺庙朝东而是向西？画廊上的浮雕为什么呈逆时针方向排列？苏耶跋摩二世的相貌为什么与印度教中毗湿奴神相似？总之，吴哥留下了太多千古之谜，至今没有人能够破解，这不能不引起人们的好奇心，不免要前来一探究竟。而且越是神秘，越是解释不清，人们的这种探索欲望也就愈发强烈。

我国对吴哥王朝的认识和了解可谓渊源有自。早在南宋时期，福建泉州市舶司提举赵汝适所著《诸蕃志》中，就有"（真腊）其地方约七千余里，国都号'禄厄'。官民悉编竹复茅为屋，唯国王镌石为室……殿宇雄壮，侈丽特甚"之语。据考证，"禄厄"为梵文，后音变而称"吴哥"。元代成宗皇帝1296年曾派遣周达观出使真腊。经过一年考察，周氏在《真腊风土记》的考察报告中，称吴哥窟为"鲁班墓"，不仅描绘其建筑和雕刻艺术，而且详述了当地居民的生活、习俗、语言、山川、气候与物产等。如记当地气候云："盖四时常如五六月天，且不识霜雪故也。其地半年有雨，半年绝无，自四月至九月，每日下雨，午后方下。"据说法国人正是在翻译了《真腊风土记》以后，才开始对吴哥王朝的探险，进而对柬埔寨实行近百年殖民统治的。

参观完吴哥古迹，导游小谢推荐我们看《吴哥的微笑》。这是一台以吴哥历史文化为主题的歌舞剧，类似于我国旅游景点的"印象丽江""印象桂林""长恨歌"之类，由云南一家文化公司打造，是中国文化"走出去"的一个成功案例。全剧共分"问神""辉煌的王朝""复活的众神""搅动乳海""生命的祈祷"和"尾声"六部分。全剧用一个孩子与四面神的对话，引出追寻吴哥千年之谜的话题，演绎出王朝兴衰、生命轮回与善恶较量的故事。吴哥王朝的建设辉煌，雄伟壮观的列兵布阵，宫廷烛光舞、神鸟舞、仙女舞，尤其是对最具神秘感的各种浮雕、神像及其隐寓的善神与恶魔交战的故事，表现得活灵活现、仪态万方。善与恶，美与丑，男人与女人，世俗与神灵，合作与阴谋，世俗的生老病死与神界的长生不老，通过矛盾、争斗与杀戮，达到新的平衡、和谐与永恒。《吴哥的微笑》传递着人们对吴哥的热爱，对和平繁荣的向往。整台演出运用声光电等现代科技手段，浓缩吴哥王朝精华，呈现魔幻多维立体空间，气势恢宏，精彩绝伦，被誉为"柬埔寨鲜活的文化艺术博物馆"。

尽管旅游业如此发达，但吴哥的经济一直没有什么起色。柬埔寨是全世界最不发达的国家之一，联合国给这里划定的贫困线是人均每天0.75美元，但暹粒省仍然有45%的人口生活在贫困线以下。如今，吴哥古迹已被联合国教科文组织列为世界文化遗产，但就算这样的国宝级景点，柬埔寨也无力维护，中国、法国、印度等都投入了大量人力物力在吴哥窟的维护工程上，以保护这份人类共同的世界文化遗产。这足以说明，吴哥这一历史遗迹、文化瑰宝，既是柬埔寨的，更是世界的。吴哥文化不仅属于柬埔寨，更属于全世界热爱和平的人们。

| 大马印象

2018年春节，我们于正月初三乘马来西亚的亚洲航空公司（非"马航"）班机直飞吉隆坡，开启马来西亚、新加坡8日游。之所以如此选择，主要有以下原因：一是这两个国家都是"21世纪海上丝绸之路"的重要支点，扼守着"海上生命线咽喉"马六甲海峡，值得一游；二是这两个国家文化与距离都与中国比较接近，语言障碍小，华语比较普遍，适合自助游；三是新、马、泰十多年前曾是中国游客的经典旅游线路，泰国已经去过，因而决定到马、新一探究竟。

"马来"一词源自梵文，意为"群山之地"（一说为"黄金"，因马来半岛盛产黄金而得名），1963年才有"马来西亚"这个名称，华人习惯上仍简称"大马"。1963年9月16日马来西亚才正式成立，但因1957年8月31日就已宣布脱离英国独立，所以其国庆日就定为每年的8月31日。当时包括马来西亚联合邦、沙巴、砂拉越和新加坡，后新加坡被马来西亚议会投票逐出，新加坡才独立出去。马来西亚面积33.03万平方公里，人口3100万（截至2016年），物产非常丰富，天然橡胶和棕油产量均为世界第一，锡产量曾占世界1/3（现已枯竭），水果品种繁多。如此少的人口，如此丰富的物产，国家当然就比较富足。据2016年统计，马来西亚的人均GDP近1万美元，世界排名第69位，人类发展指数0.773，略高于我国。当然，马来西亚的经济总量与国际影响力均远不如中国，更不用说历史与文化了。

我们是第一次到访大马，时间有限，所以仍以人文游为主，只选择了吉隆坡、槟城和马六甲三地。吉隆坡是首都，槟城和马六甲都是世界文化遗产。如果说吉隆坡属"大家闺秀"，槟城和马六甲可谓"小家碧玉"。在吉隆坡，我们参观了国家清真寺、伊斯兰艺术博物馆、雀鸟公园、双峰塔（又叫"双子塔"）、黑风洞和云顶高原；槟城则参观了侨生博物馆、槟城华商总会图书馆、姓氏桥（最热闹的是"姓周桥"）、升旗山和极乐寺；在马六甲则游览了水上清真寺、鸡场街、郑和文化馆。虽说是走马观花，浮光掠影，不免挂一漏万，但也基本游览了马来西亚最具代表性的景点。一路走来，最突出的印象有以下三点。

一、旅游环境堪称上乘

马来西亚有着得天独厚的旅游资源，又曾长期作为葡萄牙（1511—1641）、荷兰（1641—1786）、英国（1786—1941，1945—1957）、日本（1941—1945）的殖民地。因为英国占领时间最长，属英联邦国家，所以深受英国文化影响，至今英语仍是其通用语言。相比较而言，吉隆坡以现代化著称，槟城和马六甲则以历史文化取胜。据2014年统计，每年到访吉隆坡的旅游者达1300多万，在全球最吸引外国游客的城市中排名第6，超过纽约和巴黎。尽管其城市格言"准备迈向卓越大都市"颇显低调，却是名副其实的国际化大都市，尤其是百威丽广场、双峰塔一带，可谓高楼林立，人潮如织。云顶赌场也吸引了众多游客。我们入住的丽思卡尔顿酒店位于吉隆坡市中心，豪华热闹。槟城的东方大酒店建于1885年，英式风格，接待过许多名人，如曾获1907年诺贝尔文学奖的英国作家吉卜林、英国小说家毛姆、喜剧演员科沃德等。马六甲河畔之家虽建于2011年，却也是很正宗的欧式荷兰风格建筑。

据统计，2018年春节期间，中国居民海外游前三大目的地国就是泰国、日本和马来西亚，其中来马来西亚的已超过21万，年均已超过200万人次。马来西亚机场目前已与支付宝、中国银联合作。入关手续特别简单，既没有美国、俄罗斯和中国台湾那样严格，也不像柬埔寨那样有工作人员索要小费。酒店设施更齐全，服务也更周到。

马来西亚之所以吸引游客，我想不外乎以下几点：一是"天时"，即优越的气候条件。这里是典型的热带海洋性气候，空气洁净，蓝天白云，四季如夏，虽然气温30度左右，但感觉并不炎热，尤其是海风一吹，非常凉爽舒服。这对于今年连续几个月没有雨雪的北京人来说，感受特别明显。二是"地利"，这里不仅有优美的自然风景，更重要的是拥有马六甲海峡，处于东、西方海上交通要道。三是"人和"，物价相对便宜，吃喝玩乐一条龙服务。当然，对于中国游客来说，还有一个重要原因，就是语言文化上的亲近感。因为正值春节，为了吸引中国游客，各大商场都布置得"很中国"，到处可见大红灯笼以及"恭喜发财""万事如意"的标语，多数出租车司机都会说华语。我们吃过的吉隆坡顺德公澳洲宝石鱼、双皮奶，客家饭店的马来风光（清炒空心菜），槟城王朝海鲜酒家的脆皮烧腩肉等，都做得相当地道。据说前不久还发生一个"乌龙"事件。狗年来临，马来西亚政府特意在报纸上刊登广告向华人祝贺春节，却画了一只公鸡在"旺旺叫"。后经人指出后不得不道歉，说是"技术错误"。这里人比较纯朴，尤其是马来西亚华人，对中国客人很热情。

二、不同种族间能够相互尊重

马来西亚是个多种族聚居的国家，虽然总人口不过三千多万，却有30多个民族。最主要的有三大族群，分别是马来人、华人和印度人。主要的宗教为伊斯兰教、佛教、基督教、印度教。马来文化建立在伊斯兰教法律和苏丹制度上，多数百姓都安于现状，多种文化相互交流交融。双峰塔的设计灵感据说就来自伊斯兰教的五大支柱。伊斯兰艺术博物馆有多种著名的伊斯兰教建筑设计模型，如泰姬陵等，其中包括30多种中国明朝的《古兰经》。黑风洞则是印度教圣地，供奉苏巴玛廉神。各信所信，各随所愿，大概是各族群人民能够和谐相处的主要原因。

三、中马文化交流前景广阔

中马关系最早可追溯到西汉时期，班固《汉书·地理志》记载："自日南障塞、徐闻、合浦，船行可五月，有都元国。"这"都元国"就是马来西亚丁加运州的龙运。明代郑和七下西洋，曾有六次到访过满剌加（建立于马六甲的古代王国），马六甲至今还有三宝山（又叫"中国山"）、三宝庙、三宝井等遗迹。19世纪后期，中国战乱频仍，民不聊生，大批福建、广东人下南洋。中国近现代许多风云人物，如孙中山、黄兴、陈嘉庚、康有为等都曾到过马来西亚。马来西亚华人对辛亥革命和抗日战争都做出过重要贡献。中国同盟会曾以槟城为据点，广州黄花岗起义就是在槟城策划的。抗战期间，华侨捐款13亿，占中国军费的1/3，其中又以南洋华侨捐献比例最大。中国近代地质学创始人和奠基人丁文江，本来在日本留学，吴稚晖从英格兰来信劝他去英国，丁文江就和几个好友冒冒失失地上了去欧洲的船。丁文江不会英语，付了船费和其他款项后，三个人只剩下不到15英镑。幸好船中途停靠槟城，三人拜访了流亡在那里的康有为，得到康与其女婿罗昌的资助，才跌跌撞撞地到了英格兰。我们参观的云顶高原，创始人就是福建安溪的林梧桐。《福布斯亚洲》2015年马来西亚富豪榜，前十大富豪中华人占据八席。

中马关系走过一条曲折道路。1957年马来西亚宣布独立时，毛泽东、周恩来就曾电贺承认，但当时的马来西亚共产党并没有赢得人民支持，导致拉赫曼政府不买中国政府的帐，倒向了中国台湾地区。直到1974年5月31日，马政府才与中国正式建交。如今华裔在大马已有700多万。厦门大学在马来西亚建了分校，也是第一个在海外建分校的中国高校。歌手梁静如、巫启贤、曹格、光良、戴佩妮、阿牛等，都是马来西亚华人，在年轻歌迷中拥有许多粉丝。

中马文化交流前景广阔。据说中国计划修建一条从昆明到马来西亚和新加坡的高铁。我们参观马六甲水上清真寺时，路过正在修建中的皇京港。但在游览中也发现一些让人困惑的现象，比如吉隆坡的12个友好城市中没有中国城市。伊斯兰艺术博物馆，甚至侨生博物馆都没有中文介绍，对比去年我们在加拿大魁北克参观一个总督故居时尚有中文介绍，不能不让人感到遗憾。

初访新加坡

    游完马来西亚的吉隆坡、槟城和马六甲，我们从马六甲车站乘大巴，沿印度洋边上的公路迤逦南行，三个小时即抵达位于马来半岛南边的新加坡。我们入住莱佛士城对面的卡尔登酒店，参观游览牛车水、圣淘沙、鱼尾狮公园、乌节路和国家博物馆。一路走来，总的感觉是，新加坡更适合老人、小孩或小资们游玩。新加坡不愧"花园中的城市"称号，满眼青绿，树影婆娑，气候温润，美丽整洁，是清爽宜人的度假胜地，尤其是环球影城、动物园、植物园等。但对一向喜欢历史人文的我们来说，却实在乏善可陈，甚至连国家博物馆也没有看到什么像样的展品。这大概与新加坡的历史与现状有关。

    新加坡和马来西亚都曾是西方的殖民地，1957年马来西亚宣布独立，新加坡于1963年加入马来西亚。后因各种矛盾，经过投票，以华人为主的新加坡被逐出马来西亚，才不得不于1965年独立建国。

    新加坡最早的名字叫"蒲罗中"，意为"马来半岛末端的岛屿"。《马可·波罗游记》、明代郑和下西洋时的航海图称新加坡为"淡马锡"（Temasek），新加坡现任总理夫人任董事的投资公司仍叫"淡马锡控股"公司。据说14世纪时，苏门答腊"三佛齐王国"王子在这里登陆时，正好看见一只猛兽，状似狮子，因而称之为"狮子城"，"新加坡"就是梵语"狮子"的音译，至今人们仍习惯性地称新加坡为"狮城"。我们特意到新加坡河边的鱼尾狮雕像公园参观，这是新加坡的精神象征和标志。新加坡由60多个小岛组成，又称"星洲"或"星岛"，面积只有700多平方公里，约是北京的1/23，可谓蕞尔小国、弹丸之地。人口也只有500多万，还不及我们老家周口市的一半，其中华裔人口约占74.1%，多来自中国福建和广东。新加坡拥有英语、马来语、华语和泰米尔语四种官方语言，其中华语采用新加坡华语和新加坡简体字。

新加坡位于印度洋与太平洋之间的交通要道，是东西方贸易的十字路口，被丘吉尔称为"东方的直布罗陀"。优良的海港、完善的码头设施，使新加坡占尽地利，新加坡港成为世界第二大港口。在李光耀父子的经营下，新加坡20世纪80年代就成为"亚洲四小龙"之一，也是继纽约、伦敦、香港之后的第四大国际金融中心，确实是发达的资本主义国家。就我对新加坡的粗浅认识和了解，新加坡文化具有以下特点。

一是文化多元，兼容并包。新加坡是有着一个多元文化的移民国家，汇聚了来自世界各地不同种族的人民，国家实行宗教自由政策，文化上兼容并包，种族和谐，提倡宗教与族群之间的互相容忍和包容精神。这种局面当然也是用鲜血换来的。在1964年7月21日，新加坡发生过严重的种族暴动。25000名马来人在政府大厦草场庆祝穆罕默德诞辰日，然后举行了盛大的游行仪式，与华人发生冲突，前后持续9天，造成20多人死亡，400多人受伤。后来新加坡才把每年的这一天定为"种族和谐日"，意在提醒国民不分种族、语言和宗教，要团结一致，为新加坡做贡献。这一天，中小学生都要穿上自己的民族服装上学，体现新加坡多元文化特色。正如《新加坡国家信约》所言："我们是新加坡公民，誓愿不分种族、言语、宗教，团结一致，建设公正平等的民主社会，并为实现国家之幸福、繁荣与进步，共同努力。"

二是重视传统文化。新加坡是个移民国家，各族人民大都有着背井离乡、漂泊海外的辛酸史、血泪史，因而对本民族的传统文化特别重视。如华裔的农历新年、中秋节、端午节，甚至在中国本土根本无人问津的中元节，又称"盂兰盛会"，也是新加坡的传统节日，那是祭拜亡灵的节日。我们到访时正是中国春节期间，牛车水到处都是张灯结彩，喜气洋洋。伊斯兰教徒有禁食节、开斋节、哈芝节（即中国穆斯林的古尔邦节，庆祝教徒结束朝圣）。基督教徒则有圣诞节，印度裔有大宝森节。为了尊重各民族的传统习俗，各主要节日都放假，再加上国家独立纪念日、国际风筝节等，所以新加坡的公共假期也就特别多。这跟我国新疆、西藏等地的情况有些类似。早期的移民者将各自的传统文化带入新加坡，各种族之间的交流与融合，不仅创造了今日多民族的和谐社会，也留下了丰富的多元文化特色。华人一向具有刻苦耐劳的精神底蕴和勤奋实干的创业精神。他们与各族人民和平相处，积极融入、反馈于当地社会。欢欣多彩的农历新年，或慎终追远的清明节以及祭祖普渡的中元节等，说明中华文化的精髓也深深影响着新加坡的生活形态。

三是中国影响无处不在。正因为华人是新加坡的主要人群，所以中国影响无处不在。近代著名外交家、诗人黄遵宪（1848—1905）是中国晚清驻新加坡第一位总领事。孙中山曾八次前往新加坡，并把这里作为中国同盟会南洋支部的活动据点。爱国华侨陈嘉庚一生为辛亥革命、抗日战争、解放战争、民族教育和新中国的建设做出了卓越贡献，被称为"东方的洛克菲勒",毛泽东称赞他为"华侨旗帜,民族光辉"。陈嘉庚把新加坡作为自己成功创业的平台,放眼世界的高地,回报祖国的支点。李光耀祖籍广东梅州大埔。1929年,老舍离开伦敦后,曾在新加坡华侨中学任教半年,他的小说《小坡的生日》即以此为背景。1938年至1942年,郁达夫应邀到新加坡主编《星洲日报》文艺副刊《晨星》《文艺周刊》、星洲晚报的文艺版《繁星》《星光画报》文艺版,兼编《星槟日报》文艺半月刊。他任新加坡文艺界抗日联合会主席,是"新加坡华侨抗日第一人",后被日军杀害于印尼苏门答腊的丛林中。

走读越南

2019，福猪纳春。我们照例先到成都看望老人，与众亲友团聚，然后由成都直飞河内，开启越南之旅。十多年前我曾与语文同仁到过越南，那是《语文学习报》组织的。我们先到广西北海研讨语文教学，然后到越南参观考察。从东兴过口岸，但只到了芒街、下龙湾和河内。在下龙湾一所学校参观时，我作为代表团团长即兴讲话，提到送给他们的小礼物，用了一句"千里送鹅毛，礼轻情意重"的俗语，显然难为了校方特意请来的翻译老太太。我们这次是自助游，为时10天，去了河内、芽庄和西贡（胡志明市），在越南应该是最有代表性的。与上次相比，不仅形式更自由，时间更从容，游历更广泛，当然认识也就更全面，理解更深入，印象更深刻了。

一、越南印象

越南位于东南亚中南半岛东部，北与我国广西、云南接壤，西与老挝、柬埔寨交界，东、南濒邻南海，面积近33万平方公里，呈一个拉长的S形，从北到南1600多公里，东西最窄处仅50公里，人口近亿。历史上，越南中北部曾长期属于中国领土，公元968年（宋太祖时期）才独立建国，但仍是中国的藩属国。19世纪中叶后逐渐沦为法国殖民地，1954年奠边府战役越南大获全胜，签署了《日内瓦协议》，法国才撤走，越南开始实行南北分治。紧接着，美国又取代了法国在越南南方的地位。1961年美国与韩、菲、泰、澳、新西兰等国组成联军，直接介入越南战争，1973年签署《巴黎和平条约》，随后美军撤出越南，1976年越南宣布实现南北统一。因此，越南除本土文化外，还融合了中国、法国和美国文化。语言是越南语，文字是根据法国人17世纪制订的拉丁化文字发展而来的，公共场合一般使用越南语、英语和法语。好在我手机下载了"出国翻译官"，尤其是微信"扫一扫"中的翻译功能特别好用，再加上百度地图，基本上没有什么交流障碍。

河内是越南首都，全国政治、军事与文化中心，也是越南第二大城市，但经济上明显不如胡志明市。但除我们住的希尔顿歌剧院酒店、还剑湖一带外，似乎到处都显得脏、乱、差，基础设施陈旧落后，显然不如我国边境省会级城市昆明、南宁，更没法和旅游城市桂林比。建筑大多是两三层楼，六层以上的就很少见，即便是越南历史博物馆、军事历史博物馆及政府办公区也是如此。有一天晨练我路过还剑湖附近的一个汽车站，发现还是平房。老城区多数门脸很窄，进深非常深，呈长条形，据说跟土地私有制有关。街道很窄，也很旧，这使得圣若瑟大教堂显得鹤立鸡群、茕茕独立。还剑湖附近夜市小吃摊更是人满为患，拥挤嘈杂，却也挡不住人们大快朵颐或欢聚畅饮。中国游客虽多，但中餐馆却不多。我们连续找了两家中餐馆都没有座位，只好改吃西餐。我们参观了巴亭广场、胡志明墓、民族博物馆、军事博物馆、圣若瑟大教堂、火炉监狱等，还参团去华闾—三谷碧洞一日游，是一个20人的英语团，游客多来自欧美与中东。从河内到宁平省，多半是乡村公路，100多里的路程居然要走两三个小时。越南美食主要有越南河粉、春卷、烧烤，芽庄则以海鲜为主。特产主要有咖啡、香水以及热带水果如菠萝蜜、芭蕉等。

芽庄是著名旅游胜地，是庆和省的省会所在地，著名军事基地和军港金兰湾就在这里。因为有世界著名海滩，中国人特别多，简直成了越南版的"三亚"。我们有一次吃海鲜火锅时，居然喝到"小二"（100毫升装的北京二锅头），不少餐馆都可以用微信、支付宝付款。中国游客尤以四川人居多，成都有直飞芽庄的航班。我们先在海边的长滩香江休闲度假酒店住两晚，酒店住客以俄罗斯人为主（苏联曾长期租借金兰湾），享受蓝天、白云、阳光、沙滩与无边游泳池，后又搬到市中心的哈瓦那酒店住两晚，住在酒店29层，从窗户遥望蔚蓝南海一望无际。芽庄有许多游乐项目，如浮潜、冲浪、跨海缆车、快艇、游船等，我们不感兴趣，只体验了泥浆浴，品尝了海鲜，参观了芽庄大教堂和占婆塔。芽庄大教堂是法国哥特式建筑，建于1928年至1933年，有钟塔和绘满《圣经》故事的玻璃天窗，内部建筑均用石头建造。我们参观时正赶上他们做弥撒。占婆塔属于印度教建筑，有"小吴哥"之称，因为之前我们去过柬埔寨吴哥窟，所以也就没有多大兴趣了，仅仅是到此一游而已。

胡志明市位于湄公河三角洲东北、西贡河右岸，距中国南海只有15公里，是越南第一大城市，1500万人，华人约占1/20，经济总量约占全国近10%，商业发达。西贡在法属时期即为东南亚著名港口和米市，深受欧美文化影响，有"东方巴黎"之称。1975年，越南共和国（南越）被推翻后，越共为纪念越南共产党的创始人胡志明，才把西贡改名为

"胡志明市"。我们住在第一区的索菲特广场酒店，离西贡河不远，胡志明市的主要景点，如法国人修建的中央邮局、红教堂、统一宫、歌剧院，以及后来修建的胡志明广场等都在附近。统一宫原为法国时任越南南部总督拉格兰蒂耶于1869年开始修建的总督府，原名"诺罗敦宫"，实际上也是法国在整个印度支那（即中南半岛）地区的总督府，后为南越总统府，南北越统一后始用现名。再往东南走不远，就是以一位越南民族英雄名字命名的范五老街。我们还参观了战争遗迹博物馆、胡志明市历史博物馆，在西贡歌剧院观看了AO秀文艺表演。近年来，随着中国影响不断扩大，胡志明市已与我国上海、广州、沈阳缔结为友好城市。

越南有几多：一是咖啡馆多。这大概有两个原因，第一，越南盛产咖啡，是全球第二大咖啡生产国（第一是巴西）；第二，法国在越南实行了百余年的殖民统治，美国打了20年越南战争，处处可见法国殖民时期遗留下来的印记。近年来越南也倒向美国，美国影响也在加大。二是除中国游客外，以欧美游客最多，也有日本、韩国游客。这大概与许多反映越战的影视作品有关。三是摩托车多，不管是河内、芽庄还是胡志明市，都应算作一大景观，类似于1990年前后的广州。摩托车因为速度快，加上有些人不很遵守交通规则，给人到处乱窜的感觉，不免令人提心吊胆。这也反映了越南经济发展程度和老百姓的消费水平。

二、越南与中国

10天越南之行，我对这个曾是"同志加兄弟"的邻邦有了进一步的理解和认识。总的来说，中越关系微妙而敏感，越南人对中国有着很复杂的感情。

从公元3世纪晚期到10世纪前期，越南中北部属于中国领土，越南称为"北属时期"。秦代河北人赵佗建立南越王朝，汉代设交趾郡。"初唐四杰"之一、《滕王阁序》作者王勃的父亲曾任交趾令，王勃就是在去看望父亲后的返程路上落海获救后惊悸而亡的。968年，河北饶阳人李公蕴建立安南李朝，统治越南两百多年，至今河内还剑湖旁还立有李太祖像。胡志明市原名"西贡"，一说意为"西方来贡"，得名于明朝郑和下西洋时期，是西方诸国向大明朝贡或贸易船只停泊的港口。越南保留着大量中国传统文化与风俗习惯。比如，他们也使用阳历与阴历，也过春节、清明节、端午节、中秋节。中秋节也吃月饼，过春节则是"肥肉姜葱红对联，幡旗爆竹大粽粑"。我们逛了文庙对面的迎春庙会，不少人摆摊设点，用红纸黑字给游人写"福"字。我们在华闾游览时，进门就看到一幅反映安南李朝历史的巨型壁画，军旗上有"太平"字样，有李太祖时期用汉字书写的《迁都诏》，牌坊上有很多用汉字写的对联，石碑上刻的也是汉字。越南的国服奥黛，款式类似于中国的旗袍。

上中学时，我们曾在历史课本上学过广西人刘永福率黑旗军援越抗法的故事。当法国人招降他时，刘永福严词回绝道："本爵提督大清国广西省人也，父母之邦不可背；又越南极品元戎也，知遇之恩不可忘！"1950年中越建交，开启了一段亲密关系，胡志明说"越中情谊深，同志加兄弟"。在越南抗法时期，中国应印度支那共产党中央和越南政府要求，派出政治顾问团和军事顾问团，军事顾问团成员有陈赓、韦国清、杨得志（后任对越自卫反击战西线总指挥）等，帮助越南最终赶走了法国殖民者，取得抗法胜利。越南的国徽、国旗和党旗都与中国的相似。我们去时春节刚过，到处可见镰刀锤子的鲜红党旗和五星红

315

旗，大概也是为了烘托节日的喜庆气氛吧？

1964年，美国扩大越南战争，中国不得不继抗美援朝后，又开始抗美援越。直到1973年，尼克松总统下令美国从越南全面撤军，后中美于1979年正式建交。越南相继赶走了法国殖民者和美国侵略者，实现南北越统一，拥有训练有素的100多万军队，有美国留下的先进武器，号称世界第三大军事强国。当时的越南黎笋当局就妄想建立"印度支那联邦"，不仅入侵老挝、泰国和柬埔寨，而且不断挑衅中国，目的就是要称霸东南亚。从此中越交恶，越南开始排华，大批华侨不得不离开越南，或辗转海外，或回到祖国怀抱。我国在海南专门建立几处大型农场，用以安置越南华侨。复出后的邓小平，高瞻远瞩，审时度势，果断发动"对越自卫反击战"。28天后，中国宣布胜利撤兵，中越战争后来又持续10年。《高山下的花环》《十五的月亮》《芳华》等都是反映中越战争的优秀文艺作品。在此之后，苏联东欧剧变，美苏争霸终结，世界走出冷战时代，中国才迎来改革开放的和平发展时期。

中越既已反目成仇，传统友谊一笔勾销，直到20世纪90年代，中越之间才逐渐恢复正常关系。2014年，中国在南海西沙群岛靠近越南海域设置钻油平台，引发越南发生打砸中资企业事件，最后以政府惩罚肇事者、赔偿企业损失而告终。近年来，随着中国实力不断增强，中越贸易持续发展。到2018年，双边贸易近1500亿美元。在2019年春节中国居民出境游10大目的地中，越南名列第5。中国赴越游客每年有近500万人次。但也不可否认，越南仍是世界上对中国好感度最低的家之一。据皮尤研究中心2017年统计，只有10%的越南人喜欢中国。我们参观越南军事博物馆时，竟没有发现一张反映中国支援越南的图片介绍。我本来还想看看，越南人是怎样看待那次对越自卫反击战的，地陪杨松说，原来是有个展厅，专门反映越南人民抗日和抗中历史的，现在出于政治原因已关闭。虽然越南人总体上对中国人是排斥的，但越南出于历史和现实的种种考量，也不得不和中国打交道，中国影响也无处不在。我们在河内的地陪，司机一路上放的都是中国歌曲，不知是有意选择还是已成习惯。在去华闾一日游回来的路上，导游小伙为大家唱了两首歌，一首是美国的，另一首就是中国的。

三、胡志明

我小时候那个时代，中国老百姓最熟悉的越南人，大概就要数胡志明了。那时候中国一般家庭还没有电视机，更没有互联网，农村最普遍的娱乐方式就是看电影。一般放映前要先放十几分钟的新闻纪录片，类似于现在中央广播电视总台的新闻联播，报道国内外大事。我们经常能够看到的几位外国人，被称作"中国人民的老朋友"，如金日成、西哈努克亲王、铁托、恩维尔·霍查等，其中就有一位留着山羊胡子的老人，即越南劳动党主席胡志明。他经常访问中国，与毛泽东、周恩来、刘少奇等关系很好。胡在法国勤工俭学时就与周恩来、李富春、蔡畅、王若飞等建立了深厚友谊，是越南第一位共产党员。1924年，胡志明在莫斯科东方大学毕业，受共产国际派遣来到中国，任苏联顾问鲍罗廷的翻译，化名李瑞。1925年，胡在广州创立"越南青年革命同志会"，经蔡畅介绍，与护士曾雪明结婚，邓颖超为证婚人。后来胡参加广州大革命时，林依兰曾假扮妻子照顾他。但因为他曾向越南人民许下"越南不解放，我不结婚"，后来一直没有在越南正式结婚。1942年他在广西靖西县被国民党地方政府逮捕，在广西各地辗转监禁，13个月换了18所监狱。我在参观来宾博物馆时，看到过他的《狱中日记》，是用汉文写的诗歌，有100多首。胡在越南被称为"国父"，我们去巴亭广场参观胡志明墓时，竟排了两公里长的队，既有外国人，也有越南人。我也曾参观过列宁墓、罗斯福墓、林肯纪念堂等，但只有参观毛主席纪念堂时才有如此盛况。一方面固然与春节放假有关，另一方面也足见他在越南拥有无与伦比的尊崇地位和深远影响。

对于现在的中国人来说，胡志明还有一个功绩，就是屠呦呦获得2015年诺贝尔生理学或医学奖，实际上是他间接促成的。20世纪60年代，越南南方民族解放阵线与美军在热带丛林中作战时，大规模疟疾肆虐战场，双方都遭受了惨重的非战斗损失。胡志明一看大事不好，赶紧向毛主席求援。毛主席立马指示，集中全国相关科技力量上马"523项目"。当时年仅39岁的屠呦呦进入项目组，并担任课题组组长，这才有青蒿素的发现，为越南取得抗美救国战争胜利奠定了坚实基础，更为人类健康做出了杰出贡献。现在青蒿素已被世界卫生组织定为治疗疟疾的首选药物，每年都在挽救无数人的生命。

赏戏观影

| 福建梨园戏

　　内子有一位研究生，毕业后到北京京剧院工作，经常请老师看戏。最近请我们看了一场福建梨园戏，是今年北京喜剧艺术节的演出。因为好不容易有一个全家集体活动的机会，就决定全家一同前往。

　　演出在亮马桥路上的世纪剧院。演出单位是福建省梨园戏实验剧团，剧目是《董生与李氏》。开场先是某喜剧明星介绍梨园戏的来龙去脉。演出中间，与泉州的朋友短信交流。据他说，除梨园戏外，泉州还有高甲戏、打城戏和提线木偶等民间艺术，有空时可实地观看。泉州属于闽南地区，历史上曾有大量河南人迁徙于此，因而至今仍保留着浓郁的古中原文化，这梨园戏想来也应属于宋元南戏的活化石了。

　　《董生与李氏》虽取材于尤凤伟的现代农村题材短篇小说《乌鸦》，却是一出古装戏，讲述了穷塾师董生受彭员外临终嘱托，监视彭之寡妻李氏，以防其再嫁，不料却因此与李氏擦出"火花"，并进而"监守自盗"的故事。该剧文字精练简洁，颇有元曲风采，可见编剧王仁杰（泉州市戏曲研究所所长、市政协副主席）具有相当深厚的古典戏曲功底。人物虽不多，但两个主演曾静萍（饰演李氏）、龚万里（饰演董生）表演出神入化，艺术功力深厚，因而该剧入选2003—2004年度"国家舞台艺术精品工程"，获得专家评委的满分赞誉与业内的罕见好评。

看完该剧，得到以下几点启示：

一是人性不可违。彭员外与李氏本属老夫少妻，按理说，身后事应该顺势而为才是，彭却在临死时，密嘱其邻、塾师董四畏暗中监视李氏，防其移情再醮，足见其自私自利，完全不顾少妻的感受。所幸最后当董生冲冠一怒为红颜，严词痛斥其没有人道时，悄然含愤隐去。董生与李氏原本是跟踪与被跟踪、监视与被监视的关系，但在多次接触中，虽然有"男女之大防"，依旧为对方所吸引，孤男寡女，干柴烈火，两情相悦，遂行鱼水，也是顺其自然，人性使然。

二是董生守信用、重然诺难能可贵。董生名叫四畏，显然应由《论语·季氏》"君子有三畏：畏天命、畏大人、畏圣人之言"而来。这董生，在"三畏"之外，还多了"畏女人"，加之"君子固穷"的因素，以致年过40尚未娶妻，显然编剧是把他当作一个具有喜剧色彩的正人君子形象来塑造的。面对彭员外的请托，尽管董生一千个不乐意，觉得有失读书人的身份，但因他葬母时曾向彭借过20两银子，彭主动烧毁借据，董才无奈答允。所谓一诺千金，君子一言，驷马难追，董生便把窥探李氏行止当作"每日功课"，而且还要每月定期上坟向彭汇报"述职"。莫说是阴阳两隔，即使在现实生活中，如此诚实守信之人，恐怕亦不易见到。

三是一个人不管有多大的名气，都要认真对待每一件事。在演出过程中，某喜剧明星曾两次出现，但表演却让人大失所望。第一次出现，是介绍梨园戏，这本来是个不错的主意，但不知此人怎么回事，介绍剧情时居然磕磕绊绊，几次忘词，不时看稿，大煞风景，有失大腕水准，以至于数度被喝倒彩、鼓倒掌，真让人替他感到难受。他则自我解嘲地说，是因为对古代戏曲文化的敬畏而忘词。往小了说，是准备不足，仓促上场；往大了说，则是对观众的不尊重，也是对梨园戏实验剧团全体演职人员的不尊重。第二次出场，是在董生"监守自盗"时，本来舞台正中留下一双红绣鞋，点到即可，这位明星又出现在舞台上，与乐队中一人问答，非要点破，原本可能是想给演出增加些喜剧成分，但如此一来，却徒增画蛇添足之感。这就启示我们，人生在世，不管你是多大的腕儿，都要认真做好每一件事。

安庆黄梅戏

应邀参加在安庆举办的安徽省高中新课程研修班，去年启动新课程时，本该来皖参加相关活动，因青海、西藏之行而错过，一直深怀歉疚，这次正好补上，顺便到安庆一游。出乎意料的是，来接机的丁总是第一次见面，接过名片一看，原来是20年前我在青海工作时就曾有过交往却一直未曾谋面的老朋友。我们入住皖源国际大酒店，从店名推测，应该是安庆为"安徽之源"的意思吧？询及朋友，果然如此。所谓"安徽"，即安庆与徽州的合称。安庆，亦曾是安徽省的省会，长达170年之久。最初我好像是在台静农的一篇散文中读到过"省城安庆"云云，当时还颇不解。新老朋友见面，自然少不了"口子窖"，好在度数不高，推杯换盏，渐至微醺。

晚饭后，主人盛情招待我们欣赏黄梅戏。黄梅戏原本叫"黄梅调"，发源于湖北黄梅县，但在湖北没发展起来，这帮艺人便顺长江而下，到安庆扎下根来，继而发展壮大，说起来这黄梅戏也算是"墙里开花墙外香"了。安庆也因此成为黄梅戏的正宗发源地。安庆人视黄梅戏为家乡戏，据说一市八县竟有10个专业黄梅戏剧团，从业人员达千余人，人才济济，名角辈出。现在，一说起黄梅戏，人们只道是安徽地方戏，其实追根溯源却在湖北。尽管从不少安徽籍朋友那里听到过有关黄梅戏的故事，但留在印象中的，似乎只有严凤英主演的戏曲电影《天仙配》，甚至连《女驸马》《牛郎织女》亦未曾看过。

黄梅戏会馆号称"乐传天上谱，梅奏曲中花"，去年才开业，实际上是集茶楼文化与剧场艺术于一体，既展现名家名段，亦推介新人新腔，观众既可观剧休闲，也可品茶会友。会馆占地面积1200平方米，整体为徽派装饰，红木家具，外连看台的豪华包厢。外墙上有会馆简介，右边墙上挂着20世纪60年代国家副主席董必武陪同越南胡志明主席来此观看黄梅戏时留下的黑白照片，颇有历史沧桑感。进门则是各种放大的彩色剧照，显示着这里曾有的辉煌与骄傲。剧场分上下两层，我们在楼下前排的几张桌子，桌上配有茶水、瓜果、点心等，颇具北京的老舍茶馆、湖广会馆、长安大戏院的规模与气派。只是后者更显豪华而已。舞台两边分别是"出将""入相"，各有一副对联，左边是"爱恨悲欢一台戏，正邪善恶两样情"，右边是"真情不动假慈悲，假戏能催真情泪"，倒是确切地道出了中国传统戏曲艺术的真谛与本质。演出的剧目皆为黄梅戏的经典唱段：《闹花灯》表现夫妻俩元宵节观灯，欢快明畅；《状元府》讲述古代一位才女替夫赶考，考中状元后却被皇上招为驸马，因而陷入两难境地。还有取材于《红楼梦》的《尤二姐吞金》，表现孟姜女万里寻夫的《哭城》，歌颂郑板桥清正廉洁、惩恶扬善的《告洞房》等。另有不少清唱，甚至还有一段表现秦始皇兵马俑的舞蹈《秦俑情》。其中不乏国家一二级演员，亦有优秀青年演员、新世纪五朵金花、花戏楼十佳演员等。演员都非常投入，可谓群星璀璨。节目内容既有明快的，亦有悲情的，但基本上是家长里短、儿女情长，亦没有京剧中常有的武打场面。

这一点颇类越剧，可以明显地看出宋元南戏的影子与江南水乡的阴柔之美。据说在安庆的公园及公共场所，还经常可以看到人们在唱黄梅戏。可见黄梅戏在这里有着广泛的群众基础。

| 体验"浸没戏剧"

在曼哈顿西27街和第十大道交汇处的切尔西画廊区The McKittrick Hotel欣赏浸没戏剧*sleep no more*（译作"今夜无眠""无人入眠"），算是一次独特的观剧体验。

浸没戏剧，又称"浸入式戏剧"，是一种全新的戏剧表演形式。所谓"浸没""浸入"，完全打破传统戏剧演员在台上表演、观众坐在台下观看的形式，演员在不同的表演空间里不停转换移动，观众全身心地进入剧情中，主动探索剧情，而不只是在座位上当"看客"，从被动接受到主动选择，从旁观到参与，颠覆了传统的观众与演员的关系。

剧场是英国戏剧公司Punchdrunk买下三座废弃仓库改建而成的。这是一座虚拟的20世纪30年代风格的宾馆，上下共5层，总面积9300多平方米。网上购票，每人100美元，据说情人节时曾卖到225美元。我们从谷歌大楼出来，沿着高线公园，7点前赶到时，已有数十人在排队。工作人员查完票在每人手背上盖章作为入场标志。入口处被改建成酒店前台的模样，随身物品要么寄存，要么扔掉，不能使用手机，每人都要戴上个白色幽灵般的面具。经过一段迷宫式的黑暗过道，除了拐角处有微弱灯光提示前行路线外，只能摸索着前行，生怕一不小心失足踩空。七转八绕之后，来到一个复古的酒吧区，有黑人歌手在演唱。我们要了一小杯带薄荷味的鸡尾酒品尝，也有自助餐，应是剧场开发的衍生品。

开演前，观众随工作人员乘电梯上五楼，然后在不同的房间里自由探索观剧。剧场布置悬疑诡异，黑色，阴郁、陈腐的气息弥漫于每一个角落，也表现在演员的表演中，让人体验到一种梦幻般的真实。硝烟散尽的废墟和古战场，破败的酒店及餐厅，奢华的古堡卧室，还有飘散着腐旧气息的医院，约有大大小小近百个房间和场景。演员就在观众面前零距离表演，既没有唱腔，更没有一句台词，没有传统戏剧的"唱""念"，除了偶尔的一声尖叫，只剩下"做"和"打"。当然，你也可以远离演员和人群，在这个幽灵般的迷宫游走。或坐在豪华古堡的华丽大床上发呆，或在只有水滴声的凄凉病房里心惊，或翻看那些泛黄的书信，触摸老旧的古董，但就是不能发声。每个场景，每件道具，都极逼真且精细。最后是一个宴会大厅，观看如同"最后的晚餐"一般的结局，带着远离现实的迷离恍惚，回到纽约的夜色之中。

Sleep no more 2003年在英国伦敦首演，2009年进入美国波士顿，2011年来到纽约，迅速成为新的文化热点，被认为是日渐艰难的演艺经济中的兴奋点。故事改编自莎士比亚的经典悲剧《麦克白》。这是一个关于权力、欲望以及妒忌交错的悲剧，故事情节则从原作中的古苏格兰改为二战前的纽约。整个剧情由十来名演员分头展开，他们在不同楼层中上下来回穿梭，演绎着各自的故事。表演者不停地在奔波，交谈，打斗，甚至暧昧，观众戴着幽灵面具四处游走，奔跑着追赶演员。据说有多个小故事同时上演，重要的情节会重复表演两次。观众选择不同的路线，会看到完全不同的表演和剧情。可能你会错失某个重要情节，也可

能同一个场景看两遍。在这里，剧情是否完整已不重要，重要的是，观众在选择，在体验，甚至还有互动。据说有些痴迷者竟能连看四五遍，就跟我们小时候在农村老家追着放映队把同一部《地道战》《地雷战》看几遍一样。

艺术总是相通的。这让我想起自己的几次观剧经历。前几年，我和家人夜游苏州网师园，观众由小宫女提着纱灯不断转换场景，看一个一个演出，观众在不停走动，演员不动。后来在海南、丽江、桂林、西安，看张艺谋的"印象"系列，以山水为背景，场面宏大，印象深刻。尤其是去年8月《语文报》蔡智敏社长请我看的一场实景景观剧《又见平遥》。剧场分为四个大型演区，以极精致的仿古建筑，分别重现山西大院、平遥古城街道及古城墙，最后是传统剧场。观众跟着演员，穿行于清末平遥城、镖局、赵家大院、街市、南门广场，房间里陈列的物品触手可及。观众在观看表演的同时，也在进行着一种近似实景的文化游览。在游街、选亲等场景中，观众又是剧中的看客。当时感到颇新奇，现在想来，应该都或多或少受浸没戏剧形式的启发。据说，五台山创作了《又见五台山》。听说上海已在制作浸没戏剧。艺术贵在创新，只要观众感到新奇有趣，愿意花钱看，无疑就是成功的。

胡志明AO秀

我们越南之行的最后一站是胡志明市。索菲特广场酒店就在一区的市中心，我们游览了附近的中央邮局、红教堂、统一宫、胡志明广场等景点，参观了胡志明市历史博物馆、战争遗迹博物馆，在范五老街夜市观光，在西贡河游船上品尝东南亚美食，还特意到胡志明大剧院欣赏了一场AO秀TEH DAR。

胡志明市大剧院又称胡志明市歌剧院，位于胡志明市闹市区。剧院始建于法国殖民统治时期，至今已有100多年历史，是法国人依照19世纪末法国巴黎歌剧院的风格设计建造的，属于典型的巴洛克式建筑。剧院所在的广场最初命名Place Garnier（现在叫 Lam Son Square），显然有向巴黎歌剧院致敬的意思。这栋富丽堂皇的建筑很像巴黎的小皇宫，大概法兰西皇帝的原意就是要建造一座让殖民统治阶层专用的剧院。那令人目眩神迷的水晶吊灯、门廊与天花板的装饰等建筑装饰材料非常考究，据说都是从法国运来的。建筑外观装饰精美，外墙上有各式各样的浮雕和花纹，正面巨型的拱门顶端是两个背生双翼的天使手扶圣琴的婀娜姿态，而拱门下方的两个立柱前则是两位女神，她们似乎要用双手将大门托起。构思独特，造型优美典雅，不仅突显了法式特有的浪漫风情，也透露出法兰西第二帝国时期（1852—1870）的华丽与恢宏。虽历经百年沧桑，但白色大理石的外观却保存完好。左右两边各建有一个花坛，里面有绿地，有流水，在音乐喷泉的掩映下，还有一尊亭亭玉立的少女拉小提琴的雕塑，烘托着这座庄严美丽的主体建筑。

歌剧院附近建筑的主色调是白色和黄色，设计大多也是欧洲建筑风格，分布着各色高档奢侈品店、咖啡馆以及特色餐饮。左边是胡志明市的另一个地标性建筑卡拉维拉酒店，右边是洲际酒店，据说1975年美国从越南撤军的最后一架直升机就是从这里离开的。剧院前面的马路很宽阔，白天供游客参观游览，有当地年轻人在这里拍婚纱照，也有模特拍时装照。夜晚演出时可供观众停车。白天的庄严神圣与夜晚的温馨亲民恰成鲜明对照。

我们白天提前买了票，付款前可在旁边的电视上试看几分钟表演。演出18：00开始，我们17：00到时，门前已有不少观众，马上就有穿着红上衣的志愿者来跟我们打招呼。我问"Can you speak Chinese？"，她报以歉意的微笑。门前备有茶点，可自由取用。演出正式开始前，有工作人员引领大家到二楼包厢参观，介绍剧院的悠久历史及基本情况。因为是用英语，我听得也似懂非懂。漂亮的阳台，豪华的内饰，三层圆弧形的设计，透露出近代欧洲剧场风格。前面有一个多功能舞台，约有500个座位，虽然不大，但很精致，声音效果很好。

这场AO秀节目由越南太阳马戏团演出，融合了音乐、舞蹈与杂技，应该算是一种现代文化的形体表演，主要反映越南历史文化视野下的乡村生活，以及时代变迁给当代青年带来的若干惶恐。虽然是一场室内小型芭蕾杂技类表演，但是加入了一些诗歌朗诵、旁白等文学元素。

十几位男女演员，同时是杂技演员和体操运动员，在鼓乐的伴奏中，随着竹竿的摆动，来去腾挪，上下翻飞，精彩绝伦，让人眼花缭乱。道具有竹竿、面具、巨形碗以及悬挂空中飞人的各种装置。乐器主要是各种形制的鼓，有大鼓，有腰鼓，也有笙、箫之类。简约的竹制道具和竹鼓敲击乐演绎诠释着越南的历史文化与风土民情。精湛的演出技巧，适时的逗趣串场，不断变幻的灯光特效，让人陶醉其中。时而激越，场面宏大，气势宏伟，激昂高亢，令人荡气回肠；时而温婉，风花雪月，小桥流水，含情脉脉，又让人充满无穷想象。整场表演如行云流水，浑然天成，让人能感受到人体造型与力量的美。艺术是不受地域限制、跨国界的，真正有特色、高水平的艺术，能让人欣赏到美，能给人带来别样感受，或强烈的视觉冲击，连语言都是次要的。

我观察了一下，整个剧场座无虚席，观众来自世界各地，以欧美人居多，也有不少韩国人、日本人以及越南本地人，但中国人并不多。毕竟法国人在这里实行了百余年殖民统治，美国越南战争也打了20年。欧美拍了那么多反映越战的影视剧，他们来越南旅游，除休闲度假以外，大概也有怀旧甚至猎奇的因素吧？

| 战狼雄风

2017年是中国人民解放军建军90周年。今年的建军节与往年不同，我连续看了两部国产军事题材电影。一部是《建军大业》，是单位包场；另一部是《战狼Ⅱ》，昨天与家人一起到通州万达影城看的。两部电影都是主旋律英雄影片，满满的正能量，从正面展现军人形象，堪称大制作、大手笔。前者着眼于历史，追溯传统，不忘初心；后者则着眼于现实，讴歌军人英勇顽强，敢打敢拼，用动作片的形式表现爱国主义，把主旋律与商业战争片结合在一起，票房几十亿，成功跻身全球TOP100票房排行榜，打破了好莱坞电影对该榜的垄断。《战狼Ⅱ》的成功不是偶然的，除导演、演员的艺术创造外，我想天时、地利等大环境起了决定性作用。

1. 当今中国需要英雄

国家民族需要英雄，人民群众崇敬景仰英雄，古今中外皆然。军人的使命就是保家卫国，建功立业。前几年曾有某网红胡说什么"军人不打仗就是个饭碗，并不创造价值"，结果遭到严词批驳："我们创造的不是价值，而是国家安全！"《战狼Ⅱ》以中国护航编队撤侨为背景，讲述一位被开除军籍的特种兵冷锋（吴京饰）的故事。他本来是为寻找女友龙小云而踏入非洲,却卷入一场国家叛乱。而由于国家政治立场的关系,中国军队又不能采取武装行动撤离华侨,必须有一个人临危受命,前去解救身陷危难中的同胞。冷锋冒着枪林弹雨,冲向尸横遍野、血流成河的战乱区,孤身一人展开解救行动。战争带来的哀鸿遍野、瘟疫肆虐、痛苦挣扎、无数平民被打死等惨状得到充分展现,也体现出战争状态下人性的挣扎与思考。

2. 中国崛起势不可挡

中国在历史上曾经走在世界前列,所谓秦砖汉瓦、汉唐盛世,长期引领世界潮流。只是到了明代中期以后实行海禁,中国才逐渐走下坡路。明成祖派郑和下西洋,很重要的一点就是"宣扬国威"。晚清的腐朽落后导致中国彻底衰落。两次鸦片战争使中国失去在世界上的地位,甲午战争又使中国失去在亚洲的地位。往日的天朝大国轰然坍塌,风光不再。新中国成立后,经过几代人的努力,中国与世界的距离在逐渐缩小,尤其是改革开放40余年来,中国正在逐渐回到世界舞台中心。影片中有一个细节大有深意,反映了导演吴京的用心良苦,令人印象深刻。冷锋与反派头目老爹最后近身肉搏,拳拳到肉,招招致命,直打得血肉模糊,筋疲力尽。这时他们的对话是:"你们这种劣等民族永远属于弱者。""那他妈是以前。"当今中国早已不是积贫积弱、任人宰割的晚清王朝,中华民族再也不是胆小怕事、任人欺压的弱小民族了。西汉名将陈汤提出"明犯强汉者,虽远必诛"(《汉书·陈汤传》)。犯我中华者,虽远必诛!用艺术手段表现的,就是实现中华民族伟大复兴的这种梦想。

3. 中华民族敢于担当

影片中有一个细节，华资工厂被雇佣军围困，当有人要分出中国人和非洲人时，冷锋有一句台词："妇女孩子先走，其他人和我一起杀出去！"这不是编剧的杜撰，而是历史的戏剧化再现。作为一方大国，中国曾多次救助过其他国家的难民。2011年在利比亚撤侨时，应希腊、越南和孟加拉国三方外交部请求，中国需协助近千名越南和孟加拉国人员撤离，这需要租用希腊客轮进行转运，但希腊船长却不准越南和孟加拉人登船。在中国驻希腊大使馆和中国外交部的紧急斡旋下，最后希腊船长终于做出让步，所有人安全登船。影片中多次出现叛军首领对手下说："不要惹中国人。""中国人不好惹。"老百姓常说："没事儿别惹事儿，有事儿别怕事儿。"毛主席当年也曾说："人不犯我，我不犯人；人若犯我，我必犯人。"中国是一个负责任的大国，在困难面前，敢于担当。

4. 中国形象需要呵护

近年来，我曾到过多个国家旅游。我有一个明显的感觉，中国人越是在国外长期生活，越对祖国深怀眷恋，越是希望祖国更强大。影片中那位超市老板（于谦饰）就颇有戏剧性，开始他称自己在上个月就已经不是中国人了，等到后来发生战乱，他迫切需要中国大使馆庇护时，却立马改口称自己是中国人。当中国车队走到政府军与红巾军的交战区时，冷锋用胳膊当旗杆，高举着五星红旗穿过交战区，这时每一个中国人都能感受到祖国的威武强大。影片最后，有这样一段字幕："中华人民共和国公民：当你在海外遭遇危险，不要放弃！请记住，在你身后，有一个强大的祖国！"尽管护照上找不到这段话，但其冲击力与震撼力，相信每一个有海外生活经历的华人，都会感同身受，血脉贲张。《战狼Ⅱ》

在南非拍摄期间，摄制组内部有一份《注意事项》，其中有这样一条：
"工作和生活期间，注意言行素质。作为祖国的代表，可以晒黑，不能
抹黑。"中国形象需要全体中国人用心维护，尤其是身处海外的人们，不
管是定居，还是旅游。

为电影《老师·好》叫好

最近有一部电影《老师·好》深受观众热捧，短时间内票房已超过三亿。在这个"娱乐至死"的时代，教育类电影能有如此业绩，无疑犹如一阵清风、一泓清流。我看电影不多，也曾为《战狼Ⅱ》《流浪地球》而血脉贲张、激情满怀。但作为教育工作者，我更对教育题材的影片情有独钟，比如《放牛班的春天》《起跑线》《天才枪手》等，都给我留下深刻印象，也常为国产教育类电影的稀缺而感到遗憾。最近看了于谦老师主演的《老师·好》，我不禁对该片创作团队心生敬意，更为他们的匠意经营叫好。

这部影片之所以打动我，有以下几个原因：第一，影片由云舒写总策划并参与投资，致敬语文老师，体现语文人的理念、情怀和初心，是难得一见的国产教育题材电影。尊师重教自古以来是中华民族的优良传统，我国一直有"天地君亲师"的古训。教师是人类灵魂的工程师，是人类文明的传承者，他们传播知识，传播思想，传播真理，塑造灵魂，塑造生命，承担着教书育人、立德树人的时代重任。但如今在我国，基层中小学教师的生存状态却成为一个沉重话题，尤其是在南宿一中那样的小县城，以至于华为创始人任正非大声疾呼："我们再穷不能穷教师！""要让优秀人才愿意做教师，用最优秀的人才培养更优秀的人！"
在这样的社会背景下，《老师·好》创作团队倾力关注教育，精心打造
这样一部电影，而且吸引了张国立、杨立新、吴京、刘威、何冰、马未
都等大咖友情加盟助阵，高高扬起尊师重教的旗帜，代表着文化文艺工
作者的良心，极为难得，值得敬佩。第二，影片以20世纪80年代中期的
中学校园为背景，高三三班教室后面墙上"为中华崛起而读书"和黑板
报上那稚嫩的彩色粉笔字，一下子就把我拉回到30多年前，想起自己的
青春岁月和苦乐芳华。我是1976年高中毕业后开始在河南老家当民办教
师的，教过小学、初中、高中，不仅教语文，也教政治和历史。和苗宛
秋老师一样，也在南宿一中那样的学校教语文，当过班主任，遇到过调
皮捣蛋的学生。第三，影片讲述了一位语文老师苗宛秋的故事，塑造了
一个呕心沥血、默默奉献的中学教师形象。他对学生表面冷峻严厉的背
后，是一颗温暖善良的仁爱之心：获得地区优秀教师奖的那种自得；面
对安静同学出车祸、沾满鲜血时的无尽悔恨；得知刘昊患病他拿出一个
月工资时的慷慨；解救洛小乙遭到一帮地痞暴打时的无奈……于谦对苗
宛秋老师那种精气神的精准把握，把一个语文老师演得活灵活现，显得
真实、真诚、真切，这让我倍感亲切，也大大增强了我的教育自信和语
文自信。我从学语文、教语文，到编语文教材、研究语文教育，深知语
文关乎一个人的终身发展，社会整体的语文素养关系到国家的软实力和
文化自信，因而对语文充满热爱，情有独钟。如果我再有机会当老师，
我一定会投入更多的爱，让我的语文课堂更加生动丰富，更多欢乐欢
笑；引领着我的学生，汲取民族智慧，培育中国精神，树立文化自信；
让他们说铿锵有力的中国话，书端方平正的中国字，读文采飞扬的中国

书，写挥洒自如的中国文，做顶天立地的中国人。我想，这也是影片命名为《老师·好》的深意所在。

当然，正如人们常说的"电影是一门遗憾的艺术"。影片中也有一些值得推敲的地方，比如：那时的中学老师也常为学生补课，但绝不会收费；苗老师教80年代的高中语文，宣传海报上却拿着90年代的初中语文课本。但相比于这部影片所产生的社会影响和所取得的艺术成就，这些只是白璧微瑕，丝毫掩盖不住这部影片的璀璨光辉。

诗意人生

祭昆仑山

公元二〇一五年九月一日，岁在乙未，时维甲申。金匮降瑞，吉日良辰。中国民俗学会、青海省民俗学会与青海省格尔木市人民政府，偕海内外各界人士及昆仑山各族民众，汇聚圣山之畔。筑台擂鼓，载歌载舞，奉五谷瓜果，醴酒鲜花，祭拜我中华民族之精神家园昆仑山。其辞曰：

莽莽昆仑，万山之巅。中华龙脉，华夏起源。亚洲脊柱，虎踞龙盘。巍巍其山，万千峰峦。绝壁嵯峨，势薄云天。昆仑山口，青藏隘关。四季银装，苍茫云烟。皇皇哉，奕奕哉，国山之母，于有兹焉。

悠悠昆仑，文明之源。源远流长，海纳百川。圣迹之虚，众神所安。乘龙驾鹤，游戏其间。黄帝下都，瑞兽守边。精卫填海，女娲补天。穆王西巡九万里，嫦娥奔月升仙班。王母瑶池，白云在天。源流委曲，《山海经》传。屈子四望，神飞霄汉。玉虚神女居所，道教福地洞天。原始天尊，设做道场；子牙姜尚，在此闭关。

昆仑山麓，宝藏无边。长江黄河澜沧江，九州江河于此发源；格拉丹东冠群峰，世界屋脊高耸云天。冰川林立，千湖奇观。昆仑雪景，日映海瀚。沙漠胡杨，蔚为壮观。弱水之渊，绿洲连绵。盐湖之王，为察尔汗。万丈盐桥，光洁平坦。更有原油气田，玉石雪莲。白唇鹿机警如兔，野牦牛尽情撒欢。野驴雪豹，悠游安闲。此乃天地之精华，万物之瑰宝，遗爱人间。

格尔木河，水流汤汤。戈壁明珠，古称若羌。南通拉萨，北接敦煌。东连西宁，西临南疆。聚柴达木盆地之富饶，汇唐古拉群山之雄壮。盐湖新城，百业兴旺。政通人和，民庶安康。青稞酒醇，酥油茶香。更兼神奇天路，蜿蜒青藏。联通中外，熙来攘往。

西海民众，藏蒙回汉。和睦相处，亲密无间。众志成城，共谋发展。如今西部开发，宏图大展；适逢一带一路，机遇无限。祝愿大美青海，走向绚丽明天！

颂曰：

祭拜神圣之昆仑兮，肃穆庄严。

供奉天地之神灵兮，敬畏自然。

寻根问祖以虔敬兮，溯本求原。

弘扬华夏之传统兮，心灵家园。

凝聚民族之智慧兮，创新发展。

赞我中华之文明兮，辉煌灿烂！

伏惟尚飨！

杂咏记趣

古宫室前庙后寝，寝侧两旁小门曰闱。隋兴科举，以考场关防严密，名之"锁闱"。会试曰春闱，乡试曰秋闱。今则特称机密事，古今异也。戏作杂咏记趣，聊博一笑云。

百年大计，功在教育。人才选拔，唯才是举。高校招生，此称第一。青年学子上升通道，千家万户命运所系。影响社会和谐稳定，事关百姓切身利益。社会舆论高度关注，媒体报道铺天盖地。于是乎场内外高度戒备，众武警如临大敌。

语文话题，素称社会热点。语文教材，常起沸反盈天。新闻年年有，热点天天看。一篇选文调整，引起媒体炒作。张王李赵进出，惹来口水大战。金庸小说收不收，古典诗词选几篇。周杰伦歌词进教材，鲁迅作品被撤换。小学课文多洋人，"崇洋媚外"价值观。南京大屠杀，亦能成焦点。语文此等事，岂能等闲看。大到立德树人，体现"一点四面"。小到一词半句，甚至一个标点。君不见，误写一个数字，引发轩然大波。一个写作话题，激起仿作无限。真可谓全民消费，媒体推波助澜，网民盛宴狂欢。

专家同仁，肩负使命。责任重大，任务光荣。来自五湖四海，入此北方帝京。放下繁杂事务，管他亲情友情。切断所有联系，电话有人监听。不用手机不上网，持续一月还挂零。不图名缰利锁，不为澄心养性。不羡悠悠白云，不慕缓缓清风。抬头望天，不望蓝天思题眼。俯身看水，不见游鱼想答案。黾勉从事，夜寐夙兴。殚精竭心虑，情志入怀萦。如临深渊，如履薄冰。得失妍媸，尽输以诚。知子罪子，心安是凭。鸳鸯绣出从君看，新妇妆成任谁评。

岂曰称单调？此中趣味丰。三餐皆自助，动静止院中。排队总第一，常惹愤不平。锻炼最常走路，晚来乒乓保龄。姑侄两对，体贴关怀情浓浓。扑克三幅，一勾到底笑盈盈。或洗衣房总洗头缸，或掰苹果徒手搏蝇，或唱歌堪称麦霸，或吃饭严防嘌呤。闲看花开花落，惯赏春雨秋风。时或有小酌，偶尔醉酩酊。酒酣耳热时，相携赴歌厅。女人是老虎，跑调又拉风。常怀老克拉，进食需蛋盅。色盲岭南客，偏爱小生灵。或独爱老歌，相机色粉红。羽球伤医关中汉，澡堂拖鞋数娉奵。偷闲草此闱中歌，谁人与我嘤嘤鸣？

廿年纪事

1997年秋，余始与某事。辗转飘零，南北西东，不以为苦；物是人非，逸闻趣事，信可乐乎？花开花落，云卷云舒，潮涨潮落，春风夏雨，历二十年矣。因随兴之所至，忆之所及，信笔而纪，不啻宫女话开元天宝事也。

一

忆昔廿年前，初逢皇家院。自古宫闱地，毗邻圆明园。武警守大门，戒备颇森严。雕梁兼画栋，屋舍称俨然。园林极整饬，花草赛公园。闹中取静处，京师学堂边。人说根底硬，隶属国务院。原本不对外，来往皆高官。这栋西亲王，那座宰辅岚。南国某教授，诙谐喜笑谈。感情或散步，作家风流传。酒后判考卷，英雄皆所见。匆匆当年客，今作星云散。共事三五载，此后再无缘。常怀静夜思，中夜相见欢。

二

淹留数载后，转战西山边。地处西北郊，紧邻植物园。驱车上五环，标识颇明显。途经环岛处，可见加油站。曲折村中过，人多路蜿蜒。路窄街灯暗，时或猫狗窜。曲径通幽处，别有广洞天。守卫御林军，皇家警卫连。门前池塘鱼，清波起微澜。满院桃李杏，房屋北向南。东边透北面，群山逶连绵。人说有丞相，我辈无缘见。旁有一小门，可通植物园。左至黄叶村，雪芹纪念馆。右通任公墓，梁门谒豪贤。途经卧佛寺，乾隆御笔匾。栈桥樱桃沟，清澈有山泉。学生一二九，于此谋抗战。当年沙尘暴，气候忽变暖。不爱爨底下，相约颐和园。清波荡逸舟，皇家听鹂馆。西山八大处，品尝农家饭。曾因数次游，里外皆熟稔。物是人非处，思之多叹惋。

三

多事之秋后，机制作调整。从此闭关去，入闱始有名。位居名山下，草木颇葱茏。中有巨型砚，卧佛称雍容。出门三人行，归来须签名。或喜喂藏獒，每呼同侪名。我素爱爬山，常倩别人送。出门即止步，我自踽踽行。每天走新路，管他通未通。计时度远近，总须望京亭。远道馈荔枝，美酒有两瓶。相约远足去，枕木道上行。公园拐角处，叩门访老僧。茶院颇幽静，时闻古筝鸣。晋南中条山，含羞生物钟。转年始回避，家中有学生。如愿以偿后，阖家皆欢声。每见大运河，依依不舍情。

四

移师帝京北，紧邻水源旁。生态堪称佳，气候颇凉爽。首度未识路，无从问导航。驱车数十里，折返呼冤枉。旁有穆家峪，硕大阳光房。从此不出门，院中相徜徉。台阶一千三，往复登三趟。首见叶圣陶，新卷始张皇。遗产非物质，图案云吉祥。蜀中五一二，举国哀伤亡。遇见川师友，上前劝慰忙。灾区安民意，作文题坚强。初识盛宣怀，煤铁采矿藏。高官谋大事，办学南北洋。探究新形式，谋变夜未央。盘山做广告，乾隆亲担纲。①津郊独乐寺，探访益思梁。②

五

京北多胜地，星罗皆温泉。绕过镇政府，巨阔广场边。左邻美食街，右接疗养院。此院暴得名，曾缘抗非典。墙外有早市，晨起声喧阗。院内颇方正，建筑尚整严。鱼塘不算小，不远有假山。园工割青草，群鱼做早餐。免费洗衣服，众人甚称便。史学某教授，心脏顿生变。安贞搭桥后，夫人来相伴。西人达尔文，立论颇拖延。名家陶行知，大爱洒满天。农学袁隆平，外交黄遵宪。是否捉老鼠，群猫相与辩。世界读书日，阅读大家谈。

六

辗转多处后，始有定居点。忆昔秋爽日，入住方体验。时闻犬吠声，只缘工未完。早起出门去，逍遥水库边。极目远望处，水波起潋滟。山中多嘉木，常被荆棘缠。亦曾穿村过，不与农人言。所幸未完备，得以尽游览。日渐修好后，条件得改善。设施颇完备，建筑亦井然。左有康乐宫，运动称方便。篮球羽毛球，旁边游泳馆。乒乓保龄球，兼带棋牌间。更有生态园，翠绿满眼帘。附设洗衣房，生活称方便。主楼为中枢，地下藏机关。上下分两层，皆为工作间。办公无纸化，电脑在手边。走廊墙壁上，文物复图片。聚焦科举事，类似博物

---

① 盘山广告语为乾隆皇帝"早知有盘山，何必下江南"。

② 独乐寺，当年为古建筑学家梁思成、林徽因所发现。

馆。后院Y形路，或走或登山。山顶有凉亭，风景可俯瞰。每年几度来，心中无杂念。只做一件事，聊当作休闲。

贺王益民获国家科技奖

2015年1月9日，"国家智能电网创新工程"荣获2014年度国家科学技术进步奖，亲家王益民受到习总书记接见。闻之欢忭，书以为贺。

新年新气象，帝京夜未央。

微信传佳讯，聚焦科技奖。

高层悉数到，惠风齐和畅。

勉励科学家，人民大会堂。

国电智能网，荣登光荣榜。

操盘王益民，荧屏得亮相。

习总亲勉励，传递正能量。

人类大发展，科技神威壮。

中华古文明，源远且流长。

四大发明后，创新今更强。

时代弄潮儿，科海竞徜徉。

航母初试水，神十曾远航。

昔有电光火，今有智能网。

电网智能化，贡献世无双。

寄语后来人，后浪逐前浪。

实现民族梦，泱泱华夏邦。

悼周磊学兄

接福祥师弟电话，说周磊学兄在老家出差时突然去世，不胜悲悼！周磊是我在中国社会科学院研究生院读博士时的班长，深得同学敬重。吾与兄同为语言所博士生，同窗三年，朝夕相伴，同学情谊，永留心间。诗以纪之。

遽夺师兄去，问天何忍为？西域春寒日，君魂归故里。

忆昔同窗时，谈笑共朝夕。君志衷方言，我钻故纸堆。

别后参与商，聚首常日稀。去岁黄河边，相见何依依。

岂料惊讯至，痛惜复伤悲。人道物伤类，芜词寄哀意。

痛悼李运益先生

缙云苍苍，嘉陵泱泱。夫子云逝，百世流芳。

先生惠泽，山高水长。滋兰树蕙，桃李芬芳。

召我入室，引我奥堂。以驰哀思，敬献心香。

哭陈建伟教授

接友人电话，广州语文界将在华南师范大学为陈建伟教授举行追思会，因有所寄。

丙申逢吉日，春风送清明。

追思建伟君，羊城聚友朋。

杏坛设华师，语文排头兵。

月刊任主编，教材做先锋。

为国选才俊，竭虑复殚精。

珠江三角走，南粤任驰骋。

常晒朋友圈，外孙颇机灵。

年前匆忙见，告我将西行。

戏语竟成谶，阴阳再难逢。

遥望洛杉矶，何处是归程？

自由塔下晤李培永

来美第一天即联系上李培永老师。李老师20世纪80年代在华中师大一附中任教时曾参加人教社语文教材编写，与刘国正、张定远、章熊、张必锟、朱泳燚等语文前辈过往从密。后作为人才被引进到海南农垦中学，成就斐然。去年李老师与我联系，说起他和老伴常住纽约女儿家。微信一问，果然。遂约在世贸中心自由塔下见面。他乡遇故知，一乐也。

> 荆楚有奇才，前辈李培永。
>
> 武昌教语文，华师一附中。
>
> 名师出高徒，桃李多精英。
>
> 孔雀东南飞，南海扬美名。
>
> 今我来纽约，遂相与期行。
>
> 家住新泽西，PATH几分钟。
>
> 相约自由塔，他乡故人逢。
>
> 一起观街景，纽约市政厅。
>
> 漫步唐人街，处处中国风。
>
> 追忆教材事，交口赞不停。
>
> 定远张必锟，先生刘国正。
>
> 江苏朱泳燚，博学称章熊。

锦江品美食，蒸包葱油饼。

街头孔子像，孙公期大同。

更有林则徐，禁毒称英雄。

屹立百老汇，风度颇峥嵘。

军人忠烈坊，华裔建奇功。

书家于右任，笔底生豪情。

依依话惜别，相约在北京。

丙申纽约行

丙申六月天，携内纽约行。探亲休年假，快乐好心情。

自助长岛游，驾车任我行。探访罗斯福，感念好总统。

庚子赔款后，中华教育兴。威斯伯瑞府，花园有美名。

建于百年前，查理二世风。满眼尽奢华，来去皆康宁。①

数度来美游，此次大不同。体验浸没戏，融入剧情中。

行走城内外，异国多胜境。

森林小丘

森林小丘里，规划颇严整。横向HJK， 纵向八九〇。

隶属皇后区，宜居好环境。②历史上百年③，楼高两三层。

连排或独栋，花园各不同。大则三五亩，小则数十平。

装修显品位，雕饰各不同。或设铁围栏，或铺绿草坪。

邻近地铁站，步行一刻钟。购物甚方便，毗邻法拉盛。

配套中小学，质量称上乘。蓝天白云下，空气甚洁净。

---

① 威斯伯瑞花园入口处立有"愿来者心情宁静，愿离开时身心健康"拉丁文告示牌。

② 森林小丘曾被《纽约日报》评为纽约十大宜居社区。

③ 森林小丘始建于1908年。

纽约高线公园

纽约有奇景，悬空建公园。曼城中心区，高线楼间穿。

全长一里余，紧临火车站。①通往下城区，原是货运线。

建于上世纪，营运六十年。②废弃廿年后，旧貌变新颜。

创建高线友，③热血两青年。辗转相奔走，最终遂心愿。

如今乐游地，铁轨依然见。四季有绿植，花木相绵延。

广场有景致，点缀有楼盘。游人络绎来，常年艺术展。

繁华商业区，楼梯上下连。远望哈得孙，城市新景观。

尊重人文迹，重建称典范。

---

① 高线公园一端在34街，位于纽约市内宾夕法尼亚火车站（Penn Station）。

② 这条铁路1934年通车，20世纪90年代末停止运营，前后达60年。

③ 高线附近居民约书亚戴维和罗伯特哈蒙德，发起成立非营利组织"高线友"，倡导创建高线公园。

修道院艺术博物馆

纽约博物馆，量多品种繁。

艺术价值高，珍品堪称赞。

独有Cloisters，仿建修道院。

北临哈得孙，曼岛最北边。

门窗建材料，法意曾拆建。①

设计中世纪，哥特风格传。

陶瓷珐琅器，绘画与挂毯。

文物罗马式，哥特艺术间。②

高人伯纳德，雕塑苦钻研。

众多古文物，农家砌猪圈。

旅欧频游历，历史始发现。

运往新大陆，废石装上船。③

多亏洛克菲，慷慨做贡献。④

---

① 博物馆所用建材系从法国、意大利一些中古废弃教堂礼拜堂拆建运来。

② 馆藏文物从罗马时期（公元1000年至1150—1200年）到哥特时期（公元1150年至1520年）。

③ 馆内最重要的文物，是雕塑家乔治·格雷·伯纳德（ Gorge Barnard）从欧洲各地收集的雕塑艺术珍品。

④ 修道院的修建和全部藏品所用资金全部来自约翰·D.洛克菲勒家族。

高超建筑师，巧手复还原。

匠心凭独运，古意颇盎然。

嘉惠后世人，艺术得赏鉴。

白山国家森林公园

新罕布什尔，山道有奇观。

溪峡八百米，峡谷栈道边。

瀑布星罗布，漂砾有冰川。

廊桥好遮阴，水池作景观。

今我自驾游，雨中登白山。

入得山中来，游客不多见。

细雨蒙蒙下，我辈撑雨伞。

颇疑众老外，仿佛无事般。

无伞无雨衣，兀自独向前。

思之觉恍然，更爱大自然。

加拿大纪游

2017年6月30日，与家人自驾游加拿大。历魁北克、蒙特利尔、渥太华、金斯顿、千岛湖、多伦多，观尼亚加拉瀑布，于7月8日返回纽约。草此纪行，兼写意也。

魁北克

古城魁北克，原属印第安。

河道变窄处，不足千米宽。

天然良水港，纵横好行船。

法属殖民地，建城四百年。

权归法兰西，首任桑普兰。

历史颇悠久，世界称遗产。

地势极险要，雄狮卧山巅。

俯视劳伦斯，水道扼喉咽。

英法交战后，英军设防线。

文明英格兰，炮台环城建。

悬崖分上下，空中缆车连。

下城居民区，上城多高官。

贫富泾渭分，判若两重天。

皇家广场阔，古堡作酒店。

圣母大教堂，气象颇威严。

建筑巴洛克，左右耸塔尖。

装饰多华贵，油画点缀间。

骑士家满墙，壁画色斑斓。

牢记法兰西，故国代代传。

古老商业街，酒旗相招展。

游客络绎来，满街咖啡馆。

觅向街边坐，品尝法式餐。

人声鼎沸处，归途雨绵绵。

蒙特利尔

蒙特利尔市，古称皇家山。

粤语满地可，最早法人占。

英法战争后，方归英格兰。

加国第二大，人口四百万。

曾办奥运会，盛况仍可见。

蒙市植物园，丰富且壮观。

上海友好市，在建梦湖园。

规模已初具，月季正娇艳。

号称设计城，^①经济活力源。

综合商业城，地下相穿连。

广场玛丽亚，原是华人建。^②

圣母大教堂，武器广场边。

装饰称华贵，金色间深蓝。

当日有法事，场面甚威严。

种族八十余，文化尚多元。

和谐引繁荣，^③浪漫且悠闲。

人称"小巴黎"，美名天下传。

---

① 蒙特利尔被联合国教科文组织指定为"设计之城"。

② 玛丽亚广场设计者为华人建筑师贝聿铭。

③ 蒙特利尔市格言为"和谐引致繁荣"。

渥太华喜逢成小洲

作别蒙特尔，驱车渥太华。

同学成小洲，财贸是专家。

任职发改委，前程颇通达。

壮岁去国游，定居加拿大。

闻讯即相见，热情邀还家。

同作渥京游，同窗情有加。

遥指威斯汀，高官曾下榻。

巍巍国会山，肃穆显风华。

东方美食城，相聚颇欢洽。

硕大总督府，草木映晚霞。

逶迤湖滨路，寂寂少人家。

渥大校园内，绿瀑墙上挂。

穿过夜市场，街头舞杂耍。

灯红酒绿处，人声相喧哗。

惜别道珍重，彼此乐开花。

多伦多

号称公猪城，不知究为啥。

本为聚集地，兴于维多亚。

昔日约克村，泥泞又噪杂。

如今大都会，高楼接广厦。

经济活力猛，加国称老大。

玻璃墙耀眼，摩天楼奇葩。

地下有PATH，商户千余家。

亮丽风景线，国家电视塔。

世界第二高，电梯速可达。

不敢低头看，玻璃地板下。

枫糖油饼酥，安湖多河汊。

美术博物馆，满城艺术家。

华人四十万，处处见中华。

香港李泉居，小笼实堪夸。

炎炎夏日里，凉爽微风刮。

号称宜居地，文化多元化。

种族上百个，和谐一大家。

观尼亚加拉瀑布

伊利水深幽，安湖绿清潭。

尼亚加拉河，瀑布总发源。

流经戈特岛，跌落悬崖间。

雷神倾圣水，笔直飞泻颠。

法国传教士，至此始发现。

皇弟蜜月后，欧洲广流传。

为争风水地，美英曾开战。

根特协定后，边界主航线。

两国隔河望，彩虹桥相连。

自古和为贵，双赢称典范。

今我来此游，雨衣穿上船。

海鸥徐徐飞，展翅上下翻。

游船缓缓行，渐抵瀑布前。

始有细雨濛，继则大雨点。

忽有天水降，汇入急流湍。

众声皆惊叫，奇观叹自然。

跨国第一瀑，天工称上善。

世界七大景，游客乐翻天。

转场动画片，追根又溯源。

观众站立看，山崩地裂涧。

大雨倾盆下，头晕且目眩。

我今追忆起，思之尚心颤。

日本纪游

丁酉年（2017年）春节，为纪念结婚30周年，与内子赴日本自由行。虽语言不通，幸赖前有侄女谋划，后有女儿及其闺蜜襄助，兼有谷歌地图、出国翻译官及穷游，由东京、京都，至奈良、箱根，一路上虽不无波折，竟也基本顺畅。因有所记。

东京（之一）

丁酉新春里，度假有闲情。

纪念珍珠婚，携手赴东瀛。

繁华东京都，纽约差可并。

交通密网布，地下相穿行。

新宿三丁目，歌舞闪红灯。①

明治神宫前，婚礼见和风。

沧桑日本桥，麒麟欲飞腾。②

银座高大上，疑似王府井。

素不喜购物，惟品茶与景。

---

① 所住新宿格拉斯丽酒店（Hotel Gracery）邻近东京著名红灯区歌舞伎街。

② 日本桥建于1911年（明治44年），桥头雕塑为展翅青铜麒麟，象征着明治时代日本社会的腾飞。

东京（之二）

今见浅草寺，雷门挂前庭。

江户寻欢地①，摩肩复接踵。

怀念白乐天，钱塘湖春行。②

筑地市场阔，鱼河岸横町。

料理品怀石，高楼隐国风。③

巍峨晴空树，天望耸苍穹。

隅田展画卷，江户入图中。④

愧不识日文，不辨片假名。

幸赖多汉字，尚未甚朦胧。

京都（之一）

京都新干线，疾驰快如风。

狸豆有茶寮，精致纳盒中。

---

① 浅草寺原址曾是吉原妓院，后为江户第一闹市。

② "浅草"一词出自唐白居易《钱塘湖春行》"乱花渐欲迷人眼,浅草才能没马蹄"
诗句。

③ 登晴空树前，曾就近在"国风"餐馆品怀石料理。

④ 一楼有隅田川数码画卷，绘有隅田川两岸下町及江户、东京文化与景色。第350
楼有江户一目图屏风。

祇园弥荣会，茶道古筝鸣。

雅乐似傩戏，歌伎舞娉婷。

狂言类喜剧，束缚醉酩酊。

表演非华语，宜看不宜听。

东山放眼望，璀璨华灯明。

此处堪云乐，何处是归程？

京都（之二）

京都一日游，古城访名胜。

伏见稻荷社，农商奉神灵。

狐狸相逢笑，五谷庆丰登。

千本鸟居连，生意盼兴隆。

辉煌金阁寺，鹿苑临济宗。

二年三年坂，音变读"产宁"。①

清水音羽瀑，相续摩肩踵。

悠悠鸭川水，猎猎盛唐风。

---

① 三年坂通往祈求平安生产的子安塔（泰产寺），日语"三年"与"产宁"音近，故亦称"产宁坂"。

奈良（之一）

近铁选特急，一路到奈良。

换乘西大寺，西京微雨茫。

国宝招提寺，三藏大道场。

鉴真曾六渡，律宗始发扬。

朱红匾额题，法书孝谦皇。

严整复开朗，宝藏大金堂。

造像甚庄严，云影含瑞光①。

医药奉始祖，至今念盛唐。

奈良（之二）

奈良有神社，背靠春日山。②

千年禁砍伐，林木颇森严。

常绿广叶林，万叶遗名篇。③

苍翠有古意，夜灯常相伴。

---

① 日本画家东山魁夷曾为招提寺御影堂绘制屏障壁画，有《云影》《涛声》《扬州薰风》和《瑞光》等。

② 春日大社背依春日山，故名。

③ "春日大社神苑"有约300种植物，均见于日本最早诗歌总集《万叶集》。

护卫平城京①，丰功归藤原。

腹饥遇茶屋，春日荷粥饭。

若草东大寺②，群鹿颇安闲。

人畜和谐处，游客乐开颜。

箱根温泉

南濒太平洋，有县神奈川。

深山有箱根，温泉美名传。

换乘新横滨，迤逦小田原。

箱根上山车，驶向小涌园。

沿途原始林，山道多急弯。

强罗小火车，通往早云山。

更有大涌谷，连绵起白烟。

远望云出岫，半腰缠山岚。

缆车姥子站，雪压富士山。

桃源无渔者，海贼名其船。③

堪比喀纳斯，芦湖青且蓝。

水中映白扇，倒挂东海天。

---

① 平城京为日本奈良时代京城，仿唐朝都城长安和北魏都城洛阳而建。

② 东大寺背依若草山，故名。

③ 游客需从桃源台换乘海贼船开往箱根町、元箱根。

翠峰林依依，清流水潺潺。

船到元箱根，鸟居水滨边。

深山雕刻森，户外美术馆。

立体复现代，雕塑融自然。

闲庭信步间，心灵已震撼。

何时长住此，快乐赛神仙。

泰国纪游

（一）清莱路上

天高气爽阳光灿，春节泰国胜暑天。

暹罗参团欲探访，清莱路上有温泉。

游人至此皆停步，参观体验相盘桓。

汪汪清泉汩汩流，腾腾热气上下翻。

或愿泉水濯足流，或喜挑杆煮鸡蛋。

旅游胜地增一景，黑白寺庙美名传。

（二）清迈遇旧

清迈晚饭后，结伴相逡巡。

偶见秦厨房，欣然闻乡音。

西安肉夹馍，老板名徐琨。

因言思乡味，教我加微信。

未面先搭讪，原是青海人。

兰州拉面馆，打车闹市寻。

西宁酿皮子，西北美味醇。

他乡遇故知，何乐胜此云？

马来西亚纪游

趁春节放假，与家人到马来西亚六日游。由成都飞抵吉隆坡，吉隆坡乘火车至槟城往返，吉隆坡租车去马六甲，马六甲乘大巴去新加坡。

（一）国家清真寺

苏丹大道旁，紧邻火车站。

国家清真寺，落成五十年。

称雄东南亚，麦加做典范。

进入须脱鞋，女士更麻烦。

著衣穆斯林，头巾包裹严。

祈祷大厅阔，信徒容八千。

一应设施全，儿童图书馆。

更有大尖塔，造型类火箭。

寺后建陵寝，长眠尽高官。

花木作点缀，水池且喷泉。

宗教圣地游，归来心泰然。

（二）黑风洞

租车城北去，盘旋赴高原。

地陪李英杰，司机导游兼。

华侨第三代，祖籍在福建。

泉州名城下，百强安溪县。

盛产铁观音，茶香中外传。

车行十余里，自然有奇观。

途经黑风洞，顺道且登攀。

光洞复暗洞，溶洞石灰岩。

蟒蛇上下爬，蝙蝠相飞翻。

印度教圣地，苏巴玛神廉。

每年神诞日，朝圣数十万。

台阶二七二，瞻仰淋漓汗。

（三）槟城见闻

火车四小时，迤逦到槟城。

大马西北部，全国第三名。①

海峡分两半，槟岛和威省。②

港口乔治市，遗留英国风。

东西大都会，宝石有美名。③

世界文化财，东方花园中。④

起义黄花岗，中山画庇能。⑤

登上槟城山，尽览海岛景。

马来槟榔屿，古今皆同名。⑥

侨生博物馆，华人诉心声。

主人郑景贵，豪华显尊荣。

英式贴花砖，雕梁复画栋。

娘惹厨房里，品尝美颜羹。

---

① 槟城是吉隆坡和新山市之后的全国第三大城市。

② 整个槟城被海峡分成槟岛和威省两部分。

③ 槟城为东西方大都会，素有"印度洋绿宝石"之称。

④ 槟城于2008年7月7日被联合国教科文组织列为世界文化遗产，有"东方花园"的美誉。

⑤ 孙中山1910年曾在此主持"庇能会议"，策划黄花岗起义。

⑥ 《郑和航海图》中所称槟榔屿，沿用至今。

诗 意 人 生

寻访姓氏桥，初恋红豆冰。^①

如诗复如画，浪漫不言中。

街头彩绘墙，画面颇生动。

王朝海洋餐，汾酒醉酩酊。

---

① 姓氏桥为电影《初恋红豆冰》取景地。

四川纪行

天高云淡，长空漫漫，迢迢关山。

九万里风鹏举，待须臾，咫尺涯天。

天府从来逍遥，或烂柯流连。

忆当年，狮子山下，蓦然回首遇婵娟。

故游重履尽开颜。终难辞，恍惚觥斛宴。

今宵酒醒何处？锦官城芙蓉饭店。

意兴阑珊，想杯中物何足陶然。

只将这一腔心事，飞鸿与君看！

天水纪游

2009年8月9日，参加中国教育学会中学语文教学专业委员会"中语西部行"义务支教活动到甘肃天水，其凉爽大不同于京城之闷热难耐。欣然命笔，诗以纪行，手机寄内，遂成唱和。

夜宿天水

义务支教藉水旁，夜来初秋风送凉。

陇右风物最宜人，酣然黑甜入梦乡。

和《夜宿天水》

钟涛

秋风乍起送微凉，陇山陇水任徜徉。

寄言藉滨逍遥客，莫将他乡作故乡。

天水纪胜

鬼斧神工麦积秀，羲皇庙前藉水流。

石马台上怀飞将，回文诗篇情悠悠。①

和《天水纪胜》

钟涛

世事推移风华旧，千古一绝梦悠悠。

不因恩爱重别离，何来回文织锦愁？

---

① 相传苏蕙曾随丈夫窦滔到秦州（今天水）赴任。窦滔在任秦州刺史期间公正廉明，却被诬为"与前晋藕断丝连"，有"谋反之嫌"，被发配到沙州（今敦煌）服役。苏蕙织《回文璇玑图》寄托情思，符坚念苏蕙之德，惜回文之才，为窦滔平反，夫妻得以团聚。

敦煌纪游

"中语西部行"到敦煌。游览鸣沙山月牙泉，伴着驼铃声，走近大漠绿洲，震撼于大自然之奇妙天成；参观三危山下之莫高窟，感受中华文化之魅力。诗以纪之。

一

三危山下藏经洞，鸣沙月泉大漠风。

阳关三叠传古今，丝路花雨神女情。

二

迢迢山川大漠中，长路孤城一世雄。

不见莫高窟上画，至今犹存汉唐风！

三

与苏立康、张鹏举同游敦煌国家地质公园。数万年地壳运动，形成造型各异的雅丹地貌，俗称"魔鬼城"。

晨赴魔鬼城，游览近天境。

金狮喜迎宾，孔雀待开屏。

狮身有人面，舰队将出征。

造化臻其妙，鬼斧加神工。

惟妙兼惟肖，形象栩栩生。

千姿百态处，存乎想象中。

四

中语西部行，八月到陇原。

幸赖刘於诚，全程相陪伴。

天水李广墓，临洮松鸣岩。

敦煌莫高窟，鸣沙月牙泉。

教艺相切磋，课后共评点。

阳关少故人，相逢贵有缘。

劝君多珍摄，来日话教研。

附：刘於诚赠诗

感濠上客教授凭吊天水李广墓

一

由来飞将未封侯，长使英雄泪欲流。

自古不平多少事，贤愚千载共荒丘。

二

吾爱濠上客，美名业内传。

教材编珍品，学子沃心田。

谈笑善机趣，游学访奇观。

日行一万步，翩翩胜少年。

洛阳牡丹花会有感

暮春时节，杂花生树，群莺乱飞，伊阙峨峨，洛水泛泛。应洛阳教研室吴主任之邀，与顺德教研室冯君携夫人赏牡丹花于洛阳。其时花好人圆，乃有感云。

春深寻芳洛城头，姚黄魏紫起层楼。

雪浪因风翩跹舞，乌金缘日耀明眸。

丰姿绝代称国色，艳冠天下意未犹。

千朵万朵娇满园，一觞一饮醉清游。

再游龙门寄穆君

　　应邀往洛阳观赏牡丹花会，顺道游龙门石窟。遂忆当年攻读博士学位时，曾与穆兄同游龙门。适穆兄因酒病足，兼有寄也。

　　　　忆昔往日洛阳游，龙门石边水悠悠。
　　　　温故知新今又来，一抹佛光为君留。

附：

步之川兄原韵

穆益斌

　　　　旧梦依稀昨日游，朔风寒水思悠悠。
　　　　石窟佛光越千载，何佑遗恨世间留？

贺穆益斌六秩之庆

穆兄六秩之庆，友人李丽锦治酒为贺，邀至紫竹院近旁之哈密驻京办。闻之欢忭，书以为贺。

冬日艳阳天，哈密驻京办。

益斌庆花甲，丽锦设盛宴。

呼朋唤友至，相聚紫竹院。

忆昔廿年前，望京中环南①。

风流倜傥貌，豪气干校园。

黄海学捕鱼，浪大曾晕船。

扬师研国史②，东台执教鞭③。

衣锦见旧友，博土送名片④。

精研近代史，情衷治白莲⑤。

素喜美酒食，尤擅烹鱼鲜。

共饮分金亭，尝品鱼汤面。⑥

---

① 时中国社会科学院研究生院位于北京朝阳区望京中环南路1号。

② 曾入扬州师范学院历史系学习。

③ 曾在江苏东台中学任教。

④ 名片曾将"博士"误印为"博土"。

⑤ 博士论文以太平天国白莲教为题。

⑥ 分金亭、鱼汤面均系东台特产。

投身司法界，腾挪显手段。

诗酒酬友朋，莱顿设讲坛^①。

今脱名利缰，人生更无绊。

山水有清音，静好享流年。

戏和郑君

2008年底，吾与同事郑君俱年届知命，人民教育出版社为生日宴以贺。郑君做《半字歌》见赠，余戏以和之，盖惺惺相惜也。

郑君五十初度后，半字歌诗赋感叹。

通篇读来非常道，道可道中法自然。

阴晴圆缺寻常事，喜忧祸福常相伴。

是非成败有定数，进退张弛何须怨。

曾有明智长者言，人生在于不圆满。^②

茫茫大地真干净，天下哪有不散宴？

劝君长宜放眼量，半百正宜谱新篇。

养生尤须多运动，静字当头驻心田。

---

① 曾讲学于荷兰莱顿大学。

② 季羡林曾言"人生在于不圆满"。

苦乐年华从容度，管他路上风雨暗。

知足常乐最为上，老夫从此不羡仙。

附:

步《戏和郑君》韵

钟涛

闻君作歌喜开颜，知命何须多感叹。

来路漫漫去路远，淡定从容法自然。

贫富荣辱转头空，犬马声色形骸断。

出处进退当自哂，率意襟怀功名懒。

浮名浮利南柯梦，寄居百年贤者鉴。

闲时常吟好了歌，忧来且记庄生言。

福兮祸兮皆有定，闲适自在云舒卷。

无是无非天地阔，须臾沧海又桑田。

莫怨中年鬓毛衰，暂将白发作渥丹。

东篱把酒乐陶陶，濠上逍遥赛神仙。

半字歌

郑长利

半百知命半字参，半醒半悟天地宽。

半阴半阳一宇宙，半半互动育坤乾。

半读半思多感悟，半学半做创新篇。

半张半弛文武道，半俗半雅半神仙。

半智半痴做好人，半进半退事如愿。

半圆半缺古今月，半聚半离盼团圆。

半风半雨伴丰年，半开半闭花娇艳。

半福半祸信塞翁，半失半得法自然。

半是半非转头空，半成半败心无怨。

半忧半喜看世界，半苦半乐度华年。

岳阳留别衡文诸君

赴长沙参加中国中学生作文大赛评审会。会后与同人共游岳阳。岳阳楼前，茶花怒放，春风习习。以此留别诸君，兼纪春游之乐。

> 江南二月春，绿树茶花新。
>
> 是岁作文赛，潇湘堪娱心。
>
> 岳阳楼高处，江畔藏娇魂。[①]
>
> 更有俏巴鱼，[②]味鲜颇馋人。
>
> 留待君山在，[③]岂曰无银针？

附：

和《岳阳楼留别衡文诸君》
钟涛

> 江南草色新，画里潇湘景。
>
> 闲作拾翠游，笑捻衡文情。
>
> 风和花如雪，沙暖燕子轻。

----

① 岳阳楼公园内，为周瑜操练水军处，现有小乔墓。

② 岳阳朋友在"俏巴鱼馆"盛情款待。

③ 当天下午游君山，品君山银针，因赴杏林山庄会议而作罢。

步芳心已醉，拾级更遣兴。

危楼极目处，天阔云水平。

郊居有感

郊居远市朝，卜地尚东庭。

屋后有菜园，房前好植樱。

榴红压新枝，雨酥润碧青。

入耳唯虫吟，极目尽日影。

虚室有余闲，心斋遗世情。

元日游卧佛寺

元日访曹曹虽在，黄栌村里门未开。

幸有兰草与蜡梅，卧佛寺里早春来。

贺穆兄喜抱孙

穆兄风流正当年，左右腾挪蹈宦乡。

聪明绝顶性情种，干云豪气赛云长。

忽闻令郎喜弄璋，饮江摘星喜欲狂。

含饴吟赋诗堪乐，管他世事浮尘攘！

附：

丁亥十月十一日亥时喜得孙

穆益斌

乍闻孙啼翁欲狂，饮尽三江又何妨？

借得天梯登九霄，摘来星星逗小郎。

本为凡夫爱含饴，未必王侯喜弄璋。

忘却攘攘浮世事，弄孙赋得人生忙。

辛卯元宵节步蔡上鹤前辈韵二首

辛卯元宵节前夜，上鹤先生赋诗为贺。诗取意于旧居附近之元大都遗址公园，因步其韵以和之。

一

遥望大都思纷纷，豪情难觅元帝魂。

利禄荣辱寻常事，与君把酒贺新春。

二

五更飞梦意缤纷，东风一枝顿消魂。

月色灯海映帝都，火树银花妍千春。

附：蔡上鹤原诗

辛卯正月，京师久旱，人患无雨，逢降瑞雪。余踏雪迎春，感而得句。

元宵临近雪纷纷，倾城迎瑞觅冬魂。

老树伏雪仰天笑，我望长河百度春。①

---

① 老树为乾隆手植柳树。长河指元大都西北土城外护城河。

北戴河野泳

初秋野泳北戴河，独自俯仰任腾挪。
海鸥低翔似与语，笑看潮涨复潮落。

和王德山《再度踏雪拜年》

正月初八，德山先生踏雪来访，出以西凤尊师酒待之，取其"名酒敬名师，名师育名人"意。不料竟致王君返程三过站，颇觉歉然。

初八迓客舞梨花，教事诗情共茶话。
薄酒尊师致三过，喜君无恙终到家。

附：

再度踏雪拜年

王德山

又到新春正月八，再逢天女散梨花。
主人好客千杯少，醉里归时忘却家。

甲午冬游渝州

甲午冬日，应邀赴语文学习报社中学生语文学习冬令营。适逢周末，友人邀往重庆一游。入住鸿恩寺森林公园之陶然半山森林酒店，游涞滩古镇。因纪之。

涞滩古镇

投宿鸿恩寺，半山森林间。

闹中取静处，幽闲乐陶然。

早餐包包白，重庆特色面。①

洄溯嘉陵江，驱车奔合川。

结伴方与陈②，古镇见涞滩。

镇前筑瓮城，实为防匪患。

三面皆峭壁，镇守有天险。

轩敞文昌阁，古风尊圣贤。

恢宏二佛寺，佛光颇庄严。

摩崖有造像，南宋淳化间。

观毕欲返还，忽闻店家唤。

① 包包白牛肉面：重庆小面50强之一。

② 方与陈：指方东流、陈健二君。

周家老饭店，邀约农家饭。

凉拌折耳根，涞滩瘦肉煎。

鲜美水豆花，腊肉萝卜干。

佐酒泸州窖，小酌鬓微酣。

作别周老板，胜意谓无限。

晨游北京植物园

时值夏秋间，晴朗八月天。

教材研讨会，毗邻植物园。

晨起万余步，园内任流连。

梁园草青葱，卧佛颇庄严。

信步樱桃沟，探访到水源。

纪念一二九，又见新景观。

水底满眼绿，湖中见蓝天。

曹氏黄叶村，雪芹纪念馆。

下月同学会，计划来游览。

权当打前站，小弟先探班。

柳叶湖野泳

洞庭余波在，迤逦到朗州①。

柳叶湖面阔，微波荡悠悠。

公余晨练时，人稀好野游。

水深不可测，击水到中流。

天然游泳池，渔歌对堤柳。

沅澧武陵源，屈子②曾泛舟。

乡人刘梦得，今遗司马楼。③

刘海砍樵地④，翩翩舞白鸥。

遥问泳友兄，南海共游否？

① 朗州：湖南常德，古称朗州。

② 屈子：屈原，我国古代著名诗人。

③ 刘禹锡：河南洛阳人，唐代诗人，字梦得，曾任朗州司马。今柳叶湖边建有司马楼。

④ 刘海砍樵地：湖南花鼓戏《刘海砍樵》的故事发生于此。

斗篷山纪游

盛夏细雨绵，寻胜斗篷山。

巍巍林密处，清泉流潺潺。

观景犀牛瀑，彩虹未曾见。

正叹游人少，山妇忽迎面。

自荐作导游，邀约农家饭。

新烹土鸡熟，米酒好佐餐。

幽默歇后语，机智赛农谚。

来去了无痕，寄怀山水间。

触景生情处，我心归自然。

乘运归大化，天地悄无言。

江城感怀

一

忆昔暖心事，人生有奇缘。

出访俄罗斯，倏忽十年前。

中俄相友好，文化交流年。

学生说中文，权充评判官。

冰天雪地里，北地称严寒。

接机有破车，一路上下颠。

中途曾熄火，逶迤到普院①。

正待办入住，娉婷有美媛。

忽闻中国话，异国识君面。

笑问何处来，言说大武汉。

热情做向导，相携游庄园。②

女皇作行宫，金像颇庄严。

护照办签注，未能带身边。

生怕遇查验，来去心胆战。

土豆加牛肉，西餐面包片。

---

① 普院：俄罗斯国立普希金语言学院，为此次活动接待单位。

② 莫斯科郊外的查理津诺庄园，曾是俄国著名女皇叶卡捷琳娜的行宫。

餐餐皆如此，渐渐心生厌。

邀我作客去，馈我中国饭。

共饮伏特加，畅饮到冒汗。

恰似冬天火，浑如雪中炭。

至今细思之，仍觉心中暖。

二

丁酉十月里，深秋艳阳天。

课题推广会，桂林有召唤。

王君来电话，改稿须主编。

丛书付梓急，邀我到武汉。[①]

飞机改高铁，社长亲接站。

江城有好友，两度排盛宴。

初到品土菜，人少缘已晚。

复又唤友来，亢龙太子店。

地处东湖路，正对博物馆。

人声称鼎沸，处处闻客满。

良朋复佳人，推杯且换盏。

---

① 应邀为上海交通大学出版社主编"全民阶梯阅读"丛书，因有部分作者在武汉，故有此行。

老友与新朋，开怀喜开颜。
倾谈显真情，彼此相盘桓。
曲终人散后，只觉太短暂。
深夜作别去，明月照无眠。
何日再聚首，相见须尽欢。